これが最後の恋だから

Erina & Akira

結祈みのり

Minori Yuuki

EB

エタニティ文庫

目次

これが最後の恋だから

プロローグ

「あんたなんて、大っ嫌い」

辛いのは私の方なのに、どうしてあんたがそんなに辛そうな顔をするの。

怒りが収まらない。裏切られた、騙(だま)された、傷つけられた——ありとあらゆる感情が体の内側から湧(わ)き上がる。今目の前で起きている光景が、とても現実とは思えなかった。

それは悪夢を見て飛び起きた朝の気分にも似ている。けれど同時に、決定的に違うということも恵里菜(えりな)には分かってしまった。

自分は失ったのだ。誰よりも大切で大好きだった人を、今この瞬間失った。

「……エリ」

「うるさい」

「エリ」

「……っ！　やめてよ、もう！」

嫌いになったのなら、そんな風に優しく呼ばないで。そうでなければ期待しそうになる。

絶対に許せないのに、もう一度その顔で、その声で「好きだ」と言われたら、ほっとしてしまうから。

「別れよう。……お前のことなんか、本当は好きでもなんでもなかった。幼馴染だから付き合ってみただけだ」

これだけならまだ許せたのかもしれない。幼馴染でなければ、この男と話す機会さえなかっただろうことは十分分かっていた、でも。

「佐保が、好きだ」

それを聞いた瞬間、頭の中で何かが弾けた。

佐保。それは大嫌いな姉の名前だ。

「……最低」

この男は初めから、恵里菜のことなど好きではなかった。彼が見ていたのも、欲していたのも恵里菜ではなく佐保。——自分は姉の代わりだったのだ。

「もう、いい」

疲れた。もう、何もかもがどうでも良かった。

大好きだった。高校生の拙い恋愛かもしれないけれど、恵里菜は全力で晃に恋をした。

でも、もう知らない。こんな男——もう、いらない。

「ばいばい、晃」

最後に彼がどんな表情をしていたか恵里菜には分からない。涙で滲(にじ)んだ視界には、その場に立ち尽くす晃の影しか映らなかったから。

——十八歳の冬、恵里菜の最初で最後の恋は終わった。

1

忙しい。目が回る。

店内に鳴り響く電話のコールが三回目を超えたが、誰も取らない。急ぎの稟議書(りんぎしょ)を仕上げていた恵里菜は心の中で舌打ちをして、仕方なく受話器を取った。

「大変お待たせいたしました、平庄(へいじょう)銀行上坂(かみさか)支店、新名(にいな)でございます。はい、口座の残高でございますね。かしこまりました。それではお口座番号とご登録のお電話番号をお願いいたします。——ありがとうございます。それではお調べして、こちらからお電話させて頂きます。……失礼いたします」

受話器を置いた瞬間に、すかさず次の電話がかかってきた。隣でのんびりとあくびをする後輩に、視線で「早く出て！」と伝えて、自分はすぐパソコンに向かう。ものの十数秒で依頼された残高を調べ終え、折り返しの電話をかけた。

九月の銀行は、忙しい。

月末であることに加えて決算期だ。窓口には普段の倍近いお客様が来店するため、預金係はてんてこまい。それに比べれば少ないものの、恵里菜の担当である融資窓口にも、お客様が途切れることなく訪れている。とてもではないが人手が足らなかった。

（これじゃあ休憩もろくに取れないじゃない！）

お昼休憩の時間はとうに過ぎ、昼食抜きは確定だ。ほんの十分でいいから一息つきたいけれど、この現状ではその時間すら惜しかった。

「いらっしゃいませー！」

大きな声で挨拶をした後、眉間に寄りかけた皺を慌てて消して、恵里菜は自分の席へと戻る。

融資の案件を申請する書類である稟議書を仕上げると、すぐさまパソコンに戻って作業を進めた。

今日の融資は普段の月末に比べて大分多い。それ自体はありがたいことだけれど、さすがに忙しすぎる。だが、全てはお客様第一。お客様あっての銀行業務だ。

「新名さん、一番に折り返しのお電話が入ってます」

「今出ます！」

「書類が見当たらないんですけど……」

「そこのキャビネットの一番上のクリアファイルに入っています」

（この時期は忙しいんだから、前日にできる準備はやっておくようにと言ったでしょう！）

注意する時間も惜しんでひたすら笑顔と謝罪、両手はパソコンと、体中を使って動きまわる。

気付いた時にはもう十五時、店のシャッターが下りるのを見て、恵里菜はこの日初めてほっとすることができた。

（……疲れた）

月末と決算期。しかし体が重く沈むようなこの疲れの原因は、それだけではない。

（なんで、今更あんな夢を見るのよ）

ここ数年、ふとした時に思い出すことはあっても、夢に見ることはなかった。

それなのに昨夜の夢は、まるで当時を目の前で繰り返しているかのように鮮明だった。

晃の声がはっきりと耳に残っている。今日はそれらを振り払おうと仕事に没頭したものだから、区切りがついた今では、この場に倒れ込んで眠ってしまいそうなほどの疲労を覚えている。

だが当然、そんなことができるはずもなく。

九時に開店し、十五時に閉店する銀行業務は世間一般に暇だと思われているが、とんでもない。窓口が閉まりお客様を待たせるプレッシャーからは解放されるものの、ここからがある意味本番だ。

書類を整理し、稟議書(りんぎしょ)を仕上げ、督促(とくそく)と営業の電話をかけて……。やることをあげたらキリがない。

(今夜は絶対に飲んで帰ろう。飲まなきゃやってられないわ)

仕事終わりの一杯だけを楽しみに、恵里菜は残りの業務を片付け始めたのだった。

新名恵里菜。

都内の大学を卒業後、地元の銀行に就職した彼女は、社会人四年目の二十六歳だ。

預金業務を一年経験したのち融資(ゆうし)係に配属されてからは、主に後方事務を担当していた。他にも延滞督促(とくそく)の電話、稟議書(りんぎしょ)作成などの事務方全般と、時おり営業にも行くことがある。

百七十センチと女性にしては高めの身長、落ち着いた物腰とは裏腹に、社内規定ぎりぎりの明るさに染めた茶色の巻き髪。

仕事では頼りにされており、後輩への指示も的確だが、物言いがはっきりしているため怖がる人は数知れず。また、プライベートの気配を一切感じさせない独特の雰囲気がある。お客様への笑顔は常に絶やさないが、仕事以外の笑顔を見た者は、ほとんどいない。

——以上が職場における恵里菜の基本プロフィールだ。

「『新名さんって美人だけど怖いよね。確かに仕事の指示は的確だけど、言い方きついよ。見下されているみたいな気になるし。それに、私服が派手だと思わない？』」

低い男声でいかにも「女子」な口調で話されると、ぞくっとする。店に入るなり注文した生中を一気に飲み干した恵里菜は、ジョッキを卓に置き、対面に座る男をじろりと睨(にら)んだ。

「佐々原(ささはら)さん、気持ち悪いです。お酒がまずくなるのでやめて下さい。——あ、すみません。生中もう一つお願いします」

「気持ち悪いって酷(ひど)いな。あーあ、入社した時のエリーは派手でも可愛かったのに。こんなコギャルが銀行員って冗談だろって思ったの、今でも覚えてる」

「コギャルはもう死語ですってば。あと何回も言っていますけど、私の名前は『恵里菜』です、勝手に短くしないで下さい。ついでに名前で呼ばないで下さい、セクハラです」

「何言ってんだ、こんなのセクハラのうちに入らないよ。大体、俺と付き合えって何度言っても聞きやしないくせに」

「飲むたびに『俺と付き合え』って言うのは十分セクハラに該当すると思いますけど」

「結構本気なのになあ」

「はいはい、ありがとうございます」

二杯目を終えてようやくエンジンがかかってきた恵里菜は、ふう、と一息ついた。

佐々原も残りのビールを美味しそうに飲み干し、空になったジョッキを置くと、ふっと笑う。

「それじゃあ改めて。上半期（かみはんき）おつかれさん」

佐々原拓馬（たくま）。二十九歳。三年先輩である彼は、恵里菜の元指導係だ。

平庄銀行では、新人育成カリキュラムの一環として、先輩社員がつきっきりで指導する。マンツーマン形式のそれは相性が悪ければ最悪だが、恵里菜の場合は運が良かった。

佐々原は恐ろしく仕事のできる男だったのだ。業務が終われば下らない軽口の一つも叩くが、営業成績は支店ナンバーワンで、顧客からの支持率もずば抜けている。怒り心頭でクレームを入れてきたお客様が、怒っていたのが嘘だったかのように笑顔で帰っていくほどだった。

人懐っこい笑顔に明るく朗（ほが）らかな性格と、人に愛される要素が形になったような男だ。

しかし、仕事に対しては誰よりも厳しく、入社当時の恵里菜は彼に相当泣かされた。新人の時はその指導の厳しさに何度も仕事を辞めたいと思ったものだが、四年目の今となっては、ただただ感謝するばかりである。指導係を離れた今も、こうして飲みに誘う程度には可愛がってくれているのだから、なおのことだ。

「あ、その馬刺し食べないなら下さい」

「いつも思うんだけど、そのほっそい体のどこに入るの？……ああ、胸か」

視線が一点に集中したことに気付くが、恵里菜は無視した。今日は胸元がざっくりあいたピンクのカットソーに白のジャケットを羽織り、白のフレアスカートを穿いている。先ほどから佐々原以外の男性客の視線もこちらを向いているような気がするけれど、恵里菜は構わず酒を呷った。

細身な体にEカップの恵里菜の容姿はどうにも男を「そそる」らしいが、そんなの知ったことか。

(それより今はお酒。これを楽しみに月末を乗り切ったんだから)

美味しいお酒と美味しい料理。一見チャラ男だが頼れる先輩。ここまで揃っているのに楽しまないなんてもったいない。

「さっきの声真似、三好さんですよね？　私を嫌うのは勝手だけど、怖がる暇があるなら最低限の仕事くらいしてほしいですよ。月末は忙しいと言っておいたのに準備はしない、電話も出ない。それで愚痴ばっかりなんて、どうかと思うけど」

「確かになあ。三好ちゃん、もう二年目になるのに学生気分抜けてないもんな」

「私だってまだ四年目だし、人のことどうこう言える立場じゃないですけど。お給料もらっている以上プロなんだから、仕事中に泣きごとを言うのはやめてほしいです」

百五十センチ前後の小柄な体と、真っ黒ストレートのボブカット。どこか垢抜けない見た目に自信無さげなたどたどしい話し方。初めて会った時から恵里菜は三好のことが苦手だった。

田舎っぽさの残る彼女は、昔の誰かを嫌でも思い出させる。

「だいたい、私の私服が派手なのと、仕事の出来は関係ないじゃない」

「あのな、エリー」

三好への愚痴が止まらなくなりそうな恵里菜を、落ち着いた声がそっとたしなめた。

「三好ちゃんの態度は確かに褒められたもんじゃない。ましてや誰の目があるか分からない倉庫で悪口を言うなんてとんでもない話だ。でも、もっとコミュニケーションは取った方がいいんじゃないか？　無理に個人的な繋がりを持てとは言わないけど、どんなに相性が悪くても同じ仕事をする仲間だ。もう少し愛想良くすることも大事だよ」

「愛想、ですか」

「そう。せっかく綺麗な顔をしているんだから、笑えばお得なこともたくさんあると思わない？」

「そう……できれば、いいのかもしれませんね」

さらりと容姿を褒められたことは素直に嬉しい。けれど、自分が佐々原のように人当たりが良くなれるかと考えると、とてもできそうになかった。

接客では笑顔を絶やさない一方で、仕事仲間に対しては比較的ドライな自覚はある。しかし、やるべき仕事はこなしているし、それで特に問題もない――と思っていたが違ったらしい。

(見下してなんかいないのに)

三好の話を聞いて、怒るよりも呆れた。そして少しだけ、痛かった。

楽しかったはずの気分がだんだんと下降していくのを感じる。

恵里菜には佐々原という頼れる指導係がいた。だが三好の指導係は頼りない自分で、二人の関係も良好とは言えない。そう考えると、もしかしたら一番の被害者は三好なのかもしれなかった。

「まあ、三好ちゃんも決して悪い子じゃないんだよな。お客さんにも会社の人間にも、いつもにこにこしてるし、あれはすごくいいと思うけど」

三好はいつも笑顔を絶やさない。見た目は地味だが、人当たりの良さは昔の誰かとは――「彼女」に比べられた過去に怯え、今なお虚勢を張り続ける誰かとはえらい違いだ。

（……だめだなあ）

後輩の些細な愚痴など笑って聞き流さなきゃダメなのに。表面上は気にしていないふりをしていても、こうしてうじうじ考えてしまう。こんな恵里菜の一面を、三好はきっと知らないだろう。

キツくて怖い恵里菜がこんなにもマイナス思考で、人の目を気にする性格だなんて。

直したいと思うのに、昔からしみついたそのクセはなかなか直らない。

（なんか、嫌だな。……気分良く飲みたいのに）

今日はなんだかとても酔いが早い。仕事の疲れが溜まっていたのもあるだろう。けれどそれ以上の原因があることを恵里菜は自覚していた。

日中は忙しいから忘れていられた。しかしこうして上半期一忙しい日が終わり、気心の知れた先輩とのんびりしていると、無意識のうちにあの感覚が蘇る。

――エリ。

時間と共に記憶は薄れていく。薄れていかなくてはならないと思っていた。

それなのに久しぶりに蘇った声は、どれだけ忘れようとしても耳にこびりついて離れない。

『エリが好きだ。――俺と、付き合ってほしい』

『エリはエリだろ？』

『佐保でも他の誰でもない。俺が好きなのは、エリだから』

知らない。無愛想でぶっきらぼうで——笑うと少し幼くなる、あんな男。

知らない。真面目なだけが取り柄で、可愛げも面白みもない、田舎臭い昔の自分なんて。

『佐保が、好きだ』

（……どうして、今更夢になんて出てくるの）

消したいのに消えてくれない声を追い払うように、恵里菜は冷酒をぐっと飲み干した。

「うっわ、なんでいきなり一気飲みしてんだよ！」

さすがに冷酒一気飲みは頭に響く。恵里菜はたまらず卓に突っ伏した。両手の上に頭を乗せてうつぶせになると、体中にじんわりと酔いが回っていく感覚がする。

「こら、エリー。だらしないぞ」

起きろよ、と促され、恵里菜は軽く身をよじって視線だけを佐々原に向ける。苦笑交じりに杯を傾ける先輩に、恵里菜の口からは自然と言葉が零れた。

「……佐々原さんの愛想のよさ、半分欲しい」

酔いで上気した桃色の頬に、どこかとろんとしたアーモンド型の瞳。首筋から胸元にかけては赤みが差し、卓に頭を乗せているため、つぶされた胸の大きさが強調されている。普段はどちらかというとぶっきらぼうな後輩の乱れた姿を見て、佐々原は冷えたおしぼりを恵里菜の顔に押し付けた。

「冷たっ！　なにするんですか、もう」

「うるさい。ほんっとにタチが悪い。甘えたいなら彼氏に甘えろ、酔っぱらい」

「……彼氏なんていりません。いても邪魔なだけだし、いいことなんてないですから」

それを酔っぱらいの戯言と取ったのか、佐々原は「寂しいことを言うなよ」と苦笑する。

寂しいこと。佐々原の言うとおり、二十六歳独身女の言葉としては寂しすぎるだろう。でも本当に、恵里菜は彼氏なんていらないのだ。

「彼氏がいたら、別れる時寂しいですよね。だから彼氏なんていらないんです。いつ終わるか分からないような関係なんて、無駄なだけだから」

「今までどんだけ酷い恋愛してきたわけ？」

「聞きたいなら教えますけど、長いですよ」

「……なんで上から目線なんだよ。いいよ聞いてやるよ。だからだらしない格好でいるのはやめろ。周りの皆さんに迷惑だ」

忠告を無視して、恵里菜はとろんとした目で佐々原を見つめる。いつも余裕綽々の彼がどこか慌てたような、気まずそうな表情をしているのがなんとも面白かった。

（いい人だなあ）

爽やかな雰囲気も面倒見のいい性格も、仕事をしっかりこなす姿も全てが好ましい。

しかしそんな思いも、恵里菜が遠い昔、晃に感じた感情と違うことには間違いなかった。

「……私に双子の姉がいるって話したことありました？」

「いや、初耳」

なぜ佐々原に話そうと思ったのか。酔っていたから——確かにそうだ。しかしそれ以上に、やけになっていたのだと思う。誰かに話すことで、あれはもう過去の出来事なのだと自分で自分に言い聞かせたかったのかもしれない。

「私の姉は佐保っていうんですけど、とにかく可愛いんです。明るくて運動神経も抜群、出来損ないの妹にも嫌味なくらい優しい。一卵性（いちらんせい）の双子だから、顔だけは私とそっくりなんです」

「顔『だけ』？」

「はい。あとは全部正反対。妹は暗くて、冴（さ）えなくて、運動ができなくて、人と目が合わせられなくて……ね、全然違うでしょ？」

「……待ってくれ。今の話の流れだと、エリーがその暗い女の子だった、みたいに聞こえるけど」

「佐々原さんともあろう人が、何天然発言してるんです。その通りですよ」

「冗談だろ？　ブランド物好きで、化粧品代は惜しまず、美容院も月に一回。欲しい洋服は迷わず購入。おまけに乗っている車は新車の外国車だってのに。……よし。そんなエリーのどこが地味子ちゃんなのか言ってみな？　俺は今まで、お前ほど黒髪が似合わない新人を見たことないけどな」

「ありがとうございます。それ、私にとっては最上級の褒め言葉です」

「……はあ？」

今度こそ訳が分からないと頭を抱えた佐々原の姿に、恵里菜は思わず笑みを零した。佐々原の反応が嬉しかったのだ。それこそが、彼の目に恵里菜が「そう」映っていないことの証拠だから。

恵里菜は、すうっと大きく息を吸い込んだ。

「似てない双子の姉妹と同い年の幼馴染の男の子。妹は幼馴染のことが好きでした。でも劣等感の塊である妹は話しかけることもできなくて、いつも二人のやりとりを羨ましく思っているだけです。でも高校三年生になって奇跡が起きました。唯一自信のあった勉強がきっかけで、幼馴染と付き合うことになったのです。妹はとても幸せでした。でも卒業間際に驚愕の事実が発覚！　彼は実は姉が好きで、妹を身代わりにしていただけだったのです。傷心の妹は今まで以上に自分が嫌いになって、『変わろう』と決意しました。予定していた大学ではなく、都内の大学に進学した妹は、バイト代の全てを服や美容につぎ込み、派手な銀行ＯＬに変身したのでした。――はい、おしまい」

呆気に取られる佐々原に恵里菜はにこりと笑う。そのまま椅子の後ろにかけていたハンドバッグから財布を取り出して一万円札を卓に置くと、さっと立ち上がり頭を下げた。

「お疲れ様でした、佐々原さん」

「え……ちょっと待ってってエリー、お金なんていらな――」

「月曜日から下半期、また頑張りましょうね。今日は本当に楽しかったです。それではおやすみなさい、失礼します」

止める言葉もひらりとかわし、恵里菜は居酒屋を後にした。

「さむっ……」

店を出た途端、肌寒い風が体を撫でる。

明日からもう十月。猛暑だった今年は、九月中旬を過ぎても一向に暑さが和らがなかったけれど、こうして夜の風を浴びるとなんとなく秋の気配を感じた。

一人暮らしの恵里菜のアパートは、居酒屋のある駅から歩いて五分ほどの場所にある。

周囲全てが田園地帯といった、絵に描いたような田舎でこそないものの、就職のために都心から戻ってきた当初は、やはり不便に感じたものだ。

（でも、ずっと帰ってきたかった）

便利な生活も可愛らしく洗練されたお店の数々も、嫌いではないけれど、どこか疲れた。

せっかくここまで変われたのだ。元の地味子に戻りたいなんて絶対に思わないが、自分の収入に見合わない服も車も化粧品も、今となってはもはや見栄に近い。

晃との思い出が詰まった街にいるのが嫌で、半ば逃げるように家を飛び出した。けれど、結局四年間が限界で、こうして戻ってきてしまった。それでも実家に戻るのはなんとなく気が向かず、安い給料をやりくりして一人暮らしをしている。

（私、何がしたいんだろ）

大学卒業後からがむしゃらに働いて、気がつけば、あっという間に四年間が過ぎていた。

仕事にも大分慣れ、心や私生活に余裕が出てきたせいだろうか。時々、無性に寂しくなる。

高校まで勉強一筋だった恵里菜にとって、気心の知れた友人など片手で足りる。その友人たちも高校卒業と同時に各地に散ってしまい、地元に戻ってきたのは恵里菜だけだ。

（だめだ、とりあえず帰ったらすぐ寝よう）

顔を洗ってシャワーを浴びて、さっさと寝る。明日は休日だ。悩むのは別に今でなくてもいい。

それから数分、アパートはもう目前というところで、バッグの中のスマートフォンが振動した。

「……佐保？」

名前を見た瞬間、心臓がドクンと鳴った。

宮野佐保。二十二歳の時、四年間の交際を実らせて隣県に嫁いでいった姉の名前がそこにある。

どう頑張っても敵わない大嫌いな人。美人で、華やかで、裏表がなくて、自信に満ち溢れている——全てが恵里菜と正反対の、双子の姉。一卵性にも拘わらず、二人が似ているのは顔だけだ。

生まれてからずっと、恵里菜は佐保の影だった。趣味は読書、運動は苦手、人と話すのはもっと苦手。そんな妹が姉より唯一優れていた点といえば、勉強ができることくらい。

（なんでこんな時間に？）

時刻は既に零時三十分。人に電話をするには遅すぎる時間帯だ。

出るか出ないか悩んでいる間に着信音は止んだ。画面から名前が消えた瞬間、無意識にため息が漏れる。佐保とはもう一年以上会っていない。

名前を見ただけでこんなに動揺してしまう今、電話越しとはいえ、とても話す気にはなれない。

明日メールすればいい。しかし何気なく着信履歴を見た恵里菜は、今度は別の意味でひやりとした。

「……何、これ」

佐保からの着信の他に、知らない携帯番号の履歴がびっしり残っていたのだ。

姉の最初の着信は二十時半、ちょうど佐々原と飲み始めた時間帯だ。その後を追うように見知らぬ番号が並んでいる。見れば留守電も入っていた。さすがにこれは気味が悪い。

もしかしたら両親に何かあって、病院がかけてきたのだろうか？　それとも佐保の家族に何か？

恐る恐る留守電を再生しようと指を滑らせたのと同時に、再度佐保からの着信が入る。咄嗟に通話ボタンを押してしまったが仕方ない、恵里菜は嫌々ながらスマートフォンを耳に当てた。

「……もしもし？」

『あ、エリちゃん？　やっと繋がった！』

高く澄んだ声が、酔った頭にダイレクトに響いた。

「……会社の先輩と飲んでたから気が付かなかった、ごめん」
『ううん、私こそ何回もごめんね。それよりエリちゃん、今どこにいるの？』
「どこって、これからアパートに帰るところだけど」
『こんな時間に？　危ないじゃない、女の子が遅くに一人で夜道を歩いちゃだめだよ！』
「もうアパートの前だから大丈夫だよ。——それより、何の用？」

早く切り上げようと恵里菜はわざと低い声を心がける。どこか焦ったような姉の声に違和感を覚えながらも、心の中では早く電話を切りたくて仕方なかった。

「急ぎの用事じゃないなら切ってもいいかな。仕事終わりで疲れてるの。大分酔ってるし、すぐに帰って寝たいんだ。……悪いけど、佐保の大声は頭に響いて痛い」

なんて嫌な妹だろう。自分で言っていて気が滅入(めい)る。佐保を前にするといつもこうだ。

双子の母親でもある姉は子育てをしながら夫の両親と同居している。佐保のことだ、彼らにも大切にされているだろう。恵里菜にはとても真似できない。

『うん、疲れてる時にごめんね』

だから、嫌い。恵里菜がどんなに冷たいことを言っても、優しい姉は絶対に怒ったりせず、笑顔で跳ね返してしまうのだ。

『でもエリちゃんにどうしても伝えなきゃいけないことがあって！　エリちゃん、最近身の回りで変わったことはない？　変な人とか、危ないこととかなかった？』

「……何、それ。特にないけど」

『本当？　ああ、良かった！　昼間お母さんにも電話したんだけど、お母さんったらもう、どうしてあんなこと……』

「お母さんに何かあったの？」

『え、ううん。元気そうだったよ？』

「じゃあ、何？」

要領を得ない話し方に、だんだんとイライラしてくる。

『エリちゃん、あのね、あ――』

ぷつり、と通話はそこで切れた。

「佐保？　ちょっ、佐保？」

――「あ」って何？

「……なんなの、あの子は！」

訳（わけ）が分からない。いきなり電話をかけてきたと思えば、変わったことはないかだなんて。

すぐにもう一度佐保からの着信があったが、今度こそ恵里菜は無視して電源を落とした。

（ああもう、早く帰ろう）

一人暮らしのアパートがこんなに恋しいなんて初めてだ。

恵里菜は1DKのアパートを格安で借りている。来年の四月に取り壊すことが決まっているからこその低家賃なのだが、部屋は南向きで広さも十分、恵里菜が落ち着ける唯一の城だ。

（年明けには新しい家探さないと。……めんどくさいな）

疲れと酔いで体力の限界だった恵里菜は、早く寝たいという一心で階段を上ったが――上り終えた瞬間、足が止まった。

（……誰？）

部屋の前に黒いスーツを着た男が座り込んでいる。薄明かりのため顔は見えないが、恐ろしく脚が長い。寝ているのか酔っているのか、右手で額（ひたい）を押さえてうずくまるその姿は異様だった。

日付も変わった深夜。大通りから一本奥に入ったアパート周辺に人気（ひとけ）はない。

目の前の光景に恵里菜は混乱した。よりによってなぜ、自分の部屋の前にいるのだ。

どうしよう。とりあえず警察に通報する？

先ほどの佐保との会話が思い浮かんだ。姉はこのことを言っていたのだろうか？

とにかく、いったんここを離れよう。コンビニでも車の中でもいい、不審者がどこかに行ってしまうまで待たなければ。

状況が呑み込めないながらも物音を立てぬよう一歩後ろに下がった、その時だった。

「きゃっ！」

ヒールが滑って思いきりその場にひっくり返る。腰から上を強く打ち、一瞬目の前が真っ白になった。

尋常じゃない痛みだ。頭にも絶対こぶができている。痛い、最悪だ。

「……何やってんだよ。大丈夫か？」

「見てないで助けて……え？」

恵里菜は我に返った。気付かれないように動いていたのに、自分から転倒した挙句、不審者に助けを求めてどうする。

慌てて立ち上がろうとするも痛みで体に力が入らない。

怖い。恥ずかしい。とにかくなんでもいいから立ち去ってほしい。

しかしそんな願いをよそに、男はあろうことか恵里菜の体を抱き上げた。

「え……なに、やだ、下ろして！」

ふわりとした浮遊感と、頬に感じるスーツの感触に慌てて身をよじる。けれど、男の逞しい腕は長身の恵里菜の渾身の力を持ってしても、びくともしなかった。

「鍵、出して。部屋って一番奥だろ。この通り両手が塞がってるから、エリが開けてくれないと中に入れない」

なぜ不審者を家に招かなければならないのだ。男の顔を睨みつけようとして何かが引っかかった。

（……待って、今この人、私のこと――）

「エリ」と。この男は確かに恵里菜をそう呼んだ。

どくん、と心臓が激しく鼓動する。冷えきっていたつま先から手の指先まで勢い良く血が巡り始めるような錯覚さえ覚えた。「新名さん」でも「エリー」でも「エリちゃん」でもない。ただ一人だけ恵里菜をそう呼んだ――思い出すのが嫌で、あれ以来誰にも呼ばせなかった「エリ」という愛称。

「……あき、ら……？」

八年前に比べて随分と逞しくなった体。真っ黒な髪に、シルバーの眼鏡。あの頃からは考えられない真面目な姿だけれど、眼鏡の奥から恵里菜を見下ろす視線の強さは何も変わらない。

最後に別れた時よりずっと――悔しくなるほど素敵な、「大人の男」。

――ああ。

だから会いたくなかった。こうなってしまうと心のどこかで思っていたから。

卒業後の彼がどんな道に進んだかを、本人にはもちろん、人に聞こうともしなかった、それなのに。

八年ぶりに現れた幼馴染は、呆気無く恵里菜の心を奪っていった。

2

「初めて会った時にね、分かったの」

姉の結婚前夜、「どうして結婚を決めたのか」と恵里菜は一度だけ尋ねたことがある。妹からの珍しい問いかけに、佐保は一瞬驚いた表情をしたあと小さく笑った。

「好きだとか、かっこいいなあとか思うより前に『この人だ！』って思ったの。直感……なのかな。よく分からないけど。まだ高校生だったのに、変だよね」

幸せの絶頂にある彼女の微笑みは、恵里菜も思わず見とれてしまうくらいに素敵だった。花が綻ぶような笑顔というのはきっと、あの時の佐保のものを言うのだろう。

佐保は高校一年生の春に、後に夫となる人と出会った。恵里菜もよく知るその人が佐保にとっての「運命の人」ならば、きっと恵里菜にとっての「運命の人」は晃だったのだと思う。

それくらい、十八歳の幼い自分は真剣に恋をした。これから先も二人はずっと一緒にいる——そう信じて疑わないほど、恵里菜は晃を想っていたのだ。だからこそ振られた後、恵里菜は何度も考えた。

もしも別れた直後に晃がよりを戻そうと言ってくれていたら。もし、あれは嘘だ、やり直そうと晃が言ってきたら。

それでも現実は何も変わらなくて、恵里菜は晃を失った現実に直面した。

――そんな相手が何の前触れもなく突然目の前に現れた。

「足、痛いんだろ。早く鍵出せって」

どうしてここにいるの。なんでそんな風に普通にしていられるの。

「エリ?」

呼ばないで。私を見ないで、触らないで。

抱き上げられた状態のまま、恵里菜の中では泉のように言葉が湧(わ)いてくる。

しかしそれらを声に出すことはできなかった。代わりにぐっと奥歯を噛みしめて唇を引き結ぶ。

十代の頃ならばきっと泣き喚(わめ)いた。でも恵里菜は、もう二十六歳の大人だ。学生の頃とは違う。

かといって全てを水に流して受け止められるほど大人にもなりきれていない。今の自分にできるのは、ただ無理やり感情を押し込めることだけだ。

「……鍵、バッグの内側に入ってる。それより、早く下ろしてよ」

「だめだ、足捻ったんだろ」

晃は恵里菜を抱いたまま、落ちていたバッグから器用に鍵を取り出し、部屋の扉を開けた。

玄関に入ると真っ暗な部屋が二人を迎える。恵里菜は抱きかかえられた体勢で、電気のスイッチを押すと、頭上で「うわ……」と呟く声が聞こえた。

「……きったねえ部屋」

「なっ……！」

反論したかったけれど、改めて部屋を見ると何も言えなくなってしまう。

確かに「きったねえ」部屋だった。ベッドには脱ぎっぱなしの服が乱雑に散らばっていて、小さな丸テーブルには漫画と小説が山積みになっている。台所のシンクには二日前に使った食器がそのまま置いてあるし、ゴミ箱にはコンビニ弁当の残骸が堂々と陣取っていた。

「……仕方ないでしょ。最近忙しくて、家事まで手が回らなかったの」

この一ヶ月は、本当に寝に帰るだけの生活だったのだ。貴重な休みも体力の回復に努めるだけで終わってしまった。

晃はそれに答えず、「上がるぞ」と革靴を脱ぐなり、ダイニングキッチンの椅子に恵里菜を下ろした。晃のぬくもりが離れたところで、ようやく恵里菜はほっと息を吐く。

一方の晃はといえば、スーツの上着を丁寧に畳んで向かい側の椅子の背もたれにかけると、そこに座った。

まるで我が家のようにくつろぐその姿に、恵里菜は一瞬自分が家主であることを疑った。

問答無用で叩きだしてしまえばいい。頭の隅(すみ)では冷静な自分がそう訴えているのに、いざ実行しようとすると、とても難しかった。

晃が目の前にいる。その現実に思考と行動がついていかない。

沈黙が二人の間に流れる。それはわずかな時間だったけれど、恐ろしく長く感じられた。恵里菜にできるのはただ、うつむいてテーブルを睨(にら)みつけることだけだ。そうでもしないとこの沈黙に耐えられない。そんな状態にも拘(かか)わらず、晃の視線がどこを向いているのか嫌でも分かった。

――見られている。

視線が、熱い。

「エリ」

びくん、と大げさなくらい肩が震えた。恐る恐る顔を上げれば、何かを探すように室内を見渡していた晃と目が合った。

「救急箱、どこ?」

晃の口から救急箱という単語。似合わない組み合わせに反射的にぽかんとしてしまう。

「救急箱なんて置いてないよ」

「ない？　一人暮らしの女の家なのに？」

信じられないと言わんばかりの言い草にかちんときた恵里菜は、テーブルの下でぐっと拳を握って晃を睨んだ。晃は、一人暮らしの女の家には救急箱があって当然だと思っている。それはつまり、比較対象がいるということだ。

別れたあと晃が誰と付き合っていようと恵里菜には関係ない。それでも無意識に比較するような発言をした晃に……何よりそれを敏感に感じ取ってしまう自分に苛立った。

「――帰って。っていうか、お願いだから今すぐ帰れ」

付き合っていた頃、晃に対して命令口調で話したことなんて一度もない。

晃もそれを覚えていたらしく、彼はあからさまに不機嫌な表情を見せた。

「……お前、口悪くなってねえ？」

「そう？　元彼に影響されたのかもね」

暗にあんたのせいだと言えば、晃の眉間に皺が寄る。

「……『元彼』？」

なまじ顔立ちが整っているだけにその様子はどこかすごみがあって、恵里菜は情けなくも動揺した。こうして室内の灯りのもとで真正面から見る晃は、悔しいくらいに格好いい。

艶のある黒髪にシルバーの眼鏡をかけた姿は知的で、見た目だけなら八年前と真逆の雰囲気だ。仕事終わりなのだろうか、ワイシャツの胸元を緩める姿に学生時代にはなかった色気が感じられた。

だが恵里菜とて負けていられない。

(どうして私が睨まれなきゃいけないの)

元彼と言った瞬間、晃はいっそう不機嫌になった。恵里菜と付き合っていた過去などなかったことにしたいのだろうか。

(そんなの、私だって同じだ)

好きにならなければ、付き合わなければ。今更そんなことを考えても仕方がないと理解しているのに、あの時ああしていればという思いは、いつまで経っても消えない。

何よりこんな再会は——いいや、再会自体望んでいなかったのだ。

「——この通り、私は口が悪いんです。きっとあなたのことも不快にさせるでしょうから、今すぐお引き取り下さい。あなたに驚かされたせいだけど、転んだところを助けて下さってありがとうございました。さあどうぞ、お出口はあちらです!」

一気に言い切った恵里菜を晃は呆れたように眺める。

「少し落ち着けよ。俺はお前に用があって来たんだから、帰るわけにいかない」

「残念ね。あなたに用があっても、私にはありません」

「敬語やめろ」

「赤の他人と敬語以外の何で話せって？」

二度と会いたくないと思っていた男。

それは恵里菜にとって、もはや他人だ。たとえ、こうして相対している間も、痺れるような胸の痛みを感じていたとしても——自分たちの関係はもう、八年も前に終わっているのだから。

「なんで私の住所が分かったのか知らないけど、もしかして大量の不在着信もあなたですか？」

「仕方ないだろ。何回電話しても、お前出ないし」

「普通、知らない番号からの着信は取りません」

「——エリ」

宥めるような静かな声に、一瞬胸が痛んだ。彼だけが呼んだその名前。なれなれしいと憤る一方で、懐かしさを覚える自分もいた。混同する二つの感情に、だんだんと息が詰まってくる。

「……誰に私の番号を聞いたの」

「おばさんに聞いた。佐保に電話しても、絶対教えない！　の一点張りだったからな」

ごく自然に呼ばれた「佐保」という響き。晃の声が幼馴染の名前を呼んだ。そんななんでもないことなのに、こんなにも気分が沈む。

「……エリ？」

そんな風に呼ばないで。私はもう、あの頃の私じゃない。

「――顔も見たくない、か。当然だよな」

自嘲めいたため息にも恵里菜は顔を上げなかった。

「悪かったな」

そう言って晃は背広を手に立ち上がる。頑なな態度に呆れたのだろう。部屋から出ていくその後ろ姿を恵里菜が止めることはなかった。構わない、これで良かったのだ。

「なのに、なんで……」

こんなにも胸が痛いのだろう。

ほんの少し言葉を交わしただけの晃の姿が目に焼き付いて離れなかった。大人になった晃。突然現れて、心をかき乱して――そして、出ていった。

「……全部、夢ならいいのに」

だが、現実逃避をしたままでいられるわけもなかった。電源を落としていたスマートフォンを起動させると、案の定佐保からの着信が入っている。遅い時間を承知の上で折り返すと、一コール待たずに『エリちゃん？』という眠そうな声が聞こえてきた。

『さっきはごめんんね、充電が切れちゃって。でも、どうしても言わなきゃいけないことが――』

「佐保。……晃が来たよ」

電話の奥で佐保が息を呑むのが分かった。

『……あっくん、なんて言ってたの？』

「用事があったみたいだけど、聞かずに追い返した。佐保が電話してきたのってこのことだよね？」

『……うん。実は、この前いきなりエリちゃんの連絡先を教えてって、あっくんから電話が来て……私は教えなかったんだけど、今日お母さんと話してたら、教えちゃったって聞いたの。間に合わなくて、ごめんね』

「佐保が悪い訳じゃないから。……ねえ、佐保はどうして晃に私の連絡先を教えなかったの」

『……エリちゃん？』

戸惑う姉の声に、恵里菜は晃と別れた直後のことを思い出していた。

その日、涙で目を真っ赤にした妹を姉は大慌てで迎えた。晃と別れたことだけを伝えると、佐保はまるで自分が傷ついたように泣きそうな顔をした。

「別れたって……なん、で？」

「好きな人ができたらしいよ」

それが誰かなんて言わなくても分かるだろう。皮肉を込めて涙目で睨みつければ、佐保は玄関に立つ恵里菜を押しのけて家を出て行こうとした。

「……どこに行くの？」

「あっくんのとこだよ！　エリちゃんを泣かせるなんて、いくらあっくんでも許せない！」

「佐保は、晃から何も聞いてないの？」

「……エリちゃん？　聞いてないって、なんのこと？」

その答えに恵里菜は愕然とした。

お前は佐保の代わりだったのだと晃は言った。種明かしをするぐらいなのだから、てっきり本人に告白したものと思っていたが、どうやら違ったらしい。

（佐保が晃と付き合うことは、ありえない）

佐保にはもう心に決めた人がいる。それを知っていても晃は諦められなくて、だからこそ恵里菜を選んだのだろう。もしも佐保に想いを告げれば妹思いの彼女が傷つくことを晃は理解している。

だから自分の恋心を隠し通したのだ。全ては、佐保を傷つけないために。

でも、佐保は晃の気持ちなんて知らないから、妹を傷つけた相手をきっと許さない。

晃にとっても佐保にとっても、いいことなんて何もないのに。

冷静な判断ができなくなるほど惹(ひ)かれていたのだろう。

――ねえ、佐保。私は佐保の代わりだったんだって。晃は佐保のことが好きだったんだよ。

――どうして晃の気持ちを奪ったの、あんたなんか大嫌い。

晃の気持ちを代弁するのも、佐保を問い詰めるのも簡単だ。でも恵里菜はそれをしなかった。

それが恵里菜の女としての唯一のプライドだったのだ。

そして、これ以上傷つきたくなくて恵里菜は逃げた。

第一志望の地元の国立大ではなく、都内の大学を受験したのだ。

両親は都内進学を快く思っていなかったけれど、恵里菜の初めてと言ってもいいわがままに、戸惑いながらも了承してくれた。結局、四年間の学費に加えて月数万の仕送りまでしてもらえたのだから、両親には本当に感謝している。

「晃に私のことは何も話さないで。もし教えたら、もうこの街には戻ってこない」

家族にそう口止めをしたから、晃は恵里菜が受験先を変えたなんて思いもしないだろう。

彼はきっとあの大学に合格する。でもそこに恵里菜はいない。

それについて晃がどう思うか、恵里菜には分からないが、彼が自分をどう思っているかなんて、もう知りたくもなかった。

恵里菜は逃げた。佐保やこの街。——そして、晃から。

『どうしてって……あっくんに「自分の居場所を教えないで」って言ったのはエリちゃんでしょう?』

そして今、優しい姉の答えは恵里菜の予想していた通りで思わず笑った。

(そうなったのは、誰のせい?)

卒業後、双子の間ではもちろん、新名家でも晃の話題はタブーになっていた。

『でも、あっくんいきなりどうしたんだろう』

「どうしたんだろうって、晃が今何しているのか佐保は知ってるんでしょ?」

『こっちの大学を卒業したあと、一度は都内の企業に就職したみたいだよ。でも少し前に地元に戻ってきて、今はこっちで働いているみたい。私も高校卒業後は会ってないから、詳しくは知らないけど。ただ、颯太さんとあっくんがお年賀のやりとりをしてるみたいで、住所は分かるよ。ええっと、年賀状は……どこに置いたかな』

「別に住所なんていいよ!」

『そう? もし、知りたかったらメールで送るから言ってね。——あ! ねえ、エリちゃん。今年の年末は実家に顔出すよね？　もうしばらく会ってないし……私、エリちゃんに会いたいよ。ほら、紗里と彩里にも会ってほしいし……。ちょっと待ってね、ちょうど二人とも起きちゃって。ほら、さーちゃん、あーちゃん。エリちゃんに「こんにちは」って』

電話越しに可愛らしい二つの笑い声が聞こえ、思わず頬が緩んだ。紗里と彩里。今年三歳になる可愛い双子の姪たちだ。実家に顔を出すと母親が必ず写真を見せてくるから成長ぶりは知っているが、やはり会って確かめたい。佐保に対する気持ちは別にして、幼い姪っ子のことは大好きだ。

「……分かった、帰るよ。先生にも久しぶりに挨拶したいし」

『──颯太さんに、会いたいの？』

なぜか佐保の声がワントーン下がった。

「え……会いたいっていうか、うん、久しぶりにお話はしたいよ。佐保にとっては旦那さんだけど、私にとってはお世話になった先生だもの」

宮野颯太。佐保の夫であり、高校時代の恵里菜の恩師だ。たまに会った時に共に交わす酒がとても楽しく、だからこそ聞いてみたのだけれど。

「何か都合が悪いの？」

『ううん、なんでもない！　そ、そっかお酒……うん、そうだよね。分かった、颯太さんにも伝えておくね。じゃあね、エリちゃん。年末に会えるの楽しみにしてるね』

口早にそう言って電話は切れた。途端にため息が漏れる。敬遠していた姉と会話したせいか、それとも新たに分かった事実故か、どちらとも言えない。

(……晃、都内で就職したんだ)

地元を離れながらもこうして戻ってきた恵里菜と、地元に残りその後出て行った晃。そんな彼も今ではこちらで働いている。

(だから、会いに来た?)

昔なじみの女を思い出したから? それとも、他に何か理由があって?

晃が座っていた方をぼんやりと見る。すぐに呆れて帰るくらいなら初めから来ないでほしかった。思い出したくなかったのに、どうして――

頭の中はもうぐちゃぐちゃだった。今はもう何も考えたくはない。眠って全てを忘れたい。

そうでなければ過去に意識を引きずられてしまう。

「……訳分かんない」

ベッドに行く気すら起きず、ダイニングテーブルに突っ伏した、その時だった。

ガチャン、と玄関の扉が開く音がして、思わず顔を上げる。

――帰ったはずの晃が、そこにいた。

「なんで……っ！」

慌てて立ち上がろうとするも、捻った足首に痛みが走る。たまらず椅子に座り込むのと、晃が靴を脱ぎ捨てて駆け寄ってくるのは同時だった。

「足、痛むのか？」

「……帰ったんじゃなかったの」

唖然とする恵里菜の前に跪いた晃は、「これを買いに行ってた」と床に置いたビニール袋から冷却シートを取り出した。そのまま恵里菜の足首に触れる。

「んっ」

ひんやりとした指先に触れられ、思わず声が漏れる。晃は一瞬指を引くと、どこか厳しい表情で恵里菜を見上げた。

「……変な声出すなよ」

「だって、いきなり触るから！」

「貼るだけだ。今も痛いんだろ、このままじゃ明日腫れるぞ」

誰のせいで、と言いかけた言葉は、「――俺のせいだよな、ごめん」という言葉を前に自然と消えてしまった。

潔く謝られたからではない。形の良い薄い唇を引き結ぶその表情が、辛そうに見えたからだ。

「俺に触られるのは嫌だろうけど、少しだけ我慢してくれ。すぐに終わる。ハサミ、どこ？」

「キッチンにあるけど……ねえ、自分で貼れるから」

しかし晃は恵里菜の精いっぱいの反抗を無視して、手早く足首にシートを貼る。その後キッチンからハサミを持ってくると、袋から取り出した包帯を適当な長さに切って丁寧(ていねい)に巻き始めた。

「……大げさすぎるよ」

「こういうのは最初が肝心なんだよ。しっかり冷やしておいた方がいい」

過保護なくらいの手当てを受けながら、恵里菜は自分の目の前に跪(ひざまず)く晃をそっと見下ろした。

（……なんで、こんなに無駄に格好いいのよ）

この顔立ちは反則だ。八年前から一気に「大人」になった晃に見上げられて、好き嫌い以前に、ただただ恥ずかしい。不可抗力だと分かりつつも照れてしまう自分にうんざりする。

そういえば晃は変な所で小うるさかった。運動が苦手な恵里菜は体育の授業でよく怪我をしたが、校庭で転んで膝(ひざ)をすりむいた時なんて、無理やり抱えられて保健室に連れて行かれたものだ。

「これで大丈夫だと思うけど、長引きそうなら病院に行けよ」

「うん。……ありがとう」

言いたいことは山ほどあるが、ありすぎて言葉にならない。とりあえず手当てしてくれたことには素直に礼を言うと、晃は大げさなくらい目を大きく見開いた。

「何、その顔」

「……いや、礼を言われるとは思わなかった」

「変なところで驚くんだね。――それで、今更なんの用？」

突然押しかけてきた相手を無表情に見つめる。恵里菜から距離を取った晃は壁際に立つと、その視線を受け止めた。

「話がある」

「私には話すことなんてない、だから帰って。――そう言っても、無駄なんでしょ」

「ああ、悪いけど、聞いてもらえるまでは帰らない」

「……相変わらず、勝手だね」

晃は眉を寄せるだけで何も言い返そうとはしなかった。

（落ち着け）

深呼吸をして心を整える。手当てをする時わずかに足首に触れた晃の手、自分を見上げる瞳、今もなお自分にまっすぐ注がれる視線。その全てが恵里菜を戸惑わせる。

「その『話』っていうのは、深夜に一人暮らしの女性の部屋に押しかけなきゃいけないくらい大切な話なの？　佐保に聞いたよ。今はこっちで働いているらしいけど、金曜の夜に待ち伏せするなんて随分暇な仕事なんだね」

何の仕事かも知らずわざと嫌味を言っているのに、晃は機嫌を損ねるどころか驚いた様子だった。

「佐保と最近会ってるのか？」

「一年以上会ってないけど」

「……そんなに？」

「お互いいい大人なんだし、別におかしい話じゃないでしょ。さっき電話したの。佐保には家庭があるし、私だって仕事がある。それに、私が佐保に会おうと会うまいと晃に関係ない。ついでに言わせてもらえば、夜中にいきなり押しかけるなんて、社会人としてちょっと非常識なんじゃない」

「事前に連絡したら逃げると思ったから、こうするしかなかったんだ」

「私が晃のことを歓迎するわけないじゃない。ほんと、いい性格してる」

あえて強烈な皮肉を言った。怒ればいい、幻滅すればいい。声を荒らげるまではしなくても、恵里菜は晃が不機嫌になることを想定した。

しかし晃の顔を見て、戸惑わずにいられない。彼は怒るでもなくただ辛そうに——まるで傷ついたような表情を見せたのだ。

（なんで……？）

恵里菜がそうなるならまだ分かる。でもなぜ、晃がそんな顔をする？

「エリが俺に会いたくないのも、そうさせるだけのことをした自覚もある。何を言っても言い訳にしかならないのは十分、分かってる」

「だったらなんで——」

「それでも会いたかった」

恵里菜は唇を噛みしめた。

（……何を、今更）

身勝手な言い分に、拳に力が入る。怒鳴ってやりたい、今すぐ帰れと追い出したい。

我慢するのがやっとなほどの凶暴な感情を恵里菜は必死に抑え込んだ。

仕事上で理不尽な思いは数えきれないほど経験した。

働くとは自分を殺すこと。恵里菜は就職してそれを痛感した。もちろん一般的な考えではないだろうし、「自分」を活かして働いている人もたくさんいる。しかし恵里菜にとっては我慢の連続だった。

髪を染めて、濃い化粧をして、身の丈に合わない車に乗って。

外見ばかり変えても中身が変わらなければ何の意味もないことは分かっている。それでも恵里菜にとっての化粧は武器で、鎧だ。地味で、根暗で、ずぼらな昔の「恵里菜」ではない。

時に生意気だ、冷たそうと陰口を叩かれながらも仕事はきっちりと終わらせ、冷静さを心がける。もちろん、女性としての身だしなみも忘れない。それがこの八年間で恵里菜が身につけた「武器」だ。

——でも、晃にだけはそれが通用しない。

晃の一言に、心が荒れる。

「この八年間ずっと、エリに会いたかった。でも俺にそんなこと言う資格はないから、会いには行かなかった。……でもこの記事を見たら、いてもたってもいられなくなって、佐保だけじゃなく宮野にも連絡を取った。結局教えてもらうことはできなくて、おばさんに頼み込んだんだけど」

晃は一枚のクリアファイルを背広の内ポケットから出してテーブルに置く。中には小さな紙切れが挟まっていた。

「これ、なんで……」

促されるままそれを手に取った恵里菜は言葉を失った。

『地域に根づいた営業を！』

切り抜かれた記事の中には、笑顔で接客する恵里菜がいた。

一ヶ月ほど前だろうか。地元の新聞社から「働く女性」をテーマに特集を組むので取材させてほしいとの依頼があった。それを受けた支店長は恵里菜を選んだ。地方紙とはいえ自分の顔が新聞に載ることにあまり気は進まなかったけれど、小さなスペースだというので、しぶしぶ承諾したのだ。

この業界を選んだ理由、仕事のやりがい、プライベートの過ごし方。銀行ＯＬの日常などに誰も興味なんて持たないだろうと思いながらも、恵里菜は当たりさわりのない受け答えをした。その後すぐに仕事が立て込み始めたから、今の今まで取材のことなどすっかり忘れていたのだけれど。

（どうして晃がこれを持ってるの？）

こちらで働いているならば、見る機会があってもおかしくはない。しかし汚さないためか、まるで大切な物のようにファイルに入れてあるのは、なぜ？

「驚いたよ。昔のエリとは全然違うけど……名前を見なくてもすぐにお前だって分かった」

綺麗に切り取られた記事。形のいい指がゆっくりと、写真の恵里菜に触れる。

「八年前、俺はエリを傷つけた。それについて言い訳はしない、本当に悪かったと思う。……でも、頼むから話を聞いてほしい。……あの時知らなかったことを今の俺は知っているから」

「……なに、それ。それを聞いたら何かが変わるの？　あの時、晃が言ったことがなかったことになるの？　――違うでしょう⁉」

冷静にならなければと思った。でも、これ以上はだめだ。冷静になんてなれない。

八年前、自分を手酷く裏切った男と、小さな地方新聞の一記事を大切に持つ男。

――ぶれる。恵里菜の中の晃が崩れる。

「……帰って」

「エリ、俺は――」

「お願い、晃。私の前から消えて」

晃は何も言わない。ただ黙って恵里菜を見つめる。晃はいつもそうだった。二人共、そう口数が多い方ではなかったけれど、恵里菜が話す時晃は恵里菜を穏やかに見つめ、時折ちゃちゃを入れてきた。そういう時の彼はとても優しい表情をしていて――恵里菜はそんな晃が大好きだった。

見つめ合う二人。ここが高校の教室であるかのように錯覚してしまう。

「あんなことして、いきなり押しかけて、最低なことをしているのは分かってる。悪いとも思う。でも今を逃したらエリは二度と俺に会ってくれないだろ？」

「――そうしたのは、晃じゃない！」

気持ちが、溢れる。

「今更話ってなんなの、どうしたいの!? 私は二度と晃に会うつもりはなかった、これからだってそう! 会いたくないの、顔も見たくないの、お願いだから帰ってよ! 嫌なんだよ、晃が目の前にいるだけで痛いの、辛いんだよ!」

「エリ」

「呼ばないで」

「……エリ」

「呼ばないでって言ってるでしょ!」

恵里菜はたまらずクリアファイルを投げつけた。これ以上は顔を見ているのも辛くて部屋に逃げ込もうとしたけれど、後ろに強く引き寄せられる。

広く逞(たくま)しい胸からは、恵里菜と同じくらいに激しく鼓動する心臓の音が聞こえた。背後から抱きしめられているのだと分かった瞬間、恵里菜の頬に一筋の涙が流れる。

懐かしいこの体温。忘れたくても忘れられなかったぬくもりに、恵里菜の中で何かが崩れた。

——本当はずっと、こうしてほしかった。

背中を向ける恵里菜を引き留めて、抱きしめてほしかった。でもそれは、「今」ではない。

八年前。こうして、「嘘だ」と、本当に好きなのは恵里菜だとそう言ってほしかった。

でも晃はそれをしなかった。欲しかった言葉を、ぬくもりを与えてはくれなかったのだ。

「エリ」

耳元に声が降ってくる。大好きだった声、大好きだったその呼び方。

「ごめん、エリ」

両手を恵里菜の腰に回してぎゅっと抱きしめながら、まるで許しを請うように晃は囁(ささや)く。その瞬間、恵里菜の全身から力が抜けた。咄嗟(とっさ)に座り込みそうになる体を支えられる。けれど、晃に背中を向けた恵里菜はふるふると首を振って力なくそれを拒絶した。

「……帰って」

懇願(こんがん)にも似た弱々しい声に、晃の体が一瞬震える。

「お願いだから、一人にして」

涙を流しながらそう囁(ささや)く恵里菜に、晃はゆっくりと体を放す。彼は床に座り込む恵里菜を切なげに見つめた後、小さく「悪かった」と言い離れていった。そしてテーブルの隅(すみ)に置いてあるメモ帳に何かを書いて、恵里菜の前にそっと置く。

「二人で会うのが嫌なら、おばさんが一緒でも、電話でもいい。……一度だけでいい、落ち着いて話がしたい」

恵里菜は答えない。ただうつむき、涙を堪(こら)える。

「ずっと、待ってるから」

最後にそう言って晃は帰っていった。静かに閉じられた扉、訪れる静寂。

「っ……晃の、ばか……」

恵里菜のすすり泣く声だけがその場に虚しく溶けて消えた。

――あだ名は「二号」だった。

もちろん一号ことオリジナルは、ご近所のアイドルにして双子の姉でもある佐保だ。

雰囲気が違う、仕草が違う、少しオカルト風に表すならばオーラが違う。親戚をはじめとするあらゆる人に、今まで何度言われたか分からない、「違う」という言葉。

唯一の救いは、両親だけはそう言わなかったことだろうか。それでも、恵里菜は常に他人にそう言われて育った。事実、双子の姉と並んだ時、確かに自分は「違う」のだと、恵里菜は嫌でも自覚した。

一卵性(いちらんせい)の双子である姉妹の見分けがつかない写真は赤ん坊の頃だけだ。少女漫画の主人公を地で行く双子の姉と、人の目を見て話すこともできない冴(さ)えない妹。

幼稚園。同じクラスの人気者だった佐保をいつも遠くから見ていた。

小学校。低学年の頃は外で元気に遊び回る佐保を図書室の窓から眺めていた。

さすがに高学年になると校庭を走り回る佐保を見ることはなくなったけれど、佐保のクラスを通りかかると、クラスメイトの輪の中には必ずと言っていいほど姉がいた。

恵里菜とて好きで影でいたわけではない。運動会も合唱コンクールも苦手な自覚があった恵里菜は、隠れて必死に努力をしたけれど、結局姉以上の結果を残すことはできなかった。

そのたびに「大丈夫だよ、エリちゃん」と佐保に慰められるのが本当に嫌で。

どんな時も笑顔で自分にできないことを軽々とやってしまう佐保が羨ましくて、妬ましくて。

――「アイドル」の姉と、「地味子」の妹。

そんな双子は学校ではある意味有名人だった。

中学生に入ったあたりから、佐保は目に見えて可愛くなっていった。

女子ソフトテニス部に入部した佐保の噂は、あっという間に学校中に広がった。

今年の新入生にものすごく可愛い子がいるらしい――噂は噂を呼び、放課後のテニスコートにはたくさんの男子生徒が佐保見たさに集まったほどだ。そして彼らは双子の妹の存在を知るなり、期待を抱いて恵里菜のクラスに押しかけてきた。

『え、あれが妹？　顔は似てるけど……なんか、全然違うな』

『ダサい？　っつーか……すっげえ地味』

そうして恵里菜についたあだ名が「二号」。

当時、本の読み過ぎで視力の落ちた恵里菜は、黒縁メガネが欠かせなかった。佐保より唯一勝っている点といえば、読書量と成績くらい。おしゃれとは程遠い生活を送っているから化粧のやり方も分からないし、髪の毛だってカラスのように真っ黒な髪を、後ろでひっつめているだけだった。

――双子で生まれていいことなんて、何もなかった。

血の繋がらない赤の他人なら良かった。同級生として佐保と知り合っていたら、きっと恵里菜は佐保のことを好きになれた。佐保は誰にでも優しく、悪いことを極端に嫌う。いじめなんてもっての他、クラスで一人ぼっちの子がいたら、絶対に話しかけるし友達になる。そんな佐保を中心にして、一人ぼっちの子もいつの間にかクラスの中に溶け込んでいるのだ。

誰もが恵里菜を佐保の影として扱った。

しかし一人だけ、家族以外で恵里菜をただの「新名恵里菜」として見てくれる人がいた。

――藤原晃。

彼と出会ったのは、小学四年生の頃である。

藤原一家が引っ越しの挨拶にやってきた時、晃は母親であるサヤの隣で不機嫌そうに立っていた。

恵里菜は初めて晃を見た時、こんなに綺麗な男の子がいるのかと驚いたものだ。

彼の少しだけ色素の薄い茶色の猫っ毛や瞳はどこか洋風で、まさに美少年といった言葉がぴったりな子供だった。藤原家が隣に引っ越してきて、恵里菜たちの生活は少しずつ変わっていく。

双子の母親はこの街に慣れないサヤを気遣い、色々と付き合いをしていた。やがてそれは家族ぐるみのものとなり、年に数回、二家族で食事会を行うようになった。

晃が生まれて間もなく、高校教師をしていた彼の父親は病気で亡くなったという。

女手一つで子供を育てることは容易ではない。スナックのホステスとして働くサヤと、近所に住む同級生の母親たちはどこか距離を置いていたけれど、恵里菜の母親は「サヤちゃん」と昔からの友人のように交流していた。

春はお花見、夏はバーベキュー。運動音痴な恵里菜は祖父母の家で留守番をしていたが、スキー旅行に行った年もあったと思う。いずれもそれらの中心は佐保だったけれど、年頃の男の子にしては珍しく、晃はどの行事にもきちんと参加していた。

さすがに中学二年を過ぎると家族会の回数も減り、高校入学を控えた頃には親たちだけの付き合いとなっていたが、佐保と晃がたまに会っているのは知っていた。

佐保が日に日に可愛くなり、恵里菜は変わらず地味子であり続ける中、一番変わったのは晃だろう。

中学に入学してから成長期が来て背はぐんぐんと伸びた。そしてどこで道をそれたのか、授業はさぼるわ喧嘩はするわで、ある意味佐保以上の有名人になった。ところが、他校に名前が知られるほどの不良少年になっても、佐保の中で「あっくん」は「あっくん」のままだったらしい。

見かければ笑顔で近寄るし、授業をサボった晃の腕を引っ張って教室に連れ帰ってきたこともある。

恵里菜はそんな二人をいつも遠くから見ているだけ。

当時の恵里菜にとって、晃はただの幼馴染だった。

それが変わったのは、中学を卒業する頃だ。高校受験も終えた春休みのその日、恵里菜はベッドにごろんと横たわり、お気に入りの少女小説を読もうとしていた。

「佐保！　お前、この間貸したＣＤいい加減返せよ――って……エリ？」

「……あっくん？」

突然部屋のドアを開けられた恵里菜は、驚いて跳ね起きるなり、その人物を見て固まった。

生まれつき少しだけ色素の薄い髪に細い眉毛。両耳にはいかついピアス。白い長袖の

Tシャツにジーンズというラフな出で立ちだが、恵里菜を見下ろす両目には青のカラーコンタクトレンズが入っていて、どこからどう見てもガラの悪い――しかし無駄に顔のいい不良少年だ。

同じ高校に進学することは姉経由で聞いていたけれど、こうして二人きりになるなんて、おそらくその時が初めてだった。

佐保は、と聞かれて友達と遊びに行っていることを告げる。すると晃はため息を吐いた後、じっと恵里菜を見つめた。美少年兼不良と目が合って固まっている恵里菜に、「なあ」と低い声が届く。

「お前とこんな風に話すの、いつぶりだっけ?」

「……覚えてないよ、小学生の時以来じゃないの?」

「ふうん。なあ、お前『二号』って呼ばれてるってホント？　学校の奴らが言ってた」

二号。その響きに一瞬頭の中が真っ白になった。

数年ぶりにまともに会話した相手に、なぜそんなことを言われなくてはならない。

結局は晃も他の人たちと一緒なのか。佐保との違いを陰で笑うのか。

この時、恵里菜は自身の奥底に「晃は他とは違うかもしれない」という期待があったこと、そしてそれが儚く砕けたことを知った。

「だったら、何?」

この綺麗で残酷な幼馴染は、次はどんな言葉で自分を傷つけるのだろう。低い声で問う恵里菜にしかし、晃は「別に」と興味なさそうにあっさりと言った。

「ガキだなあと思っただけ」

「……ガキって、誰が？」

「学校の奴ら。双子のくせに顔以外全然似てないって騒いでたけど、似てなくて当たり前じゃん。双子っつってもお前たち全然違うのに。二号とか、意味分かんねえ」

「……あっくんから見た私と佐保って、そんなに違う？」

声が震えたのは多分、気のせいではなかっただろう。

「違うだろ。顔は確かに似てるけど、お前、佐保みたいにうるさくないし、あいつと違って本も読む。てか、双子って言ってもコピーじゃねえんだから、そんなの当たり前だろ」

今まで何度も言われてきた「違う」という言葉。それは全て佐保を基準に置き、彼女と比較してあまりにみすぼらしい恵里菜を批判する鋭い響きだった。

しかし今の晃の言葉に込められたものはそうではなかった。自然に言われたからこそ余計にそれが分かる。「違う」ことに対して何も恥じることはない。そう恵里菜には聞こえた。

それが恵里菜にとってどんなに嬉しいことなのか——きっと、晃には分からない。

「なあ、それより、あっくんって呼ぶのやめろよ。いい加減恥ずかしい……ってお前、泣いてんの？」

「……ううん、なんでもない。じゃあなんて呼べばいいの?」

目元に込み上げる涙を急いで指で拭うと、「晃でいい」とどこか気まずそうに目をそらされた。

恵里菜を泣かせたと思ったのか、どこかぎこちないその仕草は一瞬、出会った頃の可愛らしい姿と被る。何よりも晃の言葉一つ一つが嬉しくて、「分かった」と自然と笑みが零れた。

「――なんだ、笑えるんじゃん」

「え……？」

「基本的にお前、ずーっと気難しい顔してるから。怒ってないのは分かるけど、そういうの色々と誤解されるぞ。それって、もったいなくねえか？」

あっけらかんと言われた言葉に、恵里菜は込み上げる熱いものをぐっと抑えて「そうだね」と返すのが精いっぱいだった。

この日、遠いと思っていた幼馴染は、案外近いところにいたのだと恵里菜は知った。

――おそらくこの時初めて、恵里菜は晃を意識した。

それは恋だと気付くにはあまりに淡い気持ちだったけれど、恵里菜の中で、晃が「ただの幼馴染（おさななじみ）」から「特別な幼馴染（おさななじみ）」へと変化した瞬間だった。

3

「エリー、おはよう。……って、どうした、その顔」

週明けの月曜日、朝八時。駐車場で佐々原と鉢合わせした恵里菜は、「おはようございます」と軽く会釈（えしゃく）をする。足早に目の前を通り過ぎようとしたけれど、どうやら間に合わなかったようだ。

「……やっぱり、目立ちます？」

真っ赤に充血した目に腫（は）れぼったい瞼（まぶた）。いつもより三十分も早く起きてファンデーションとコンシーラーのダブル攻撃をしたにも拘（かか）わらず、結果は佐々原の反応通りだ。

「目立つ。エリーだからなおのこと」

「どういう意味ですか」

「鬼の目にも……嘘、ごめん冗談だって」

真っ赤な目でじろりと睨（にら）むと、佐々原はわざとらしく両手を合わせて謝った。

（ほんとにもう、この人は）

佐々原と話していると、あれこれ考えていたことが無駄だと感じてしまうから不思議だ。現に今だって、呆れて思わず苦笑が漏れた。

「嫌な夢を見たんです。新人時代に佐々原さんに怒られた時の夢」

「はあ？　ちょっと聞き捨てならないよそれ、俺はエリーのためを思って――」

「冗談ですよ。夢を見たのは本当ですけど。じゃあ、着替えるので失礼しますね」

不満気な佐々原に背を向け、恵里菜は足早に店舗へと入っていった。

酷い夢を見た。初めて晃を意識した日と、別れを告げた日のことが交互に映像化されるそれに、恵里菜は何度も飛び起きて涙を流した。そんな自分がみっともなくて、忘れるようにまた眠って。

結局この土日は最低の週末になってしまった。

声がかすれるほど泣き続けた結果、やがて涙を流す気力すら失い、代わりにどっと疲れが押し寄せた。

何もしたくなかった。ただひたすらに惰眠を貪って、見たくもないテレビをつけっぱなしにして、寝間着のままだらだらと時間を過ごす。

眠りにつけばあの忘れたい場面が何度も夢に出てきた。かと思えば、姉の代わりとも知らずに過ごした幸せな日々が繰り返される。

夢と現実の境目が曖昧になって、涙を拭いても次に起きた時はまた頬が濡れている。それを何度も繰り返して、気付けば月曜の朝が来ていた。普段なら休み明けの月曜日なんて一番気分の上がらない日なのに、この時ばかりは仕事があるのがありがたかった。

(忘れなきゃ)

この週末は嫌というほど泣いて、眠った。しかしいつまでも泣いてばかりいられない。昔の男の思い出に引きずられて、今の自分を忘れてはいけない。恵里菜には晃と別れてからの八年間がある。見せかけだけのものでも構わない。地味子の自分を捨て去るように、がむしゃらに過ごしたこの時間があったからこそ、「派手で仕事ができる」恵里菜に生まれ変われたのだ。

(大丈夫)

いつも通り働いて、お酒を飲んでぐっすり眠って。そうすれば「派手なエリー」に戻れる。

そう、思っていたのに。

土日の影響が仕事にまで及んでいたことに恵里菜は気付かなかった。週末を翌日に控えた金曜日。あと数時間でこの辛い一週間の勤務が終わるというその時、それは起きた。

「新名。何考えてんの、お前」

「……申し訳ありません」

「謝るくらいならどうしてやっておかないんだよ！」

デスクを叩いた衝撃で、書類が数枚床に落ちる。視界の端で三好が肩をびくりと震わせた。

「保証会社の承認も下りたってお前言ったよな。それがまだファックスも送ってなければ承認も下りてないってどういうこと？　別のお客様と勘違いしていましたって、何それ」

渉外係の菅野はどちらかと言うと気むずかしいタイプで、恵里菜はあまり得意ではなかった。だからこそ、菅野の案件に携わる時は人一倍注意していたというのに。

「俺たち渉外係にとって案件一つ取ってくるのがどれだけ大変か、考えたことあるのか？」

「……はい」

「分かってるならありえないだろ、こんなミス」

冷たく吐き捨てる菅野に、恵里菜はただ頭を下げることしかできない。

渉外係は法人、個人の顧客に投資信託や保険商品の勧誘をしたり、融資案件を獲得するのが主な仕事だ。融資係の恵里菜は渉外の取ってきた案件を形にし、稟議書を作成して実行するまでを担当する。

菅野は自分の担当する企業の社長が新居の購入を検討していると知り、懸命な勧誘を行って契約をもぎ取った。

住宅ローンを一件契約すれば数千万の融資が見込める。

その後の内部事務は恵里菜の仕事だ。

菅野は保証会社に送る書類一式を恵里菜に渡していた。恵里菜はその中身を確認し、不備がなければ保証会社に郵送して承認の可否を得る必要があった。

承認が得られなければこの仕事は先に進められないし、特に今回の案件は早ければ早いほどいいと言われていた。

――それなのに、郵送どころか内容を確認することさえ忘れていた。

今回、恵里菜は菅野の案件と並行して佐々原の住宅ローン案件も進めていた。

だからといって、こんな初歩的なミスをするのは初めてだった。それぞれの進捗状況は把握していたはずだし、そもそも顧客の名前も、担当者も違うのだ。普通ならば取り違えるはずがない。

晃のことが原因で無意識にミスをした。そんな個人的な事情、なんの言い訳にもならない。

「菅野、社長はなんて？」

張り詰めていた空気を和らげるように、佐々原は冷静に問う。

「電話口で怒鳴られてそれっきりです。会社に電話しても取り次いでもらえません。せっかく佐々原さんから引き継いだ大口先なのに本当にすみません。今日に限って支店長も次長も出張だし……」

「とにかくお詫びに行こう。俺も一緒に行くよ。——新名さん」

「はい」

怒られるのだろう、と緊張しながら佐々原を見る。しかし彼はミスについては何一つ触れることなく、「田村代理が帰ってきたらすぐにこのことを報告するように」と端的な指示を与えた。

「本当なら田村代理が一緒に行くべきなんだろうけど、今はとにかく早く行かないと」

支店長と次長がいない今、支店長代理である田村がこの場においての責任者だ。しかし恵里菜直属の上司である田村は現在別の顧客の下に赴いている。本来なら田村の帰りを待つべきなのだろうが、今はとにかく急いで謝罪に向かうことを佐々原は優先させた。

「じゃあ菅野、行くか」

「すみません、佐々原さん。よろしくお願いします」

「あの、私も一緒にっ……」

「必要ない」

はっきり言ったのは菅野ではなく佐々原だった。いつもと変わらない落ち着きで言いきったその一言は、菅野の怒鳴り声以上にこたえた。佐々原が「必要ない」と言ったら本当に必要ないのだ。

終業時刻が過ぎて次々と人が帰っていく中、恵里菜はただ待ち続けることしかできなかった。

「新名、最近どうした」

「いえ……本当に、この度は申し訳ありません」

「そう暗い顔をするな。今回のことは任せきりにしていた俺も悪いよ。本当ならこまめに確認するべきなのに、普段の新名があまりにもしっかりしているから、つい頼りすぎてしまった」

田村はパソコンから顔を上げ、沈んだ表情の恵里菜に「悪かったな」と苦笑した。

戻った彼は恵里菜から報告を受けると、すぐに佐々原へ連絡して状況を確認した。本来ならば役席である彼が菅野と同行するべきだったが、何人も謝罪に行っては逆に迷惑となってしまう。田村は「何かあればすぐに連絡するように」と伝えて現在も待機していた。

「ああ、そうだ」

唐突に沈黙が破られ、恵里菜は反射的に表情を強張らせた。

また何か不備があったのだろうかと不安が募る。今日のミスですっかり萎縮してしまったらしい。

「新名に特別講師の依頼が来ていたんだ。どうやらこの記事を見たらしくてな」

田村はデスクの引き出しから何かの紙を取り出した。途端に今度は違った意味で顔が強張る。彼が机に広げたそれは、あのインタビュー記事が載った新聞だったのだ。

「これ、覚えてるか？」

「——はい、もちろん」

今となっては引き受けなければ良かったと思う程度には、軽いトラウマになっている。なにせ、あれが原因でとんでもないものが釣れてしまったのだから。

だがそんなことなど知らない田村は、内心悪態をつく恵里菜に淡々と話を続ける。

「あれを見た高校の先生から『ぜひうちの生徒たちにも職業体験の話をしてほしい』と依頼があったんだ。対象は高校一年生。時間は一コマ四十五分だそうだ」

「私が高校生相手に授業をするということですか？」

「簡単に言えばそうだな。先方の先生いわく、『授業と固く考えずに気楽にやっていただいて構わない』とおっしゃっていた。頼まれてくれるか？」

突然そう言われてもすぐに頷くことはできなくて、恵里菜は戸惑いがちに尋ねた。

「……私、塾講師のアルバイトさえしたことありませんよ？」

「先方が新名を指名しているんだし、そこは問題ないだろう」

「ちなみに、どこの高校ですか？」

「里宮高校だ。確か、新名の出身校だよな？」

ごく自然な田村の問いかけに、恵里菜は「はい」とか細く答えるのが精いっぱいだった。

（里宮高……？）

ひんやりとした何かが体の内側を走り抜ける。寒気にも似たそれに、恵里菜はぐっと拳を握った。

――かつて、そこには恵里菜の全てがあった。

夢も、恋も、青春も。たくさんの思い出が詰まった大切な場所。

その一方で全てを消し去りたいと強く思うほどに忌まわしい場所でもある。

そこに、大人になった自分が行く。かつての恵里菜と同じ制服を着た学生たちと向かい合う。

正直に言えば冗談ではない。しかしよくよく話を聞けば、既に上の許可も取っているという。ならば断れるはずもなく、恵里菜は拒否したい気持ちをなんとか堪えながら「承知しました」と答えた。

「詳しいことは佐々原に話してあるから、帰ってきたら聞くといい。日程は佐々原と先方とで詰めることになっている。新名は話す内容を考えておけば大丈夫だよ」

「佐々原さんも呼ばれているんですか？」

「ああ。可能であれば男性と女性両方の視点から話をしてほしいと言われてな。さすがに決算月に二人も派遣するのは無理だが、十月以降なら構わないだろうということで了承した」

（……佐々原さんも一緒、か）

今まさに自分のフォローに奔走している先輩を頭に描いたその時、電話が鳴った。社長と話がついたのだろうか。恵里菜は素早く受話器を取る。

「お電話ありがとうございま――」

『エリー？』

新名ではなくエリーと呼んだその声は、やはり穏やかで。

『謝罪を受け入れて頂けたよ。このまま話を進めていいと言って下さったから、大丈夫だ。今事務所で、社長と菅野が話を進めてる』

生意気にも「名前で呼ばないで」と言ったくせに、佐々原の声を聞いて安心する自分がいた。同時に平静を装（よそお）っていても、自分がどれほど動揺していたのか、この瞬間痛感した。

たまらず熱くなった目元に力を入れると、受話器を握る手にも力がこもった。

『田村代理に代わってくれる？』

「はい。――田村代理、佐々原さんからお電話です」

それから二、三言話して田村は電話を切った。

「予定通りうちでローンを組んでくれるそうだ。二人はまだしばらく事務所にいるそうだから、新名、もう帰って大丈夫だ」

でも、と言いかけた言葉をぐっと呑み込む。自分が原因で先輩たちが頭を下げに行ったのに、先に帰れるわけがない。しかしこのまま恵里菜がここにいてもできることがないのもまた事実。

恵里菜は再度深々と頭を下げると、営業室を後にした。

――叱られた方が、どんなに良かっただろう。

今回の件ではっきりと怒ってくれたのは菅野だけだ。

田村は声を荒らげるタイプではないし、幸か不幸か支店長は出張で不在だ。月曜日に支店長の耳に入ったとしても、叱責を受けるのは恵里菜ではなく田村と菅野だろう。

更衣室で着替えている途中、鏡に映った自分はとても青ざめた顔をしていた。無理やり塗ったファンデーションはすっかりくずれている。

「……酷い顔」

本当に嫌になる。眠れなかったのも、初歩的なミスをしたのも、周りに迷惑をかけたのも。

（全部、晃のせい？）

晃が会いに来なければぐっすり眠れたし、きっと化粧のノリも良かった。仕事をミスしたり、注意散漫にもならなかっただろう。でも所詮はきっかけにすぎない。

——晃がいなければ。

——晃が家まで来なければ。

——晃と会わなければ。

あきら、アキラ、晃。忘れたくても忘れられない人。どれだけ時が経っても、恵里菜の中から決して消えることがない男。晃という存在は恵里菜の中に深く刻み込まれている。

だからこそ自分がどうするべきか、何をすればいいのか、恵里菜には分かっていた。

車に乗り込んだ恵里菜は、鞄の中からそっと一枚の紙きれを取り出した。

晃が帰り際に書いたそれには電話番号とメールアドレスが並んでいる。

少しクセのある見慣れた字。何度捨てようと思っても捨てられなくて、鞄の中に丸めて入れて。十一桁の数字とひねりのない簡単な英数字の羅列はもう暗記してしまった。

八年前の過去にケリをつける。清算する。いつだって機会はあった。望みさえすれば、きっかけなんていつでも作れたのだ。それでも最初の一歩がどうしても、踏み出せない。

(できない……できないよ)

怖い。ただただ、怖かった。

もう一度会って、昔と同じことになってしまったら?

車に乗り込んでからもしばらくは動けなかった。ハンドルに置いた両手に顔を突っ伏して、なんとか気持ちを落ち着かせようとするけれど、そのたびに晃が自分を呼ぶ声が耳にこだまする。

だからこそ不意に鳴ったスマートフォンに、そこに表示された名前に恵里菜は驚いた。

「佐々原さん?」

それは一瞬頭をよぎった名前とは違ったけれど、恵里菜はすぐさま指先を滑(すべ)らせた。

「……もしもし?」

わざわざ連絡してくるなんて何かあったのだろうか。そんな不安な心が声に表れていたのか、『おつかれ』と返す佐々原の苦笑するような声が聞こえた。

『エリー、もう帰った?』

「……いえ、ちょうど車に乗ったところです。あの、私やっぱり、今からそちらに行きます」

自分のミスで謝りに行ってもらったのに先に帰るなんて。呆れられたらどうしよう、と内心不安に思っていると、恵里菜の杞憂を吹き飛ばすように佐々原は電話口で笑った。

『いいって、俺たちももう事務所出たから。ガソリン少なくて、今給油してるとこ』

「菅野さんは？」

『一服してる。安心したんだろ。それよりお前は平気か？　声、かすれてるけど』

からかい交じりの問いかけに、いつもの恵里菜ならきっと軽く返してそれで終わりだった。しかし今、その一言が引き金となって、一度は引っ込みかけた熱いものが再び喉元に込み上げる。

「大丈夫です」

声が震えそうになるのを、口元に力を入れることでなんとか堪える。

泣きそうになりながら誰かを頼るなんて、そんなの「エリー」らしくない。

（……しっかりしなきゃ）

叱責されて当然なのに、佐々原はこうして気遣ってくれる。優しい先輩にこれ以上迷惑をかけたくない。何より、こんな風に弱い自分を知られるのが嫌だった。

晃の前で涙した時のことを思い出す。突然現れた昔の恋人を前に、荒ぶる心を抑えられず、ただただ泣くことしかできなかった。一人で立っていられない自分になるのは、もうごめんだ。

「今日は本当にありがとうございました。今度好きな物を奢らせて頂きますから、お酒でも料理でも遠慮なく言って下さい」

あえていつもの調子で誘うと、佐々原は少しの沈黙の後に、『じゃあ早速いい？』と乗ってくる。

『というか、初めからそのつもりで電話したんだけど。あーでも、「御礼の代わりに」なんて言ったら、またエリーに「セクハラです」とか返されそう』

「なんですか？」

『エリー、明日の予定は？』

「特にないですけど……」

あったとしても、返却期限の差し迫ったＤＶＤを鑑賞するか、部屋の隅（すみ）にどんどん積み重なっていく未読本の山を消化するくらいだ。

『なら、決まりだな。エリー、俺とデートしない？』

沈んだ気持ちなど吹き飛ばしてしまうような明るい声で、佐々原は恵里菜を誘ったのだった。

4

翌朝、恵里菜は普段の休日よりも少しだけ早く目を覚ました。佐々原との約束の時間は十三時、いつものように昼過ぎまで惰眠を貪っていたら、とても間に合わない。すぐにシャワーを浴びて、トーストで朝食兼昼食を簡単に済ませる。体をさっぱりさせてお腹を満たすと、気持ちも大分すっきりした。だが肝心なのはここからだ。

「……服、どうしよう」

ベッドの上にはありとあらゆる服が散乱している。お気に入りのカットソーにワンピース、ミディアム丈のスカートにデニムのパンツ。見栄に給料の大半をつぎ込んでいる恵里菜だ、どんなパターンの服装も準備できるだけの種類がある。だが困ったことに、着ていく服が一向に決まらない。

これがいつもの飲み会ならすぐに決められるのに、「デート」と頭にインプットされた途端、どれを選んだらいいのか分からなくなってしまう。

(デートって言っても、深い意味はないんだろうけど)

普段から「付き合え」と冗談交じりに言ってくる先輩のことだ。きっとミスで落ち込む後輩を気分転換に連れ出すためにそう称しただけで、他意はないのだろう。しかし、休日に異性と出かけるなんてただでさえ久しぶりなのに、その相手が普段の互いをよく知る佐々原だと、どうにも勝手が狂う。

恵里菜の知る「デート」は後にも先にも高校時代が最後だ。大学時代は、彼氏はもちろん男友達もほとんどいなかった。社会人になってからは職場を通して色々な男性と知り合ったけれど、個人的に連絡先を交換した人は一人もいない。

恵里菜がデートをしたことがある相手はただ一人、晃だけ。

大学受験の年に付き合い始めた二人のデート先は、もっぱら図書館や喫茶店だった。ノートや教科書を広げ、数式や英単語を言い合う姿は、傍目（はため）にも恋人同士には見えなかっただろう。

当時の恵里菜は晃と一緒にいられるだけで十分嬉しかった。そして普段が勉強漬けだったからこそ、たまに二人で出かけるのが楽しくてたまらなかったのだ。

その時も恵里菜は服選びにとても困った。一緒にいる時は常に制服姿。おまけに当時の恵里菜は佐保のようにお洒落（しゃれ）に興味もなかったし、お化粧だってせいぜい色付きリップを塗るくらいだった。

――何を着ていけばいいのかな。

――晃、どんな服が好きなんだろう？

ファッションに疎い恵里菜は姉に相談する代わりに、晃に相談した。彼は化粧っ気一つない恋人の悩みを聞くと、「じゃあ俺が選んでやる」と言って楽しそうに店を巡ってくれた。

本当は少し露出度の高い、いわゆる「ギャル系」の服が好みのくせに、晃が恵里菜に選ぶのはいつだって落ち着いた雰囲気の、それでいて可愛らしい洋服だった。

付き合い始めてからも恵里菜は洋服より小説や漫画を集めることを好んだけれど、晃が選んでくれた洋服が少しずつ増えていくたびに、クローゼットを開けることが楽しくなった。

――大変だったけれど、好きな人を思って服を選ぶのはとても楽しい時間だったのだ。

「……なんですか、そんなにじろじろ見て」

車を発進させてしばらく、鏡越しにこちらを窺う佐々原に恵里菜はきょとんと眼を瞬かせる。

「いや、今日はいつにもまして綺麗なカッコしてるなーと思って。やっぱりスタイルいいよなあ。待ち合わせ場所に立っているエリーを見た時、どこのモデルかと思った」

感心した様子で改めて見られるとさすがに恥ずかしい。

「一応、『デート』ですからね」

あえて軽口で返せば、佐々原も「そうそう、デートだから」と笑って言った。

色々と悩んだ結果、恵里菜は膝上丈(ひざうえたけ)の黒のワンピースを選んだ。ビーズの刺繍(ししゅう)がV字型の胸元に施(ほどこ)されているそれは、お気に入りの一着だ。胸下で切り替えがあり、裾はふわりと広がっていて甘すぎず派手すぎずちょうどいい。下に薄手のストッキングを穿(は)いて、足元は歩きやすい三センチヒールの黒のレザーパンプスにした。最後にベージュのトレンチコートを着れば完璧だ。

結局、いつもの通勤スタイルを少し綺麗目にしただけになってしまったけれど、気合を入れすぎないその格好は、佐々原とのバランスも取れていると思う。

恵里菜はハンドルを握る佐々原を見る。白シャツに紺色のジャケット、足元は濃いジーンズ。

そんなカジュアルな服装が佐々原によく似合っている。スーツを脱いでネクタイを外すと雰囲気がガラリと変わるのは男性の常なのに、佐々原が相手だと、なぜだかとても新鮮だった。

「昨日のこと、まだ気にしてる？」

不意に問われて、はっと顔を上げる。前を向く佐々原は、穏やかな表情のまま続けた。

「反省するのも大切だけど、あまり考え込みすぎるなよ。菅野も『俺にも責任があるのに、新名に言いすぎました』って言ってたから」

「ああ。それにあいつも昨日は余裕がなかっただけで、根は悪いやつじゃないからな。とにかく、今回は大きなミスだったかもしれないが、同じことを繰り返さなければいい。……まあ、俺も偉そうなことは言えないんだけど。今まで色んな人に迷惑かけてきたしな」

ハンドルを握ったままにっこりと微笑むその横顔に、恵里菜は再度「ありがとうございます」とだけ言った。この場で後ろ向きな発言をするのは、明るく振る舞う佐々原に対して失礼だと思ったのだ。

「今日はどこに行くんですか？」

話題を変えようと恵里菜は聞いた。駅から車を走らせてまだ十五分ほどだが、どこに向かっているのかさっぱり分からない。「遠出ですか」と聞くと、佐々原はちらりと横目で恵里菜に微笑みかけて「秘密」と答えた。

「とりあえずしばらくはドライブを楽しむ、ってことで。テレビと音楽どっちがいい？」

「音楽でお願いします」

「りょーかい」

車のスピーカーから、聞き覚えのある洋楽が流れてくる。

どこかゆったりとした空気の中、恵里菜はそっと佐々原の横顔を見た。

仕事中や飲みの席。佐々原と過ごした時間は会社の誰よりも長い。十八歳から二十六歳までのこの八年間、プライベートで異性を必要としたことは一度もなかった。現状を変えようと努力するのも面倒だし、考えることさえしなかったというのが正しい。

しかし晃と再会して、少しずつ何かが動き始めたような気がする。

恵里菜は無意識のうちに、佐々原と晃を比べようとしている自分に気がついた。

どちらの男が魅力的かと問われれば、恵里菜は迷わず佐々原と答えるだろう。

しかし「どちらが気になるか」と聞かれれば、晃と答えるしかない自分がいるのもまた事実。

（……ダメ。晃のことは、今日は考えない）

国道を走っていた車が高速道路に入ってから一時間と少し。サービスエリアでの休憩を挟んで高速道路を下りる。音楽が流れる車内は、会話をしているより静かな時間の方が多かったけれど、決して嫌な沈黙ではない。それからしばらくして目の前に広がる光景に、恵里菜は息を呑んだ。

——海が見えてきた。

「水族館なんて久しぶり」

佐々原がチケットを購入するのを待つ間、恵里菜は入場ゲートの前でぐるりと周囲を見渡した。

博物館や美術館は一人でもよく行くけれど、水族館は家族連れや恋人同士で行くイメージが強く、一人で行ったことはない。

今見た限りでも、女性のグループはたくさんいるが、一人で来ていそうな人は見当たらなかった。

恵里菜の隣を大学生カップルらしき二人が通り過ぎていく。傍目には自分と佐々原もあんな風に見えるのかな、と思うとなんだか落ち着かなかった。

「お待たせ。はい、チケット」

受け取った恵里菜は料金を払おうと財布を取り出したが、「俺は先輩、エリーは後輩だからいいんだよ」と笑顔で押し切られてしまった。妙なところで律儀な先輩は、普段の飲み会でも多く支払ってくれる。先日の飲み会で置いて帰った一万円も、後日そのまま返されてしまったのだ。

「ありがとうございます。でも次に飲む時は絶対に奢りますからね?」

今日に限っては、と自分に言い聞かせて恵里菜は素直に甘えることにした。

「期待してる。さあ、行こう」

入場ゲートをくぐるとすぐに、地下へと続くエスカレーターがあった。足元以外は全て分厚い水槽に囲まれていて、海の中に誘われていくような錯覚を覚える。

薄暗い照明の中を二人で進む。深海魚やクラゲのコーナー、更には巨大水槽。幻想的な空間に留まっていると、段々と日常から切り離されていく気がする。普段は焼いて美味しい鰯も、巨大水槽の中で大群で泳いでいると、全く別の生物に見えてくるのだから不思議だ。

ペンギンは見ているだけで癒されるし、寝ているのか起きているのか分からないほどのほほんとしているマンボウにさえ見入ってしまう。それは佐々原も同じらしい。巨大水槽の前に来た時など、隣の恵里菜がつい笑ってしまうくらい佐々原は熱心に眺めていた。

「すごく恥ずかしいこと言ってもいい？」

水槽に目を向けたままの佐々原に、なんですかと聞き返せば、どこか気恥ずかしそうに彼は言った。

「こうやって非日常的な空間にいると、自分の悩みとかどうでも良くなる瞬間があるんだよな。ありきたりだけど、自分が小さく感じられるっていうか。一瞬、『悩んでる』こと自体忘れる」

それは同意を求める言葉ではなかったのかもしれない。きっとごく自然に、気持ちを表しただけだ。だが楽しそうな佐々原の横顔に、恵里菜ははっとさせられた。

――悩んでいること自体を忘れる。恵里菜は今まさにその状態だった。

ほんの昨日まで色々と悩みすぎて、寝ることさえままならない状態だった。しかし今の恵里菜は過去も——晃のことも忘れて、この状況を純粋に楽しめている。

「——それで？　エリー、何があったの？」

目の前を魚たちが群れをなして泳いでいく。光を浴びてキラキラと輝くそれに目を奪われていたその時、佐々原は言った。一瞬それが何を指しているか分からず、ぽかんと隣に座る人を見る。

「何か」あったとしたら、それは一つしかない。

しかし恵里菜は佐々原に、昔付き合った男の話はしても、再会したことまでは話していないはずだ。

そんな疑問が無意識のうちに表情に出ていたらしい。

佐々原は呆れたように「見ていれば分かるよ」と苦笑した。

「仕事中も上の空、化粧も髪も完全武装のくせにいつもと違って全体的に疲れてそうだったし。なに、双子のおねーさんか、それとも幼馴染（おさななじみ）とかいう元カレが原因？」

「……佐々原さんって、エスパー？」

「ばーか。鈍くなければそれくらい分かる。あの後からだろ、エリーがなんとなくおかしかったの」

この一週間、恵里菜は晃と再会した動揺をごまかすように仕事に没頭していた。

ミスをするまで本人でさえ気付かなかったことを、佐々原はなんでもないように指摘する。

「よく分かりましたね」と恵里菜が感心していると、彼は「よく見てるからな」とさらりと言った。恵里菜は観念したとばかりに「両方です」とため息交じりに答えた。

「佐々原さんと別れた後に姉から電話があって、その幼馴染と再会しました。……その時に色々あって寝不足気味だったんです」

決別した相手が突然目の前に現れて、抱きしめられた——とはさすがに言えずに言葉を濁す。

「ってことは、またその人と付き合うことになったの？」

「まさか。ありえません。ただ、いきなりだったから驚いて……」

「『また会いたい』とでも言われた？」

こくん、と頷く。連絡先を書いた紙は結局捨てられなくて今も家にある。番号もメールアドレスも完璧に暗記している。何よりも最後の晃の言葉を——『待っている』と懇願するように言った彼の声を忘れることができなかった。

「それでどうしたらいいのか分からない、と」

「……はい」

様子がおかしい原因が昔の男だと知って、佐々原はどんな反応をするだろう。仕事に影響が出ている以上、今度こそ呆れられてしまうかもしれない。一瞬不安になったけれど、佐々原はそんな素振りもなく、目の前に広がる海の世界をじっと見つめた。

「俺がエリーの立場で、今恋人もいないなら、会うくらいはするかな。まあその場合、嫌いで別れた訳じゃないってのが大前提だけど。でも話を聞く限りそうはいかないか。……なあ、飲んだ時に言ってた話、本当にあったことなんだよな？　エリーが地味子ちゃんで、幼馴染がお姉さんの代わりにお前と付き合ってた、っていう」

酔っぱらいの戯言だと思われても仕方ない。もし自分が当事者でなかったとしても、めったに聞かない酷い話だと思う。だからだろう、「本当ですよ」と苦笑交じりに答えると、今度こそ佐々原は言葉を失ったようだった。

「……悪いけど、地味子なエリーとか、全く想像がつかないな」

謝る必要なんてない。佐々原の言葉はむしろ、恵里菜にとって嬉しいものだから。

佐々原と話している時、恵里菜は自分が二十六歳の自立した一人の女なのだと思うことができる。

たとえそれが、すぐに剥がれてしまう上辺だけの姿だとしても、この切り替えは恵里菜にとってとても大切なものだった。

見栄ばかり張っている自分を虚しく思い、馬鹿だなと凹む時もある。外見ばかりを取り繕っても本質的な部分を変えなければ――佐保への劣等感や八年前の出来事を消化しなければ、本当は何も成長していないのと同じなのかもしれない。

それでも、八年間かけてようやく形成された「派手なエリー」は恵里菜に自信を与えてくれる。

「俺にはその人が会いに来た理由なんて分からないけど、一つだけ分かることがあるよ」

「なんですか？」

「その人、女を見る目がないんだよ。だってそうだろ？　こんなに綺麗でいい女を振るなんて、目が節穴なんだ。――だからもう、そんな思いつめたような顔するなって」

晃を思い出すだけで恵里菜の表情が自然と強張ることを、佐々原は見抜いていた。

「佐々原さん」

「ん？」

「ありがとうございます。今日、連れて来てくれて」

さりげなく言おうとしたのに、思っていた以上に真剣な声色になってしまった。

しかし佐々原は特にそれに触れることなく、「俺の方こそ行きたいところに付き合ってくれてありがとな」と笑顔で答えたのだった。

(この人はすごいな)

一見軽そうに見えて実は色々と考えている。自分の周りにも気を配り、フォローまでしてくれる。

「先輩」としてはもちろん、異性としての彼も実にスマートだった。

その後も二人はとりとめのない会話をして館内を楽しみ、残すところはスタジアムのみとなった。

水族館といえばやはりショー。ここも例にもれず、イルカショーが一番の人気らしい。パンフレットの時刻表を確認した二人は余裕を持ってスタジアムに向かい、中央の席を確保した。初めこそ並列して悠々と泳ぐイルカに控えめに拍手をしていた恵里菜だったが、高くジャンプした二頭のイルカが天井からつるされた輪っかを交差してくぐった瞬間、興奮して佐々原の腕をぐい、と引っ張った。

「すごい！　可愛い！」

直後にはっとして手を放したけれど既に遅く、佐々原はぷっと噴き出すなり、

「――やっぱ、エリーは笑ってた方がいいよ」

と声を殺して笑ったのだった。

「今、十八時過ぎか。もう一ヶ所だけ付き合ってもらっていい？　日付が変わる前には必ず家に送る」

館内を隅から隅まで堪能した二人が食事を済ませて外に出ると、辺りは薄らと夕闇が

かかり始めていた。あとは帰るだけだろうと思っていたのだけれど、どうやら違うらしい。

「大丈夫ですよ。でも、どこに行くんですか？」

「今日のメインイベント会場。驚くよ、きっと」

その後、車は海沿いを離れて山間の方へと向かっていった。街灯の数も減っていく中、田舎にありがちな古びたネオン看板がちらほらと見え始める。それからしばらくして、佐々原が停車したのは山道の途中にある開けた駐車場だった。

「着いた。エリー、降りて」

促されて車から降りる。眼下には暗い海が広がるだけで、とても景色が良いとはいえない。佐々原の意図が分からぬまま恵里菜が空に目を向けた、その時だった。

――赤い花火が夜空に咲いた。

次いでドオン、と腹の底に響く鈍い音がこだまする。真っ赤なそれを皮切りに、花火は次々と打ち上げられた。黄色の大輪の花、ハート型の愛らしいものやアニメのキャラクターを象ったもの。

打ち上げられるたびに水面にも鮮やかな色が広がり、消えていく。

空と海両方に咲く光の見事さに恵里菜は目を奪われた。花火自体を見るのが久しぶりだったのもある。しかしそれ以上に、真っ暗な海の上に轟く音の力強さにただただ圧倒された。

「綺麗……」

この海辺では夏と秋に花火大会が行われるのだという。後者は花火師たちがいかに自分の業(わざ)が優れているかを競う大会らしい。夏とはまた違う花火が見られるらしいよ、と佐々原が教えてくれた。

(楽しかった)

誰かと過ごす休日がこんなに楽しいものだなんてすっかり忘れていた。改めて、とても長い間を一人で過ごしていたのだと実感する。

八年間、自分の気持ちも過去も、全てに無理やりふたをして走り続けてきた。バイトに資格試験に仕事、お洒落(しゃれ)。空いた時間はひたすらだらだらと過ごす。時折立ち止まって自分の行動に虚しさを感じても、気付けば時間は流れていた。

それでいいと思っていた。このまま時間が過ぎれば良くも悪くもただの思い出になる。

しかし晃との再会で、それが不可能であることを恵里菜は知った。

晃との記憶をただの「思い出」にするには、けりをつけなければいけないのだ。

怖い。思い出したくない。それでもそろそろ前に進む時が来たのだろう。ほんの一歩でもいい。いつまでも囚(とら)われているのはやめなければ。

今日一日、佐々原と過ごして分かった。晃とのことを考えると胸が痛み、投げ出してしまいたくなる気持ちは変わらないけれど、それでも八年前と変わったことがある。

後ろ向きで、上辺だけの笑顔ではない。

――私は、こうして笑うことができる。

花火が上がる。クライマックスに入ったのだろう。次から次へと打ち上がり、色鮮やかな火の粉が緩やかな放物線を描いて夜空に溶けていく。

「エリー」

やがて全ての音が消えた、その時。

「俺と付き合わない？」

その言葉はすとんと恵里菜の耳に届いた。

『エリー、彼氏いるの？』

『俺と付き合えばいいじゃん、自分で言うのもなんだけど、結構いい物件だと思うよ』

付き合おう。それは飲みの席での佐々原の常套句。そしてその言葉を軽くあしらうのがいつものパターン。互いに冗談だと分かっていたからこそ、二人は仲のいい先輩後輩の関係でいられた。

しかし今、恵里菜はいつものように軽く流せそうにない。

お調子者で、少しチャラくて、それでいて気遣いができる人。だが今の佐々原の顔は、そのどれでもなかった。彼は口元に笑みを湛えながらも、まっすぐ恵里菜を見据えている。

全ての花火が終わった今、夜の海は再び静寂に包まれた。薄暗い街灯に照らされて、恵里菜は自分たちだけが世界から切り離されたような錯覚を覚えた。

「恋で傷ついた心は新しい恋で癒すのが一番だと思うけど、どう？」

確かにそれも一理ある。だが「恋」という言葉に恵里菜は引っかかった。

「佐々原さんは、私のことが好きなんですか？」

「好きだよ。だからこうして告白してる」

「……それは後輩としてではなく？」

「先輩」としての佐々原の好意は十分感じていたけれど、今まで異性を感じさせられたことはなかった。「デート」と称した今日だって、彼は頼れる先輩の立場を崩さなかったのだ。佐々原自身もその自覚はあるのだろう。彼は「それもある」と正直に告げた。

「エリーが俺のことをただの先輩としか思ってないのも分かってる。俺自身、後輩として見ている部分の方が多いしな。でも女の子として『いいな』と思ったのも本当。エリーは俺のこと嫌い？」

そんな風に聞かれたら否定するしかない。だからといって、「嫌いじゃないから付き合ってみましょう」とはいかなかった。

「私、は……」

職場の先輩としてはもちろん好きだ。では、男の人としては？

佐々原と飲むのは楽しい。凹んでいる時にそっと救いの手を差し伸べてくれるところも、気が利くところも、どれを取り上げても「嫌い」になる理由なんて一つもなく、むしろ好ましいと思う。

この気持ちを「好き」だと言うのならば、恵里菜は佐々原のことが好きなのだろう。

（でも、違う）

恵里菜の知る「好き」はこんな風に条件を挙げて考えるようなものではない。

しかしそれをどう伝えたらいいのか分からない。佐々原はこうしてまっすぐ気持ちを伝えてくれたけれど、恵里菜にはそれが上手くできないのだ。

「思っていることを素直に言っていい。俺は別に困らせたい訳じゃないから」

黙り込んだ恵里菜は、よほど酷い顔をしていたのだろう。佐々原は苦笑しながら恵里菜の頭を、ぽん、と優しく叩く。自然なその口調に促され、恵里菜はゆっくりと話し始めた。

「……佐々原さんのことはもちろん、好きです」

「うん」

「でもそれは先輩としてで、異性としては考えたことがなかった。だから正直に言うと、今なんて答えたらいいのか分かりません。好きって言ってもらえて嬉しい、でも……」

「今すぐ俺と付き合うとか、そういうのはできない？」

責める様子は微塵もなかった。答えを急かさない問いかけに、恵里菜は「はい」と小さく頷く。

「それは、やっぱり例の幼馴染が原因？」

一瞬、佐々原の瞳が揺らぐ。それに対して恵里菜は罪悪感を抱きながらも再度頷いた。

「……その人と別れた時は、絶対に許さない、もう二度と恋愛なんかしないって思った。誰かを好きになって傷ついたり、裏切られたりするのはもう嫌だから。付き合っていたこと自体忘れて、この八年間過ごしてきた。でも再会して、分かったんです。忘れてなんていなかったんだって」

晃に対する気持ちを一言で表すのは難しい。怒り、悲しみ、拒絶。なんとか冷静になろうと努めても、あの新聞の切り抜きを見せられた瞬間、感情が溢れ出るのを止められなかった。

「恋愛」に関して恵里菜は八年間止まったままだ。

それを清算しない限り恵里菜は先に進めない。そしてその後押しをしてくれたのが、佐々原だった。

「佐々原さん」

恵里菜は目の前の人をまっすぐ見据える。

「今日一日、佐々原さんと一緒にいて本当に楽しかった。佐々原さんがいたから、八年前のことにケリをつけようって思えました」

晃と会う。会って彼の話を聞く。それをしなければ、恵里菜は先には進めない。

「――だからこそ、こんな状態で佐々原さんと付き合うことはできません」

「それでもいいって言ったら？　エリーが他の誰を好きでもいいって」

「私が嫌です。私は、それだけは絶対にしません」

心に他の存在を抱きながら別の異性に好きだと告げる。その結果がどうなるか、身をもって知っているから。断言する恵里菜に、佐々原は「そうだよな、悪いこと言った」と苦笑した。

「――分かった。はっきり言ってくれてありがとう」

礼を言われるとは思っていなかったせいか、なんと答えたら良いのか分からず言葉を濁（にご）す。そんな恵里菜を前に、佐々原は「うーん」と両手を大きく広げて伸びをした後、恵里菜を見下ろした。

「『八年経っても忘れられない恋』か。それ、エリーにとって一生に一度の恋だったんだな」

一生に一度。あの時は、恵里菜も確かにそう思っていた。

「でも、普通に生きてきてそんな恋愛する方が珍しいよ。相手を許せない、二度と会いたくない——そんな激しい恋愛、俺には経験ないな。少し憧れる」

「そんなに綺麗なものじゃないですよ。実際はドロドロで、いいことなんて何もないから」

「でも、好きだったんだろ？」

ストレートな言葉が胸に突き刺さる。

「……好きでしたよ」

誰よりも。

「——本当に、大好きでした」

だからこそ許せなかった。憎くて、悲しくて仕方なかったのだ。

「今日は本当にありがとうございました」

アパートの前まで送ってもらった恵里菜は最後に改めて礼を言った。告白されたばかりの、しかも振った相手との帰り道はやはり気まずいものがある。佐々原が不機嫌になるようなことはなかったけれど、それでも行きと違って車内での会話はほとんどなかった。

佐々原も今日はこれ以上自分の顔を見たくないだろう。恵里菜が「おやすみなさい」と言って素早く車から降りようとしたその時、「頑張れよ」と声がかかった。

「どの道、その人との関係をはっきりさせないとエリーは前に進めないんだろ？　なら、頑張れ。嫌なことと向き合うのは辛いかもしれないけど、どうしようもない時は俺も相談に乗る。まあその結果、俺を選んでくれたら最高に嬉しいけどな」

ちなみに俺はしばらくフリーの予定だから、と佐々原はいつも通りのお調子者の先輩の顔で笑う。

どんなに明るく見えても、恵里菜は間違いなく佐々原の男としてのプライドを傷つけた。

それなのに苛立つどころか恵里菜の立場を思い、あえて軽く流してくれる彼に、改めて感謝した。

「じゃあな、おやすみ」

恵里菜が部屋に入ると同時に、車のエンジン音が聞こえた。カーテンを開けて遠ざかる車を見送りながらも、頭の中には佐々原の問いかけが繰り返される。

――好きだったんだろ？

好きだった。――そして、幸せだった。

高校時代の三年間は多分、恵里菜にとって人生で最高の時間。

十代の一ヶ月は大人の一年に匹敵すると聞いたことがあるけれど、社会人となった今では、本当にその通りだったと思う。

学生時代、恵里菜には明確な目標なんて何もなかった。

ただ唯一、佐保に勝てる勉強だけを一生懸命頑張って、それなりの成績を収めることができた。

それでも恵里菜の根っこにこびりついた「佐保への劣等感」と「人見知り」はそのまままで、花の高校生活も中学同様の地味子として過ごすのは変わらない。

テニス部に入部するなりアイドルになった佐保とは違い、読書好きの恵里菜はひっそりと文芸部に入部した。

華やかさやときめきとは無縁だが、放課後の数時間を小さな部室で、少人数の部員とのんびり過ごした。相変わらず地味な学校生活だったけれど、それでも大きく変わったことが一つだけある。

──好きな人ができた。

それだけでこんなにも温かい気持ちになるなんて、今まで知らなかった。

登校する朝、気だるげにあくびをしながら自転車をこぐ後ろ姿を見たくて、わざと遅く家を出た。

下校中、クラスメイトとこづき合いながら自転車を押す姿を追い抜くのが、密かな楽しみだった。

しかし好きな人の隣には時折、嫌いな姉がいた。自分が立ち得ない位置に姉がいることには嫉妬と憧憬を抱いたけれど、それでも好きな人がそこにいる。

それは恋愛初心者の恵里菜にとって、とても満ち足りた日々だった。

だから高校三年の新学期、同じクラスに晃の姿を見つけた時は、内心飛び上がるくらいに嬉しかった。憂鬱なだけの新学期が、初めて素敵な日に変わった瞬間だった。

同じクラスになれば会話する機会も自然と増える。特に晃は恵里菜に対して遠慮がなかったから、からかいに真面目に反応する恵里菜を他のクラスメイトは面白がり、数ヶ月経つ頃には恵里菜もすっかりクラスに溶け込んでいた。

晃を中心に少しずつ、恵里菜の生活に彩りが増えていく。地味子なのは相変わらずだし、佐保と比べられることもある。しかしそれを気にする度合いは少しずつ減っていった。

好きな人がいるから。その人は自分と姉を比べたりしないから。

一方的な想いではあったけれど、恵里菜の心は不思議と落ち着いていた。

その頃には佐保の好きな人を知っていて、姉と晃の関係を疑うことがなかったのも要因かもしれない。何よりも、誰かを「好き」になれることの幸せを知った。

この恋はきっと片想いで終わるだろう。しかし、ほんの少しの間だけでも自分に自信を持たせてくれた晃と恋をすることができた。それだけで恵里菜は十分に嬉しかったのだ。

「俺と付き合ってほしい」

晃に告白された時は夢かと思った。

すぐには理解できず固まる恵里菜に、晃は再度「好きだ」と言った。

驚きと嬉しさで泣き続ける恵里菜を、晃はそっと抱きしめてくれた。

その温かさにいっそう涙が溢れて、恵里菜は泣きじゃくりながら「はい」と返事をした。

共に時間を過ごすうちに晃の夢を知った。その夢を応援したくて、恵里菜もできることをした。

「同じ大学に行こうな」

晃の努力を一番近くで見てきた恵里菜は、きっと叶うだろうと素直に思えた。

同じ大学に行って、サークルに入って。たまに喧嘩はするだろうけれど、晃と一緒のキャンパスライフはきっと楽しい。晃と過ごす日々は喜びに満ちていた。

本当に、幸せだったのだ。

（前に進まなきゃ）

恵里菜は鞄から一枚の紙を取り出して、ゆっくりと広げた。呼吸を整え、震える手でスマートフォンを起動させる。

くしゃくしゃになった紙。そこには既に頭にしっかりと刻まれた十一桁の数字が記されていた。

電話をかける。仕事で一日に何度もしているはずのその行為は、相手が特定の一人になった途端、指先が固まったように動かない。

番号を押してはクリアし、クリアしてはまた押すを繰り返しているうちに、時刻は零時を回ってしまった。今電話しなければ、この先自分からかけることはきっとないに違いない。

呼吸を整える。一、二、三……と十まで数えたところで恵里菜は心を決めた。

発信ボタンを押すと、三コール鳴ったところで電話が繋がった。

『はい、藤原です』

低い声を聞いた瞬間、心臓が跳ねる。胸にダイレクトに響く重低音の声色に、用意していたはずの言葉はどこかに飛んでしまった。

『……もしもし？』

「私、だけど」

『エリ……？』

電話越しに晃の戸惑いが伝わってくる。

「……ごめん、起こしたよね。また昼間にかけなおすよ」

『待っ、切らなくていい、大丈夫だから！』

「え……？」

『大丈夫だから、切らないでくれ』

必死ささえ滲ませるその響きから、恵里菜は晃が確かに「自分を待っていた」ことを知った。その一方で、この反応をどうとらえればいいのかが分からなかった。

自分たちはもう、毎晩のように電話をしていたあの頃とは違うのだから。

『……連絡、ありがとう』

待ってた、と安堵した様子の晃とは対照的に、恵里菜は頭の中で慎重に言葉を選んでいた。

何を話すか、会話の流れさえ何度もシミュレーションした。それなのに、いざこうして晃の声を聞くと、どうにも落ち着かない気分になってしまう。

電話の先にいるのは二度と会うつもりのなかった相手だ。晃が話したいことというのが何なのかはまるで分からないけれど、昔のことについてなのは間違いないだろう。その内容がどうあれ、恵里菜はきっと動揺する。

こうして声が震えないよう取り繕うのが精いっぱいなのだ。実際に晃と会って話をしたらどんなことになるのか。だからこそ今は冷静にならなければ、と恵里菜は強く思う。

『……エリ？』

黙り込んだ恵里菜を不審に思ったのか、晃はそっと呼びかける。

名前で呼ばないで、と言いそうになるのを恵里菜は寸前で止めた。

勘違いかもしれない。しかし晃が自分を呼ぶ声は、どうしても甘く聞こえてしまうから困る。

昔の自分に引きずられそうになるのを堪え、恵里菜は口を開いた。

「――再来週の金曜日、二十時。駅前の喫茶店で待ってる」

『……会ってくれるのか？』

「その日、その時間でいいなら。――どこの喫茶店だか、言わなくても分かるよね」

『ああ。忘れるわけないよ』

懐かしむような声色を、恵里菜は聞かなかったふりをした。

「それじゃあ、また」

『エリ！』

切ろうとした瞬間、晃は言った。

『連絡をくれて本当に、ありがとう。金曜日、必ず行くから』

はっきりとした喜びを示す晃に対して、恵里菜は「……おやすみ」と可愛げもなく返すことしかできなかった。

5

それから約束の金曜日までの日々は、瞬(またた)く間に過ぎた。さすがに決算月のように毎日二十二時近くまで残っていることはないけれど、恵里菜がこの二週間で定時である十七時半に上がれたのは、ほんの二日だけだ。

金曜日の今日も、恵里菜は窓口が閉まる十五時まで預金窓口の応援に回っていた。その間お願いできることは三好に回したけれど、勘定も締め終えた十六時前、ようやく自分のデスクを確認した恵里菜は言葉を失った。

「……嘘でしょ？」

頼んだ書類の半分がそのままデスクに残っている。「他は無理でもこれだけはお願いね」といった案件までそのままだ。さらには日中に終わらせるべき延滞督促(とくそく)のリストも置きっぱなし。三好に頼んだ分だけではなく、元々自分がやろうと思っていた仕事も残っている。

――残業決定。

晃との約束は二十時。約束した隣町までは車で片道三十分。一度家に帰ってシャワーを浴びて、着替えて化粧を直して……一時間の残業を見越しても、間に合うかどうかぎりぎりだ。

「……勘弁してよ」

職場から直接向かえば間に合うかもしれないが、それだけは嫌だった。

晃と会う以上は最大限、綺麗な自分を見せたい。

なにせ相手は見た目だけは最上級な男だ。一方の恵里菜は外見こそ変わったけれど、相手はこちらの本来の姿を知っている。だからこそ仕事でくたびれた姿など見せられなかった。

今日だけはどうしても定時で帰ろうと思っていたのに。

当の本人は営業室に見当たらないから、化粧室にでも行っているのだろう。

いなくて良かった。側にいたらきっと、注意する言葉もきつくなったに違いない。

いったん気持ちを鎮めようと思った恵里菜は給湯室へと向かった。

マグカップに粉末のインスタントコーヒーを入れ、ポットからお湯を注ぐ。熱いブラックコーヒーを一口飲むと、少しだけ気分が落ち着いた。

（まずはこれ以上遅くならないうちに督促(とくそく)の電話をかけて……すぐに書類を作成しなきゃ）

頭の中で段取りを確認する。一度三好に任せた以上、できなかった理由を聞いて教えながらやるべきなのかもしれないが、今日に限ってはそんな余裕はなく、全て自分で終わらせるつもりだった。

「おつかれー。あ、悪いけど俺にもコーヒー入れてくれる？　もう外寒くって」

恵里菜がマグカップをシンクに置いたところで、外回りに出ていた佐々原が戻ってきた。

「バイクだと冷えますもんね。――はい、どうぞ」

「ありがとう。ああそうだ、職業講話の話だけど、来週の火曜日に一度学校に打ち合わせに行くことになった。電話した印象だけど感じのいい先生だったし、緊張することもないだろ」

その言葉にちょっとだけ安心した。ただでさえ緊張する場所だ。不安要素は少ない方がいい。

「あー寒い」と呟きながらマグカップの中身をすする佐々原をちらりと横目で見る。

告白された夜から二週間。佐々原があの日について触れたのは、一度だけだ。

佐々原の気持ちを知った以上、今までのように気安い関係ではいられないだろう。そう覚悟して翌週出勤した恵里菜に、佐々原は一言こう言ったのだ。

「表情が硬い。気にするなってのは難しいかもしれないけど、仕事中は普通でいいよ。俺もそうするつもりだから」

以来、佐々原は宣言通りに接してくれている。初めはどこかぎこちない態度だった恵里菜も、表面上は今まで通りに振る舞えていた。

「にしても今日は窓口も混んでたみたいだな」

「かなり混んでましたよ。今日一日、私も預金窓口の応援でしたし。おかげで自分の仕事があまり進んでいなくて、残業決定です」

どうして今日に限って、と思わずポロリと零す。それを佐々原は聞き逃さなかった。

「何か用事でもあったの？　エリーが平日になんて珍しいな」

ここ数年の恵里菜の生活パターンをよく知っている佐々原だからこその言葉だ。

確かに週末の金曜日なんて、彼と飲みに行く以外はほとんど用事は入らない。佐々原が笑って茶化す一方、恵里菜は一瞬どうしたものかと思いながらも正直に言った。

「……幼馴染と会って話をすることになったんです」

佐々原にしか聞こえない声で小さく言う。すると彼は一瞬何かを言いかけたが、すぐに「そっか」とそれを呑み込んだ。

「そういうことなら早く終わらせないとな、俺にできることがあるなら手伝うよ」

すみません、と言いかけた恵里菜の言葉を遮ったのは意外な人物だった。

「佐々原さんと新名さん今日飲みに行くんですか？　なら、私もご一緒したいですっ！」

不意に現れた三好は、ぐいと二人の間に割り込むと、今にも佐々原の腕にしがみつきそうな勢いで言った。「どこに行きます？」「駅前に美味しいお店ができたんですよ！」とはしゃぐ姿に恵里菜は一瞬呆気に取られたが、すぐに「三好さん」と厳しい声色で彼女を呼んだ。

「飲みに行ってる場合じゃないでしょ」

恵里菜より二十センチ身長が低い彼女は自然と上目遣いになる。きょとん、と首を傾げる姿は確かに愛らしい。しかし他の同僚には通じようと、恵里菜に限っては苛立ちを増幅させるだけだ。

「今日私はいくつか仕事を頼んだよね。三好さんも忙しかったのは分かるよ。でも、これだけはってお願いしたものができてないのはどうして？」

「……だって、あの案件、私には難しすぎて。分からないところがたくさんあったんです。勝手に進めて間違えるのもどうかと思ったし、田村代理も今日は出張でいなかったから……」

だから分かるのを先にやりました、と悪びれもしない三好に恵里菜は唖然とした。

確かにあの案件は三好には少し難しかったかもしれない。しかし似たようなものは以前教えたことがあるし、そもそも自分一人でダメなら恵里菜に聞けばいい。

(分からないことがあれば調べる。それでもダメなら聞く。仕事ってそういうものじゃないの？)

少なくとも恵里菜はそうしてきた。新人時代は必死に佐々原に食らいついて、そうして今の自分がある。なぜ三好はそれができないのだろう。

「新名さんにお聞きしようかと思ったんですけど忙しそうだったから、聞いたら迷惑かと思って……」

「迷惑じゃないよ。むしろ、遠慮された結果が放置、なんて方が迷惑」

ストレートな物言いに、三好が泣きそうに表情を歪める。

間違ったことは言っていない。でも三好を泣かせたかったわけでもなくて――

――基本的にお前、ずーっと気難しい顔してるから。怒ってないのは分かるけど、そういうの色々と誤解されるぞ。それって、もったいなくねえか？

ふと浮かんだのは、皮肉にも晃の声だった。

今日に限らず、三好は恵里菜に何かを尋ねる時、いつも遠慮がちに話しかける。おどおどしたその態度は昔の自分を見るようで、時に苛立(いらだ)ちもした。でもそれは三好だけのせいではない。恵里菜が「そう」させていたことに今、気付いた。

「……聞きにくい雰囲気を出していたならごめん。今日は忙しかったから確かにピリピリしてたかもしれない」

恵里菜の謝罪がよほど意外だったのか、三好は潤(うる)んだ瞳を大きく瞬(また)かせた。

「でも、それで仕事が遅れたら自分たちが大変になるのはもちろんだけど、何よりお客様に迷惑がかかる。それは一番やっちゃいけないことなのは分かるよね？」

「……はい」

「何か分からないことがあれば遠慮なく聞いていいから。私もそうしてきたし。ね、佐々原さん？」

二人のやり取りを黙って聞いていた佐々原を見ると、彼は「よくできました」と言わんばかりの笑顔を返した。

「そうそう。新名だって最初の一、二年はさんざん失敗してきたんだから」

「新名さんが……？」

「もちろん。俺だって同じだよ。でも、三好ちゃんも二年目だし、もう少し『働く』ことに対しての自覚を持とうか。俺も新名も三好ちゃんには期待しているんだからさ」

たしなめながらも、笑顔でフォローを忘れない。そんな佐々原と恵里菜を前に、三好は一瞬の間のあと、「すみませんでした」と頭を下げた。反抗的でも怯えるでもない三好と向かい合うのは、振り返ればこれが初めてのことだった。

「新名、今日中にやらなきゃいけないのって何が残ってる？」

「督促と住宅ローンの稟議草案です。今日中に形だけでも整えないと」

「分かった。じゃあ新名は電話が終わったら自分の仕事をして、終わり次第帰っていいか上に聞いて。稟議書の書き方は俺が教えるから、三好ちゃん、仕上げてみようか」

「は、はい！」

「よし、じゃあ戻ってさっさと終わらせよう。金曜だしな！」

恵里菜が何かを言う間もなく、佐々原は三好を給湯室から連れて出て行った。恵里菜もまた先輩のフォローに感謝しつつ、すぐに督促電話に取りかかる。幸いにして、今日の連絡先は皆スムーズに話が進み、恵里菜は定時の十五分過ぎに上がることができたのだった。

熱いシャワーを頭から浴びる。疲れた体を奮い立たせて、恵里菜は鏡の前に立つ。

今日のために下ろした服は、落ち着いたネイビーのAラインワンピース。

胸元から腰にかけて体にフィットする形だけれど、裾の部分はふわりと広がっている。落ち着いた色合いながらも可愛らしいそれは一目惚れだった。

少し大きく開いた胸元には、初任給で買った小ぶりのダイヤモンドのネックレスを、両耳にはおそろいのピアスをつける。残る化粧を慣れた手順で済ますと、丁寧に毛先を巻いた。

ふわふわになった髪の毛を簡単なハーフアップにして、ゴールドのバレッタで止める。最後にお気に入りのベージュのトレンチコートを着て鏡の前に立てば、完成だ。

鏡に映る自分を確認する。そこに地味で野暮ったい高校生の頃の面影はない。

（大丈夫）

二十六歳の自分に向かって、恵里菜はそう言い聞かせた。

高校から自転車で五分の場所にある駅前の喫茶店に、恵里菜と晃はよく訪れた。

一番初めに行ったきっかけは、晃の「教室ばかりだと飽きる」「ファミレスだとうるさすぎて落ち着かない」という俺様発言だった。困った恵里菜が担任の宮野にどこかいい場所はないかと相談した結果、教えてもらったのが、この喫茶店だ。

マスターが卒業生らしく、宮野もたまに一人で訪れるという。

高校生の恵里菜にとって、喫茶店は分不相応な気がしたが、いざ訪れて見れば、こんなにも居心地のいい店は初めてだった。

木造のレトロな扉を開けると、カランカラン、と明るい鈴の音が迎えてくれる。

昭和中期に開業したという店内は落ち着いた外観同様、実にシックだった。

濃い臙脂色の絨毯が広がる店内。カウンター席が六つに四人掛けの席が三つ、二人掛けの席が二つ。マスターが趣味でやっているというその店にはいつも、耳慣れないクラシックが流れていた。

挽き立てのコーヒーの香り、食器を磨く音、常連客の他愛もない話し声。

明らかに場違いな高校生カップルをマスターは笑顔で受け入れてくれた。コーヒー一杯で何時間も居座るなんてと嫌がるどころか、「いつでも来て下さいね」と、たまにサービスまでしてくれる。

優しいマスターも、どこか懐かしさを感じさせる店の雰囲気も恵里菜は大好きだった。そして、おそらくは晃も。二人の思い出が詰まったこの店をこうして訪れるのも八年ぶりだ。

近くの立体駐車場に車を止め、恵里菜が店の扉を開けると、「いらっしゃいませ」と懐かしい声が迎えてくれた。彼は恵里菜を見て一瞬目を見開くと、「お久しぶりです」と薄く微笑み、「お好きなところへどうぞ」と席を勧めてくれる。

恵里菜は迷いながらも窓際の二人席に座った。

「……まさか、覚えていて下さるとは思いませんでした」

水を運んできたマスターは、「大事なお客様ですからね」とにっこり笑った。

あの頃からどこか年齢不詳でダンディなマスターは、やはり今も年齢不詳だった。しいて言うなら少しだけ白髪が増えただろうか。けれど彼の醸し出す穏やかさも、ほっとする雰囲気の店内も当時のままだ。自分だけタイムスリップしたような感覚を覚えながら、恵里菜はコーヒーを頼んで店内の時計を見た。時刻は十九時五十五分。なんとか間に合った。

「いらっしゃいませ」

ベルの音とマスターの声に顔を上げる。

「こんばんは、お久しぶりですね」

「ご無沙汰しています。最近仕事が忙しくて、なかなか来られなかったもので」

男性客は見ではなかった。しかし、あの声と後ろ姿は――

「今日は珍しいお客様が多い。宮野先生、教え子さんがいらっしゃっていますよ」

マスターの声にその人は振り返る。

「……恵里菜？」

彼は恵里菜を見るなり驚いたように目を見開いた。

宮野颯太。高校三年の時の元担任。そして、佐保の夫だ。

「驚いた。まさかこんなところで会うなんて思わなかったよ」

宮野はごく自然に恵里菜の向かい側に座る。

「お久しぶりです。……おひとりですか？」

無意識に佐保の姿を探してしまう。宮野はそんな元教え子の様子に、「出張帰りで近くに来たから寄ってみたんだ」と苦笑した。

こうして二人で会うなんて高校以来だ。宮野も別の高校に転任していたため、この街に戻ってからは、正月に佐保と共に実家に来た時に顔を合わせる程度となっていた。

「一年以上ぶりか？　正月にお邪魔した時、来ていなかったもんな。今年は帰ってくるんだろ？　というか、そうしてくれると嬉しい。紗里と彩里も大きくなったし、会ってほしいな」

可愛い姪っ子たちを話題に出されては恵里菜も弱い。

「その予定ですよ。佐保とも約束しちゃったし、私も二人に会いたいですから。紗里と彩里、元気にしてますか？」

「元気も元気。毎日が動物園状態だよ。佐保も頑張ってるけど、おかげで休まる暇がない」

口ではそう言いながらも、妻と子供たちが可愛くて仕方ないのが伝わってくる。

「先生って、本当に佐保が好きですよね」

「うん、ベタ惚れ」

恥ずかしげもなく言い切る姿に、もはや感心した。宮野と顔を合わせる回数こそ減ったけれど、帰省時に二人の仲の良さは十分すぎるほど見ている。しかし、もう慣れたこととはいえ、担任時代の宮野を思うと信じられないほどの変わりようだ。

「何、にやにやして。思い出し笑い？」

「すいません。高校生の頃を思い出して。あの時は今みたいにのろける先生なんてとても想像できなかったから」

「まあなあ。でもそうじゃなきゃまずいだろ。あの時の俺はあくまで教師だ。教え子を好きになるなんて、本来許されることじゃないし、俺も絶対に悟られないようにしてたからな」

「やっぱりそうだったんですね」

「やっぱり、って？」

「昔……三年の一学期だったかな、先生に聞いたことがあったでしょう？『佐保のことが好きなんですか？』って。あの時は先生、何も答えなかったから」

まだ晃に片想いをしていた頃、恵里菜は姉と晃が一緒にいるのを遠目で見ていた。

それは宮野も同じだったらしい。互いの視線の先にはいつも、好きな人が一緒にいた。嫉妬と焦燥。そして諦めにも似た気持ちを抱いている宮野の姿が自分と重なっていたのだ。

「覚えてますか？　あの時の先生、答える代わりにこう言ったんです。『新名も辛いよな』って。だから、『やっぱり』と思って」

好きな人には別に想いを寄せる相手がいる。その辛さを知っていた恵里菜は、宮野に対して密かに同族意識のようなものを抱いていた。

（結局、それは私の勘違いだったけど）

二人は卒業後に付き合い始めた。「兄がいたらこんな感じかな」と思っていた分、佐保と結婚して義兄になった時も素直に嬉しかった。

「覚えてるよ。恵里菜に気付かれているのも何となく分かってた。でも俺、そんなに分かりやすかったかな？」

「大丈夫、きっと私だけですよ」

　確信を持って答えると宮野は安心したようだった。

「佐保のどこが一番好きなんですか？」

　わざとからかい交(ま)じりに聞くと、宮野は少し悩んだ仕草を見せる。

「あえてあげるなら、不器用なところかな」

「不器用って、佐保が？　あの子、昔からなんでも器用にこなす子でしたけど」

「うーん、でも俺の知ってる佐保は出会った時から根本的に不器用だよ。表面上はなんでもない顔をしてるけど、実際はかなり空回ってる。愛想がいいのも、明るいのも素なんだろうけど、たまに無理しているように見えたな。あいつ、基本的に『人に嫌われるのが怖い』って意識が人一倍強いから」

　冷静な顔をして空回って。一瞬、自分のことを言われているようでドキリとする。

　宮野が語る佐保は恵里菜の知らない姉の姿だ。嫌われるのが怖いなんて、姉とは無縁の感情だと恵里菜は思っている。好かれるのが当然。自然にふるまえば自然に人がついてくる——そんな、無邪気な姉は、不愛想で出来の悪い妹さえも大切にする。その無意識な傲慢(ごうまん)さが昔から苦手だった。

「よく佐保が言ってるよ。『エリちゃんが羨ましい』って」

優しく語りかけるように話す宮野に、馬鹿みたい、と恵里菜は思った。

「お世辞に決まってますよ、そんなの」

これ以上その話はしたくない。大人げなく態度でそう示す恵里菜に、宮野は気分を害した様子もなく「それで、恵里菜はなんでここに？」と話題を変えた。

「綺麗な格好して、デートか何か？」

「待ち合わせです」

「彼氏？」

「『元』がつきますけどね」

「それって……」

訝しむように眉を寄せる宮野に、恵里菜は肩をすくめて頷いた。

「晃ですよ。私に話があるらしくて、仕方なく。そういえば先生にも連絡が行ったんですよね？　私の連絡先を教えないでくれてありがとうございました。結局母が教えてしまったんですけど。そのあと、真夜中に押しかけてきた話は知ってますか？」

「……ああ、佐保から聞いた」

「本当、迷惑な男ですよね。……でも色々あって、話だけは聞こうと思って、今日はここに」

宮野は少しためらった後、「なあ恵里菜」と、なぜか気遣うような視線を向けた。

「お前たち、どうして別れたんだ？」

「それは……」

「ずっと気になってた。佐保から別れた、って聞いた時もそうだけど、正直今でも信じられない気持ちの方が強い。俺にとってお前たちが一緒にいるのは、本当に当たり前のことだったから」

当たり前。恵里菜にとってもそうだった。晃の隣には自分が、自分の隣には晃がいた。

「……晃は、本当は私のことなんて好きじゃなかったんです。だから別れた、それだけですよ」

ねえ、先生。晃が本当に好きなのは佐保なの。私はただの代わりだったの。

あなたの大切な生徒は、あなたの愛してやまない奥さんのことが好きなんですよ。

そんな皮肉は薄い笑顔の下に忍ばせて、恵里菜は事実のみを伝えた。宮野が自分たちが別れた原因を気にしていることには気付いていたけれど、恵里菜はずっと知らないふりをしている。

そんな恵里菜の頑（かたく）なな態度を宮野は尊重してくれていた。しかし今、宮野がその質問をしたのはきっと、卒業以来初めて恵里菜が晃のことを話題にしたからだろう。

「……藤原が恵里菜を好きじゃないなんて、信じられないな」

納得がいかないように、宮野は眉を寄せる。

「この前、俺と飲んだ時の藤原の様子を見せてやりたいよ。あれを見たら、他に好きな人がいるなんてとても思えない。恵里菜には悪いけど、お前の連絡先を教えてやりたくてしかたなかった。佐保に止められていたからしなかったけどな」

「先生、晃と会ったんですか？　てっきり電話だけかと……」

「最初は電話だったよ。でも俺が教えないって言ったら、あいつなんて言ったと思う？」

『それならせめて、俺と別れた後のあいつについて教えてほしい。話せる範囲でいいから……頼む、先生』

宮野は晃の台詞を正確に再現してみせた。

「普段は『宮野』って呼び捨てのくせに、その時は『先生』なんて言ってさ。……本当に必死なのが電話でも分かったから、せめてそれくらいはと思って、久しぶりに会うことにしたんだ。純粋に教え子と酒を飲みたいって思いもあったしな」

たくさん飲んで、下らない話をして。話の流れは自然と高校時代の話題になる。初めの方はお互い何となく双子の話題は避けていたけれど、酔いが回り始めたのか、ふと晃がこう漏らしたという。

『……なんで先生は、エリじゃなくて佐保を選んだんだ？』と。

「選ぶも何も、俺は初めから佐保が好きだったし、恵里菜にとって俺はただの担任だ。

そもそも告白されてもいないのに、選ぶも何もない――そう言ったら、藤原の様子が変わったんだよな」

情けないことに宮野自身相当酔っていたから、それ以外の応答はよく覚えていないらしい。

しかし、話を続けていくにつれ、晃は動揺していったように見えた、と宮野は言った。

（……どういうこと？）

『当時知らなかったことを知っている』と晃は言った。

それは宮野先生から聞いたこと？　なら、それは何――？

「なあ、恵里菜」

考え込む恵里菜に、宮野は問いかける。

「……やっぱり俺にはどうしても、二人が別れる理由があったとは思えない」

「先生、私は――」

その時、テーブルの上に置いておいたスマートフォンが不意に振動する。画面に表示されたのは晃の電話番号だった。視線で宮野に了解を取って電話を取ると、答える間もなく『エリ？』と晃の声が聞こえてくる。どこにいるのか、電話の向こう側は酷く騒がしい。

『悪い、どうしても仕事が終わらなくて……どんなに早くても二十一時過ぎになる。でも必ず行くから、もう少しだけ待っててもらえないか？』

よほど焦っているのか晃の声に余裕はない。

『怒ってる、よな。約束したのに本当に悪い』

その声はまるで母親に叱られた子供のようにしゅんとしていた。晃も今日を待ち望んでいてくれたのだろうか。

『エリ？』

探るように名を呼ばれる。

「……いいよ、もう」

待っているから早く来て。恵里菜がそう言いかけた、その時だった。

『あきらっ！』

弾むような女の声が晃の名を呼んだ。

『あたしまだ帰りたくないし、一緒にいたいよ。いいでしょ、ねっ？』

『駄目に決まってるだろ、お前は少しは大人しくしてろ！　……悪い、もしもし、エリ？』

騒がしさの正体は、おそらく音楽。落ち着いたクラシックの流れるこの場とは真逆のそれは多分、クラブやそういった類の曲だ。恵里菜は晃の仕事を知らないから、彼が仮にそういった店で働いていたとしても驚かないが――

（何、これ）

晃のすぐ隣にいるのだろう若い女の声が耳から離れない。口では邪険に扱いながらも、どこか慣れた様子の晃の声も同様だ。

（……ふざけないでよ）

くらり、と眩暈にも似た感覚に襲われる。電話の奥から何度も自分を呼ぶ声が聞こえるけれど、すぐに返事ができなかった。今口を開けば、きっと晃を責める言葉しか出てこないだろう。

晃がどこで何をしていようと、それを責める資格はないというのに。

（そんなの、分かってる）

晃が何を思って恵里菜の前に現れたのか、話とは何なのか。どれだけ考えても答えは見つからず、顔を見るのが怖くて一度は目をそらした。しかし佐々原をきっかけに、もう一度だけ向き合おうと覚悟を決めて――過去は変えられないけれど、晃の言う「知らなかったこと」を聞いて、その上で揺れ動く自分の気持ちにケリをつけるつもりだったのに。

『いつまで電話してるの、ねえ、あきらってば！』

『お前は静かにしてろ！』

しかし、現実はどうだ。晃の近くに自分以外の「女」がいる。そしてその人は晃の名を恋人のように呼んでいる——この状況に今はただ、耳を塞ぎたくてたまらない。

『もしもし、聞こえてるか、エリ？』

「……聞こえてるよ」

『悪い、終わり次第すぐに行く』

「謝らなくていいし、来なくていい」

『何を言って』

「じゃあね。——どうぞ、ごゆっくり！」

『待て、エっ……』

恵里菜は無表情にスマートフォンの電源を落とすと、乱暴に鞄の中へ放り投げた。電話を切った直後に襲ってきたのは言いようのない虚無感だった。

（……何を期待してたの）

慣れていたはずじゃないか。傷つけられるのも裏切られるのも、嫌というほど経験した。

大体、気にする方がおかしい。晃が女性と一緒にいようと、自分は既に別れたのだから関係ない。

気にせず、待っているから早く来るように言えば良かっただけだ。

でも、頭と心は別物なのだと思い知る。

――これは、「嫉妬」だ。

愛しさや恋しさなんて生易しい感情じゃない。それは狂おしいほどの、独占欲。

私以外を見ないで。他の人を側に置かないで、私だけを見て――

(嫌だ)

怖かった。八年前に呼び戻されそうで、あの時の傷が再び開きそうで。

――もうあんな気持ちを味わうのはたくさんだ。

「藤原、なんだって?」

「……用事があって遅れるそうですよ。待っていられないから切っちゃいました」

何の仕事だか知らないけど、と吐き捨てると、宮野は「大丈夫か」とためらいがちに聞いてくる。

自分が今どんなに酷い顔をしているかなんて、鏡を見なくとも分かる。それでも恵里菜は「大丈夫ですよ」と無理やり微笑んだ。

「恵里菜……」

今にも泣きだしそうな表情に宮野が何かを言いかけたその時、今度は彼のスマートフォンが数回振動した。出るよう促すと、彼は「ごめん」と席を立つ。

「ああ、佐保。今――」

数分して戻ってきた宮野は恵里菜に、「ごめん、帰らなきゃ」と申し訳なさそうに告げる。

「紗里と彩里が熱を出したらしい。今日に限って、うちの両親は旅行に行ってるから、家にいるの佐保たちだけなんだ」

「なら、すぐに行ってあげた方がいいです、佐保も待ってますよ。用事はなくなっちゃったけど、せっかく来たので私はもう少しのんびりしていきます。先生も気をつけて帰って下さいね」

流れるような台詞と笑顔は営業用。精いっぱい虚勢を張る姿に、宮野は何も言えなくなったようだった。彼は「ごめんな」と言って、テーブルの上に紙幣を数枚置く。

「これで何か食べて」

二人分のコーヒー代にしては多すぎるそれを慌てて返そうとすると、既に帰り支度を終えた宮野はにこりと笑った。

「恵里菜も帰りは気をつけて。また正月に会えるの楽しみにしてる」

宮野はマスターに、「また来ます」と言って帰っていった。一人になった恵里菜は、ふうとため息をつく。冷めたコーヒーを一口飲むと、苦みがやけに体に染みた。

「……バカみたい」

何をやっているんだろう。期待して、振り回されて、傷ついて。

そんな自分の空回りぶりはあまりに無様で、いっそ笑える。

（先生にも悪いことをしたな）

久しぶりに会ったというのに、とても失礼な態度を取ってしまった。

恵里菜にとって、宮野はある種憧れの人だ。

元教師と元教え子。二人の間にどんなロマンスがあったか知らないけれど、その道のりは決して簡単ではなかっただろう。けれど、叶わないと思われた恋を成就させ、想い人との幸せを掴み取った。

その相手が佐保であろうと、素直に良かったと思える。

（それなのに、私は……）

店内から見える外の景色は、この八年で随分と様変わりしていた。向かい側にあった文房具屋はお洒落なカフェへ、斜め向かいの揚げ物屋さんは綺麗な花屋に。でも自分だけは、あの時のまま止まっている。動きたいと、進みたいとそう思ったから、ここに来たのに。

つんと鼻の奥が痛んだ。目頭が熱くなるのをぐっと堪える。

「よろしければこちらをどうぞ。……雨が降ってきましたね」

そっと新しいおしぼりを持ってきてくれたマスターは、そう言って外を見た。

「傘はお持ちですか？」

「……いいえ」

「でしたらどうぞごゆっくり、雨宿りをなさっていって下さい。ご入用でしたら傘もお貸しします」

「ありがとう、ございます」

さりげないその優しさに上ずる声で礼を言うと、恵里菜は窓の外に目をやった。少しずつ降り始めた雨はやがて勢いを増し、大粒の雫がアスファルトの上に容赦なく叩きつけられる。

これ以上強くなる前に、と店内にいた数名の客がそろそろと帰り始め、二十一時を過ぎた頃には再びマスターと恵里菜の二人きりとなっていた。

晃が来ない今、もうここにいる意味はない。しかし今はどうしても動く気にはなれず、雨の音に耳をすませる。自分の晃に対する気持ちも、思い出も、何もかもこの雨のように――全てを綺麗に水に流してまっさらになればいいのに。

社会人になって身に着けた「冷静」な自分はいったいどこに行ってしまったのだろう。たった一人の声に、行動に――その存在に、自分が自分でなくなってしまう。理由は分かっているけれど認めたくはなかった。彼の隣に誰がいようと動揺しない自分が欲しい。

（……そっか。「好きだった」んじゃない）

認めなくてはいけない。どんなに忘れたいと思っても。私は今も、晃のことが――

「え……？」

頭に浮かんだ二文字を呟きかけたその時、恵里菜は窓の外にありえないものを見た。視線のずっと奥。どしゃぶりの中、黒の傘を差したスーツ姿の男が、こちらに向かって走ってくる。その姿はまだとても小さいけれど、あの走り方、シルエットは間違いない。

「……っマスター、お会計をお願いします。あと、傘もお借りしますね」

鞄を掴んだ恵里菜は、「必ずお返ししますから」と言いながら手早く会計を済ませて店を出た。人影が向かうのとは正反対の方向、立体駐車場へと急いで走り始める。横殴りの雨は傘の隙間を縫って容赦なく体を濡らすけれど、今はそんなこと構わなかった。

自分が響かせるヒールの音と激しい雨で、後ろからの足音は確認できない。追ってなど来ないかもしれない。走っても意味がないかもしれない、それでも走らずにはいられなかった。

――どうしてここにいるの。帰るって言ったのに、どうしてそんな風に焦っているの。

目的地まではあと十数メートル。大丈夫、気付かれなければ逃げ切れる。

駐車場の入り口についた恵里菜は、急いでエレベーターのボタンを押した。

無駄だと分かっていても、早く早くと焦る心を抑えられずにボタンを連打する。乗り込んでも胸の鼓動は収まらない。三階に着くまでのほんの十数秒が恐ろしく長く感じた。焦りからか走ったからか、心臓が痛い。

ドキン、ドキンというそれは、耳元で鳴っているかのように激しく鼓動する。エレベーターを降りた恵里菜は自分の車へと走った。その途中、一度だけ後ろを振り返ったが、誰もいない。

そのことにようやく胸を撫で下ろし、畳んだ傘を助手席に乗せる。次いで自分も乗り込もうと運転席のドアノブに手をかけた、その時。

「エリ！」

あ、と思った時には遅かった。

不意にその腕を引かれて体が反転する。濡れた両手で両肩を掴まれた。

「どうしてっ……」

コンクリートの地面には黒い傘が投げ捨てられていた。他に誰もいない駐車場で、目の前のその人は全身びしょ濡れのまま恵里菜を見下ろす。ぐっと力を入れて恵里菜の肩を掴む手は、寒さによるものか、それとも苛立ちによるものか、細かく震えていた。

髪から、ポタリ、ポタリと滴り落ちた雫が、驚きに染まる恵里菜の顔を冷たく濡らした。

「あき、ら……」

呆然と名前を呼ぶと、晃はくっと唇を噛む。眼鏡の奥から覗く瞳が揺らめいた。

「……放して、痛い」

「嫌だ」

「放してってば！」

「放さねえよ！」

体をよじる恵里菜を押さえ込むように、晃は声を荒らげた。

「遅れたのは悪かった、待たせたことも謝る、でもどうして！　なんで逃げるんだよ!?」

「そんなの、言わなくても分かるでしょ!?」

「分かんねえよ！」

その声の激しさに――悲痛に顔を歪める晃に、恵里菜は息を呑んだ。

「やっと話せると思った。連絡をくれて嬉しかったのに、どうして……」

晃は恵里菜の肩を掴んだまま、唇を噛みしめる。余裕の欠片もないその姿に――今にも泣き出しそうな表情に恵里菜は戸惑った。なぜ彼がこんなにも辛そうなのか分からない。

「宮野から――先生から、電話があった。お前が一人でいるから、すぐにでも行ってやれって。……心配そうに言ってたよ、あの人」

宮野、と呼ぶ瞬間、晃の顔がいっそう歪んだ。その声に、表情に、恵里菜は既視感を覚えた。

似ていたのだ。まるで嫌いな相手を呼ぶような表情は、自分が佐保に接する時とよく似ている。

「なんで、エリと先生が一緒にいる？」

「……晃には関係ないでしょ」

「なに？」

「だから！　私が誰といようが晃には関係ない！」

「エリ！」

問い詰めるような呼び声に、恵里菜はきっと晃を睨む。身動きが取れないなら、せめて視線だけでも負けたくなかった。

「大体なんなの、私は帰るって連絡した。それなのにどうして追いかけてくるの？　仕事なんでしょ？　忙しいんでしょ？　だったら、今すぐ『仕事』に戻ればいいよ！」

「いいから答えろ！　なんで先生といたんだ、エリ！」

叫びにも似た声に恵里菜は再び息を呑んだ。その後、何かおかしいことに気付く。

恵里菜の知る限り、晃はこんな風に我を忘れて取り乱したことはなかった。どんな時でも――別れ話をしたあの時でさえ、彼は余裕のある態度を取っていた。それなのに。

「……違うと思ったのに」

吐き捨てるように晃は言う。

「俺が勝手に一人で勘違いをして、空回ってただけだって。馬鹿な誤解をして取り返しのつかないことをしたって、後悔した。だから謝りたくて……許してもらえなくてもいい、どうしても会って謝りたいと思ったのに」

勘違い？　誤解？――晃は何を言っている？　なあ、と晃は恵里菜を見下ろす。両手は放さないまま、懇願するような声で彼は言った。

「エリは……先生が、好きか？」

その問いの意味を、恵里菜はすぐには理解できない。

宮野先生を好きか？　そんな答えなくても分かるようなことを、彼はなぜ今聞こうとする。

「……そんなの好きに決まってるよ。だって先生は――」

お世話になった人なんだから。言い終わるより先に、晃は恵里菜を抱きしめた。肩に置いていた両腕を恵里菜の背中に回し、痛いくらいに抱きしめる。

その腕の強さから、「絶対に放さない」という無言の意思が伝わってきた。

「やっ……」

首筋に晃の髪先を伝った雫が落ちる。冷えきった体に抱きしめられているのに、触れられた場所が熱く感じた。

晃に抱きしめられている。その事実に心の内側から感情が溢れ出そうになるのを、恵里菜は必死で堪えた。すると晃は、いっそう強く抱きしめてくる。

「……教えてくれよ。俺は何を信じればいい？」

耳元に声が降ってくる。体を芯から震わせるように、晃は囁く。

「もう、疑いたくない。誤解して大切な人を傷つけて、失って、そんなのはもう嫌なんだ」

大切な人？　晃の言うその人は、いったい誰のこと？

「……意味が分からない。大切な人を……佐保を傷つけたって、どうして私にそんなことを言うの」

佐保。代わり。考えただけで頭が割れるように痛くなり、体が震える。そんな恵里菜をあやすように晃はぎゅっと力を入れ、「違う」と耳元で囁いた。

「佐保じゃない。——お前だよ」

今度こそはっきりと晃は言った。

「俺が大切にしたいと思うのも、好きだと思うのも……エリだけだ」

——夢を見ているのかと思った。

大好きな声で、晃だけの呼び名で呼んでくれる。あの時は確かにそれを望んでいたはずだった。頭で否定はしていても、心の底では、こうしてもう一度手を差し出されることを夢見ていた。

(でも、こんなのは違う)

感情が溢れる。目の前が真っ赤になって、冷えた体が熱を持つ。

(……私を、好き？)

ありえない。そんな——晃が自分を好きだなんて、そんな馬鹿な話があってたまるか。

「ふざけないでよ」

恵里菜は唇を噛む。湧き上がった怒りを抑えられず、渾身の力を込めて晃の体を突き放した。

獰猛な感情が体中を駆け巡る。怒りが、戸惑いが溢れて止まらない。

「……冗談でしょ？『好き』って、何それ？　だって晃はあの時、佐保のことが好きだって、私のことを代わりだって言った。それが私にとってどれだけ嫌なことか知ってたはずでしょ!?」

あの時言えなかった言葉が溢れ出る。この八年間必死に守り続けたプライドが瓦解する。

「それが、何……『誤解』？　訳の分からないことばかり言わないでっ……何を信じたらいいのか分からないのは、私の方だよ！」

好きだった。大切だった。それは晃が言うことではない。だって、それは——

「好きだったのにっ……」

私の、言葉だ。

「晃のことが好きだったのに！　それを壊したのは、晃じゃない！」

お互いに口数が多い方ではなかったから、はっきりと言葉にした回数は決して多くはない。けれど、その分自分たちは一緒にいた。隣にいて、手を繋(つな)いで、体を重ねて。

『好きだ。……エリは？』

『赤くなってる。……可愛い』

『同じ大学に行こうな。エリがいないと、楽しくないから』

何度も想いを確認した。一緒にいようと約束した。恵里菜は晃に想われている自信があった。

そうでなければ、代わりと言われたことにあんなにも衝撃を受けなかった。八年間も引きずったりしなかった。自分がどれほど晃を想っていたのか、知らないなんて、たとえ冗談でも言わせない。

「エリ……」

気遣う声さえ、腹立たしい。

子供みたいに恵里菜は泣きじゃくる。駄々をこねるように、「返して」と何度も言う。

「私のことが好き？　……なら返してよ。あの時の私の気持ちを、この八年間を返して……」

乗り越えようとあがき続けた時間を——全部、返して。

「悪かった」

晃は恵里菜を抱きしめた。

先ほどの激しい抱擁とは違う、真綿でくるむような優しいその感覚。

「全部、話すから」

涙で視界が滲む。放してほしいのに力が出ない。そんな恵里菜の背を晃は優しく撫で、涙が溢れる目元にそっと口づけた。乾いた唇が頬をなぞる。いたわるように、愛おしむように。

（どうして）

今更そんな風に——まるで愛しい人を慰めるように私に触れるの？

とめどなく溢れる涙を抑えられない。突き放す気力すら起きずに、恵里菜は弱々しく顔を背ける。

耐えられなかった。自分を好きだと言って唇を落とす晃の存在も、こうして二人でいる現実も、既に恵里菜の許容範囲を越えている。

身を引こうとする恵里菜を、晃が強引に引き寄せることはない。代わりに彼は名前を呼んだ。昔も今も、晃だけが口にする愛称を、低くかすれた声に甘さを乗せて呼びかける。

一瞬、顔を上げてすぐに後悔した。

涙に塗れた瞳に、こちらをまっすぐ見つめる晃が映る。

八年前に比べて遙かに精悍さを増した大人の男。記憶の中の姿とはまるで雰囲気が違うのに、こうして近くで見れば確かに残る当時の面影に、きゅうっと胸が締め付けられる。

背中に回されていた晃の手がゆっくりと頬を包み込む。恵里菜の顔なんてすっぽり覆ってしまう大きな手のひら。触れた瞬間はひんやりと冷たかったけれど、すぐに晃の熱が伝わってくる。

乱れた髪を整えるように、晃の手は何度も優しく恵里菜の頭を撫でた。

髪がぐちゃぐちゃになったのは晃のせいなのに。

触れてほしい、なんて願っていないのに。

慰めるようなその手つきは切ないくらいに優しく、心地いい。

「――エリ」

絡み合う視線。次の瞬間、それは唇に触れた。

「ふっ……！」

久しぶりの感覚に、何より晃にキスされていることに体が強張る。しかしそんな恵里菜を宥めるように、晃はついばむキスを繰り返す。

疲れきって抵抗する余裕のない恵里菜は、黙ってそれを受け止めた。頭がぼうっとする。視界が揺らぐ。それでも体はその唇を——晃を覚えていた。

ぼんやりとする思考の中、息苦しさを覚えた恵里菜は一瞬口を開く。

晃はそれを逃さなかった。わずかに空いた隙間から晃の舌が入り込む。恵里菜は反射的に顔を離そうとしたけれど、後頭部をしっかりと支えられていて、叶わなかった。

「んっ」

逃げる恵里菜の舌を、晃は逃さないとばかりに絡め取る。ちゅ、と甘いリップ音を立てて唇を食んだかと思えば、舌先で歯列をゆっくりとなぞり、恵里菜の舌を裏側をしっとりと舐め上げる。

「ふっ……やぁ、待っ……んっ」

息苦しさから、たまらず息が漏れた。しかしそれは今、互いの熱をいっそう高めるだけだった。左手で恵里菜の頭を支える晃は空いた方の手でゆっくりと髪を撫でてくる。何度も唇を食み、角度を変えて深く口づけながらも、髪をかき上げるその手は泣きたくなるくらいに温かい。

「エリ」

呼吸をするその合間、晃は優しく名前を呼ぶ。その声にいっそう目元が熱くなる。唇から熱が体中に広がっていく。舌先を通じて晃の唾液が混ざり合い、一つになる。懐かしい感覚だった。その行為は愛しさを募らせる一方で、言いようのない感覚を恵里菜にもたらした。絡み合う舌から晃の熱を感じる。その温かさに、漏れる吐息に、体の内側が少しずつ熱くなっていく。火照る体は、もっと、もっととそれを望んだ。

「あ、きらぁっ……」

欲しい――欲しくない。

やめて――やめないで。

相反する二つの感情が入り交じり、恵里菜はたまらず晃の名を呼んだ。

「っ……！」

それに呼応してか、晃の行為が激しさを増した。ゆっくりと優しい動きは一変し、舌先が容赦なく恵里菜の口腔を蹂躙する。晃は貪る勢いで、深く深く恵里菜を追いつめる。

同時に、髪を撫でていた手が恵里菜の背中をそっとなぞった。

「んっ……」

その瞬間、背筋を何かが走り抜けた。くすぐったいような、もどかしいようなその感覚。

懐かしさから、無意識のうちに晃の舌に応えようとした、その時。

「だめっ」

どん、と恵里菜は晃の胸を突き放す。突然のことに晃が反応できずにいる隙に、恵里菜は車に乗り込み、すかさずロックをかけた。扉の外では晃が「エリ！」と叫んで何度も窓を叩いている。

しかし恵里菜は構わずキーを差し込むと、アクセルを踏み込んだ。

――どうしてあんなことをするの。

玄関のドアを閉めた瞬間、体中から一気に力が抜けて、その場に座り込む。

「なんで……もう意味分かんないっ……！」

頭が痛い、混乱する。一人になると、ほんの少し前の出来事が脳裏に鮮やかに蘇った。

触れる手の温かさ、唇の柔らかさ、耳元に降る、低くて艶のある声。その全てを体が覚えている。

かつての自分はその甘さに、心地良さに何度も溺れた。初めは恥ずかしくて数秒もしていられなかったキスも、回数を重ねるごとに長く深くなっていく。慣れないながらも懸命に応えようとする恵里菜に、晃はいっそう深くキスをしていた。

八年ぶりのキス。懐かしさと甘さに胸が震えた。それと同じくらい痛みを覚えた。

『あきらっ！』

電話越しに聞こえた甘い女の声が、耳にこびりついて離れない。

恵里菜は晃しか知らない。でも、晃は？

この八年間、晃が他に関係を持たなかったなんてことはないだろう。それについてはどうこう言える立場ではない。別れたのだから、彼が誰と何をしようと自由だ。

(分かってる。そんなこと分かってる、でもっ！)

あの声の主に嫉妬した。突然自分の中で湧き上がった強烈なそれをコントロールすることなんて、とてもではないができなかった。

その時鞄の中から音が鳴る。のろのろとスマートフォンを取り出した恵里菜は、そこに表示された名前を見て今度こそ両手で顔を覆った。

──『藤原晃』。

(なんで)

何度も同じ問いを繰り返す。

「なんで、キスなんてしたの……？」

そんな恵里菜を呼び続けるかのように、しばらくの間音は鳴り響いていた。

6

「ん……っ……」

翌朝、恵里菜は酷い頭痛で目が覚めた。二日酔いの時とはまるで違う、視界が揺れるような強烈な痛みだ。鉛みたいに重たい体をゆっくりと起こすと、それだけで息が切れる。

（そうだ、あれからすぐに寝ちゃったんだ）

晃から逃げるように帰宅して、雨で濡れた髪の毛も乾かすことなくベッドにもぐりこんだ。

頭の上まですっぽりと布団をかぶり、両手で耳をぎゅっと覆う。視界も聴覚も全てを遮断することで、ようやく眠ることができたのだ。

（……頭痛い、寒い……）

ベッドから抜け出して救急箱のあるダイニングへと向かう。壁伝いになんとか部屋を出て救急箱を手に取った。晃に呆れられたことが悔しくて購入したそれが、こんなにも早く役に立つなんて思わなかった。ペタンと床に座り込んだ体勢でふたを開ける。

すぐに目に付いたのは、足を捻った時に晃が買ってきてくれた冷却シート。買った相手も使うタイミングも色々な意味でできすぎているが、とにかく熱を下げたい今はありがたい。

すぐに額と首筋に当てる。次いで熱を測ってみると三十八度を軽く超えていた。

(さすがにまずい、かも)

市販の風邪薬を水で流し込む。胃の中は空っぽだけれど、何かを食べる気にはとてもなれない。そのまま倒れこむように眠ること数時間。再び目が覚めた時、頭痛はいっそう酷くなっていた。

これは医者に診てもらわないとダメかもしれない。朦朧としながらも起き上がろうとしたものの、あまりのだるさに体に力が入らなかった。

(水……でも、その前に何か食べなきゃ、薬も……)

水分が欲しい。でも、もう一度ダイニングに行く気力が湧かないのだ。

どうしようと考えることすら、今の恵里菜にはできなかった。

(……怖い)

今まで体調を崩すことはあったけれど、こんなにも酷い症状は初めてだった。体力的にも精神的にも弱っているからだろう。静まり返った室内に一人でいることが、心細くてたまらなかった。

人恋しさから無意識のうちに、「誰か」と呼んでみたけれど当然ながら返答はない。

気付けば恵里菜は枕元に置いたスマートフォンを握っていた。

『――もしもし……エリ?』

ゆっくりと意識が落ちていく中、懐かしい人の声を聞いたような気がした。

それはとても不思議な感覚だった。眠っている自分を、もう一人の自分が別の場所から見ているような、そんな感覚。うたた寝をしている時や夜に眠りにつく瞬間に似ているな、と思っていると、視界がゆっくりと開けていく。頭にぼんやりと靄がかかっている中、最初に目に飛び込んできたのは、なぜか酷く心配そうにこちらを見下ろす晃だった。

（……なんだ、やっぱり夢か）

だって、こんな近くに晃がいるはずがない。

自分の記憶が見せた幻なのだと思った途端、肩の力がふっと抜けた。

「――エリ？」

ここはどこだろう。見慣れない真っ白な天井は自分の部屋ではない。

「……覚えてないのか？　病院だよ。エリから俺の携帯に連絡があって、家に行ったら倒れてたんだ。悪い。鍵は少し無理を言って、大家さんに開けてもらった。あと三十分もしたら点滴も終わる。そうしたら家に送るから」

そういえば頭痛が大分和らいでいるような気がする。まどろみと現実の最中にいるせいか、今はただただ眠かった。気を抜けばすぐに意識を持って行かれそうだ。

「もう大丈夫だから」

大丈夫。その言葉に、胸の中につかえていた何かが少しだけ軽くなったような気がした。思えば、過去のことを何も考えずに今の晃とこうして相対するのは、これが初めてな気がする。

（……気持ちいい）

傍らに座っていた晃の手が恵里菜の額に触れた。目元にかかった前髪をそっと耳の後ろに流したあと、何度もゆっくりと髪を撫でる。

髪を梳く大きな手のひらは温かく、肌に心地良い。触れられるほどに頭痛が和らいでいく気がして、指先から伝わる温かさが気持ち良かった。

その手つきがあまりに優しかったからだろうか。じんわりと心の中が満たされていく。手のひらが動くたびに、とくん、とくんと胸の鼓動が速まる。どこか甘い疼きを感じたまま、恵里菜の体から少しずつ力が抜けていった。

付き合っていた頃、二人きりになると晃は恵里菜の髪をよく撫でた。

初めは子供扱いされているようで恥ずかしかったけれど、ある時言われた「エリの髪、なんか好きだ」というストレートな言葉が嬉しくて、以来髪を触れられるのが大好きになった。

恵里菜もまた、柔らかな晃の髪が好きだった。出会った頃は少し茶色みがかっていた晃の髪は、彼が成長するにつれて黒くなっていった。自分の髪よりも少し柔らかいそれにそっと触れると、晃は照れたように頬を緩ませた。彼のそんな表情を知っているのは、きっと恵里菜だけだっただろう。

互いの熱を求め合う行為とも、激しいキスとも違う。しかし指先から注がれる穏やかな愛情を、恵里菜は確かに感じることができたのだ。

（なんでだろう）

目頭が熱い。あまりに心地良くて、懐かしい晃の優しさに、ときめく心が抑えられない。

（ねえ、晃）

熱が見せた夢は自分でも驚くくらい、恵里菜の本心を引き出した。

（私、晃の優しいところも好きだったんだよ）

普段は強引なくせに、二人きりになると晃は優しかった。改めてそれを知って、懐かしいのに切ない。切ないのに嬉しくて、もっと、いつまでも触れていてほしい。

「っ……！　喉、渇いたよな。今水を買ってくるから――」

潤んだ瞳で晃をじっと見つめると、彼はなぜか焦った様子で立ち上がろうとした。

（やだ）

咄嗟に手を伸ばす。しかし力の入らない腕では捕まえることができず、恵里菜の指先は晃の腕のシャツの裾をかすっただけだった。晃はそれに気付くと、浮かしかけた腰を再度椅子へと据える。そして「どうした?」と柔らかな笑みを浮かべて、両手でそっと恵里菜の手を包み込んだ。

『あきら』

声にならない言葉で呼ぶと、触れる手に力が込められた。

(もう少しだけここに……側に、いて)

これは夢。だから恵里菜は、いつもより素直になることができた。

「ここにいる。だから、安心して眠っていい」

愛おしむような優しいその手に身を任せ、恵里菜は再び瞼を閉じたのだった。

次に目が覚めた時は、それまでの感覚と大分違った。意識が覚醒してすぐに、これは現実だと悟る。

見慣れた天井に肌に馴染んだベッドの感覚。視界に映るそれらに自然と安堵の息が漏れた。

深呼吸をして落ち着くと、頭の痛みは残っているものの、大分和らいでいる。しかし体のだるさは相変わらずで、起き上がろうとしても全身の力が抜けてしまったように体が重い。

（今、何時だろう。……水飲みたい）

なんとか身じろぎをしようとした時、恵里菜は右手に違和感を覚えた。誰かが自分の手を握っている。まさかと思い、唯一自由になる視線を横に向けると、ベッドの傍らでうつ伏せになった晃の姿が飛び込んできた。静かな寝息を立てて眠る晃の目元には、薄らと隈がある。

皺だらけのくたびれたシャツを着た姿を見るに、彼が病院からアパートに連れ帰ってくれた後も側にいてくれたことは、明白だった。

（どうして……？）

発しようとした言葉は、乾燥したのどに張りついて出てこない。しかしそれに反応したかのように、「ん……」と身じろぎをした晃の瞼が開いていく。

「……エリ？」

目覚めた晃の第一声は、それだった。

（あきら……？）

恵里菜は再び口を開くけれど、出たのはひゅーひゅーとかすれた声だけだった。

「起きたのか。体調、どうだ？」

晃の右手が恵里菜の額に触れる。ひんやりとしたその手が気持ち良くて無意識に目を細めると、彼は「良かった」と安心したように表情を和らげた。

「まだ熱はあるけど、大分顔色も戻ったな」

点滴が効いて良かったと安堵の息をつく姿に、あの日の記憶が一気に呼び起こされた。

『――もしもし……昨日は――エリ？　どうした、エリ？』

頭が痛い。寒くて、震えが止まらない。それが言葉になったかどうかは覚えていない。しかし意識が遠のく直前、恵里菜は震える声で「あきら」と名前を呼んだのだ。

『待ってろ、すぐに行く』

電話が切れると同時に、恵里菜も意識を手放した。そして次に目が覚めると、自分を覗き込む晃が、ゆっくりと頭を撫でてくれて――ならばあれは夢ではなかったのか。切ないくらいに優しく触れられた手の感触を思い出して、たまらず恵里菜は顔を背けた。

（私、なんて言った……？）

側にいてほしかった、手を握られて安心して、甘い疼きを確かに感じた。大人になっても晃の優しい部分が変わっていないことに安心して身を委ねた。

意図せず表層化した本心に思考がついていかない。どんな顔をして晃と向き合えばいいのか分からず、目を伏せる。

「倒れた時のこと、覚えてるか？」

ゆっくりと首を横に振ると、晃は「朦朧としてたしな」と苦笑する。

「電話してもチャイムを押しても全然出ないから、大家さんと一緒に中に入らせてもらった」

晃はダイニングで倒れている恵里菜を発見するなり、タクシーを呼んだという。

「その足で病院に連れて行って点滴をしてもらった。風邪だって。医者にはしっかりメシ食って薬飲んで汗をかいて、とにかくゆっくり休むしかないって言われてる。今は朝の八時だ」

恵里菜が知りたかった情報を晃は端的に教えてくれた。

「……なかなか起きないから、心配した」

晃の形のいい眉がわずかに下がる。

「喉、痛いよな。待ってろ、今水を持ってくる。簡単だけどおかゆも作ってあるから――」

立ち上がろうとした晃の腕を、恵里菜は自由になる右手で引いた。

「……エリ？」

ずっと側にいてくれたの？　どうしてそこまでしてくれるの？

（私のことが「好き」だから……？）

あの言葉を無邪気に真に受けることはできない。それでも晃が側にいてくれなければどうなっていたか、あのまま倒れて身動きが取れなくなっていたら――それを考えると恐ろしく、自然と感謝の気持ちが込み上がってくる。

（ありがとう）

口の形でその言葉は晃にも伝わったらしい。晃は表情を和らげて、「何かしてほしいことはあるか？　欲しいものでも、なんでもいい」と穏やかな口調で聞いてくる。恵里菜はそれに小さく頷いた。

（……帰って）

このままではもっと頼ってしまいそうになる。一人になるのが怖くて、側にいてほしいと願ってしまうかもしれない。恵里菜が頼めばきっと、晃は昨夜のようにいつまでも側にいてくれるだろう。しかし本当は、今日まで看病してくれただけでも十分なのだ。

今の二人に、これ以上の距離は近すぎる。

「――帰らねえよ」

どうして。なんでも叶えてくれるといったのは、晃なのに。

瞼を伏せて困惑する恵里菜を置いて晃は立ち上がる。キッチンに向かった彼は、小さな鍋とお椀、そしてペットボトルの水を持って戻ってくると、それを恵里菜の傍らに置いた。

そのままうなだれている恵里菜の背中に両手を回し、ゆっくりと体を起こす。背中の隙間にクッションを置いて整えてくれる間、恵里菜はぐったりと身を任せていた。抵抗する体力もなかったのだ。

「少しでも食べろ。それが無理なら、せめて水と薬を飲め。そうしたら帰るから」

恵里菜は首を横に振る。そうしているうちにも呼吸は上がってきた。

頭痛は治まってきたとはいえ、喉は痛いし咳をすれば肋骨がきしむ。

晃の腕の中ではあはあと弱々しい息をつきながらも、決して顔を上げようとはしない恵里菜の耳に、「頼むから」と懇願するような囁きが落とされる。

「言うことを聞いてくれ。……じゃないと、心配で帰れない」

切ない響きに、きゅうっと胸が締め付けられた。

本当は喉が渇いているし、お腹も減っている。丸一日眠っていた体は栄養を貪欲に求めていた。

「エリ、頼むから薬だけでも飲んでくれ。治るものも治らなくなるぞ」

恵里菜がそれでも無言を貫いていると、横からペットボトルのふたを開ける音がした。

再度いらないと伝えるべく恵里菜が顔を上げると——目の前に晃の顔があった。

「やっ……」

熱い唇が恵里菜に触れる。キスをされているのだと分かった時には、舌先で唇を押し開けられていた。すぐに離れようとするけれど、後頭部を片手で押さえられているため、それも叶わない。

身をよじったことで、水を拒否していると思ったのか、生温かな舌先が恵里菜の舌裏をぞろりと舐めた。

「ん、っ……」

寒さから来るのとは異なる悪寒が背筋をかけた。冷たい水が流れてくる。こくん、と全てを飲み終えると、唇はようやく離れていった。二人の間を、つうと透明な糸が伝う。昨日のようなキスではない。ただ水を飲ませるだけの行為なのに、それは酷く淫靡だった。

「なんで……？」

潤った喉からかすれた声が漏れる。

「こうでもしないと飲もうとしないだろ」

「風邪、うつるよ」

「もともと俺が引かせたようなもんだから。それにエリからうつされるなら、本望だよ」

「……バカみたい」

本当にな、と晃は笑う。「もっと飲むか」と聞かれて、今度は素直に頷いた。

晃は片手で恵里菜の後頭部を支え、空いた手でペットボトルを持って恵里菜の口元に当てる。

喉を流れる水は何よりも甘く感じられた。同じように薬も飲んでベッドに横になる。

疲れていたためか、すぐに睡魔は訪れた。

「少しは楽になったか？」

「……うん、ありがとう」

言って、晃に背を向ける。背後からは約束通り、恵里菜が薬を飲むのを見届けた晃が帰り支度をしている音が聞こえてきた。

「鍵はポストに入れておく。……ゆっくり休めよ。辛かったら連絡しろ、すぐに来るから」

晃は最後まで優しかった。なぜ喫茶店にいなかったのか、逃げ出したのか――恵里菜に聞きたいことはたくさんあっただろう。しかしそれには一切触れてこなかった。

「晃」

気付けば恵里菜はそう呼んでいた。

「……ずっと一緒にいてくれて、ありがとう」

そう言って布団を目元まで被る恵里菜の髪に、晃の大きな手のひらが触れた。

――結局この後、恵里菜は土日を含めて四日間寝込むことになった。

晃はどこまでもデキる男だった。キッチンには恵里菜が好きなフルーツの缶詰めやレトルト食品が十分すぎるほど置いてあったし、冷蔵庫にはスポーツドリンクやお茶がしっかり補充されていた。

おかげで恵里菜は十分すぎるほど休養に専念できたのである。

すっかり熱が下がり、体力も回復した水曜日。

出勤のため久しぶりに部屋を出た恵里菜は、ちょうど階段を下りたところで、一階に住む大家と鉢合わせた。そういえば倒れたあの日、鍵を開けてくれたのは彼女だったと聞いている。

お礼を言っていなかったな、と恵里菜が口を開きかけるよりも前に、彼女は含みのある笑みを浮かべて近づいてきた。

「新名さん、体調はどうなの？　ドアを開けたら倒れているんだもの、驚いたわ」

「おかげさまですっかり良くなりました。ご迷惑をおかけしたみたいで、すみません」

「いいのよ、それよりも！　新名さんにあんなにカッコいい婚約者がいたなんて、羨ましいわ」

幻聴か、それともまだ熱があったのか。

思わず聞き返すと、大家は「藤原さんよ」とあっけらかんと笑う。

聞けば、焦った様子で大家のもとを訪れた晃は、自らを恵里菜の婚約者と称したのだという。ご丁寧にも身元が怪しまれないよう、運転免許証まで提示したらしい。

「一瞬、俳優さんかと思っちゃったわ。でも新名さんも綺麗だからお似合いね。――あら、いけない。会社に行くのにお邪魔しちゃったわね。じゃあ、お大事に」

満足したのか、大家は自分の部屋へと戻っていった。残された恵里菜は、車を前にぽかんと佇む。

『少し無理を言って大家さんに開けてもらった』

確かに晃はそう言っていた。

「……婚約者？」

しかし、まさかそんな風に言っているなんて、いったい誰が想像するだろう。

そもそも自分たちは過去に付き合っていたというだけで、今は友人ですらない。

それどころか現在はこじれにこじれ、なんとも微妙な関係である。

恵里菜は晃と連絡を取ろうと鞄からスマートフォンを取り出したが――寸前で止めた。

実際のところ、晃からは今日まで数回着信があったけれど、恵里菜はそのいずれも取らなかった。

おそらく風邪の経過が気になっているのだろう。しかし今電話したところで話せることはない。

他の女の影に嫉妬した。キスをされ、好きだと言われた。一晩中側にいて看病してくれた。

この数日で自分の身に起きたそれらを、恵里菜はまだ何一つ消化できていない。

とにかく今は晃のことで頭を悩ませるより、仕事に行かなければ。二日も休めば、仕事はそれなりに溜まっているはずだ。

(頭も気持ちも切り替えなきゃ。もう失敗するわけにいかないんだから)

恵里菜は揺れる心を無理やり抑えつけて車に乗り込んだ。

過去に縛られている事実は自覚しているけれど、かといって時間は待ってくれない。

今この瞬間は、夢でも過去でもなくて現実なのだから。

7

その日の午前中は客足も比較的落ち着いていて、恵里菜はじっくりと自分の仕事に取り組めた。意外だったのは三好である。仕事が山積みになっていることを覚悟していたのだけれど、その大半を三好が代わりに行ってくれていたのだ。朝一で確認した恵里菜は驚いた。

「新名さん、金曜日はすみませんでした」

更衣室でばったり顔を合わせると、三好は可愛らしいパッケージの飴を袋ごと恵里菜に差し出した。

「こののど飴、結構効きますよ。私も風邪の時はよく舐めるんです。その、良かったらどうぞ！」

「え、ちょっと三好さん！」

半ば押し付けるように渡すと、三好はぱたぱたと更衣室を出て行った。お礼を言う間すらなかった恵里菜は呆気に取られながらも、もらったばかりの飴を口に入れる。

（……甘い）

のど飴にしては甘すぎな気もしたが、不思議と美味しく感じられた。

「あ、佐々原さん」

「おー、おつかれ」

その日の昼休み、休憩室に向かうと佐々原が一人カップラーメンをすすっていた。

「昨日高校の方に打ち合わせに行って下さったんですよね？　そんな時に休んですみません」

恵里菜は向かい側に腰かけるなり頭を下げた。昨日は件の職業講話の打ち合わせがあったのに、佐々原一人に任せることになってしまった。

「打ち合わせって言っても、当日の簡単な流れを話して、あとは雑談で終わったから大丈夫だよ。先生もすごく感じのいい人だったし。見た目は落ち着いた雰囲気なのに、話すと結構くだけてて面白いんだよ。講話が終わったら懇親会やるか、なんて話も出たしな」

佐々原は仕事関係の人間とよく飲みに行くと聞いていたが、さすがのコミュニケーション能力だ。

「そうだ、金曜日も助かりました。おかげで待ち合わせの時間には間に合いました」

「いいよ、貸し一な」

その流れで今朝の三好とのやりとりを話すと、佐々原は「金曜日のが効いたんだろ」と苦笑する。

「三好ちゃん、エリーのいないこの二日間、相当頑張ってたからなあ。稟議書の書き方を教えてて思ったけど、あの子はエリーと真逆で、褒められて伸びるタイプだよ。『新名も本当は三好ちゃんに期待してるんだから！』って言いまくったら、妙に張りきってたし。分かりやすくて可愛いよな、うん」

「本人に言ってあげたらきっと喜びますよ。三好さん、佐々原さんに憧れているから」

「エリー、嫉妬？」

恵里菜は咄嗟に言葉に詰まった。デート以来、その手の話題に触れたのは初めてだったからだ。

あの時と違い、自分の気持ちが誰に向いているのかを自覚した今、もう曖昧なことは言えない。

　そんな内心が表情に出ていたのだろう。佐々原は「冗談だって」と苦笑する。

「で？　どうだったんだ、幼馴染のカレとの話し合いは。まさかの元サヤ？」

「……まさか。会って、話しただけです」

　佐々原は「ふうん」と意味ありげに唇の端を上げる。

「その顔でそんなこと言っても、嘘だって丸分かりだよ。無理に話せとは言わないけど、溜め込んでることがあるなら言うだけ言ってみれば？　言っただろ、どうにもならない時は相談に乗るって」

　今までさんざんお世話になった先輩の表情をして促される。だからだろう、恵里菜の口からぽろりと本音が漏れた。

「――好きだって言われました」

「それで？」

「逃げました」

「はあ？　なんで。話し合うんじゃなかったのかよ」

「そのつもりでした！　そのつもりでした、けど……色々あったんですよ」

「なんか、よく分からないけど……ものすごくじれったいな。相手もエリーが好きで、エリーもその人が好きなんだろ？」

　この発言に、ぽかんとした恵里菜は目を瞬かせた。確かに好きだったとは言ったけれど、それが現在進行形だとは一度も言っていないはずだ。どうして、と漏らすと佐々原は今度こそ呆れたようだった。

「だーかーら。見てれば分かるって。言わせるなよ、二回振られた気分になる」

話せと言うから言ったのに。釈然としないながらも素直に謝れば、佐々原は肩をすくめた。

「それで？ 俺に今できることはあるか？」

それが佐々原なりの優しさだというのは分かっている。こうしてさりげなく示される好意は恵里菜にとって本当にありがたいものだけれど、だからこそ簡単に甘える訳にはいかない。

この状況は、自分一人でなんとかしなくちゃいけないものだから。

「大丈夫です」

恵里菜は首を振る。佐々原はそれ以上追及することなく、「分かった」と頷いた。

その時、佐々原の営業用の携帯電話が鳴る。視線で「どうぞ」と促せば、彼は「悪い」と言って話し始めた。

「はい、佐々原です。――ああ、先生！ ……今日ですか、はい。来ています。……少しお待ち下さい。――新名、今日の十六時過ぎに少しだけ時間取れるか？」

仕事モードに切り替わった佐々原に聞かれて、恵里菜は瞬時に頭の中で今日の予定を反芻する。三好のおかげで仕事は予想以上に片付いていたし、問題ない。

「はい、大丈夫です」

「分かった。——もしもし、お待たせしました。十六時で大丈夫です。……はい、お待ちしています。失礼します」

電話を切った佐々原は、「ふう」と一息ついて恵里菜を見た。

「さっき言ってた里宮高校の先生から電話。今から挨拶に伺ってもいいですか、ってさ。エリーも出勤してるって言ったら、改めて簡単な打ち合わせをしたいって。構わないよな？」

「大丈夫ですけど、随分急な話ですね」

「たまたま時間が空いたらしい。昨日も大分忙しそうだったたし。先生って職業も大変なんだろ」

相手は思春期真っただ中の高校生だしな、と言って、佐々原は午後の外回りに出て行った。

先生。その響きに真っ先に思い浮かぶのは、受験生時代にさんざん世話になった宮野だ。

五教科の中で唯一数学が苦手だった恵里菜は、放課後になるとしばしば数学準備室にいる宮野のもとを訪れていた。そしてそれが、恵里菜と晃が共に勉強をするきっかけになった。

晃は数学の成績だけはずば抜けていた。それを知っていた宮野は、お互いに勉強を教え合うことを提案したのだ。既に片想いをしていた恵里菜にとって、それはとても魅力的な誘いだった。

それから二人だけの放課後の勉強会が始まった。

恵里菜は数学を教えてくれる時の晃が特に好きだった。端的に、しかし丁寧な晃の教え方は分かりやすい。時折自分のすぐ側で聞こえる晃の声についつい気を取られ、「ちゃんと聞けよ」と苦笑されてしまったけれど、それさえも嬉しかったのだ。

「……懐かしいな」

その時胸に浮かんだわずかな痛みの正体を、その後恵里菜は知ることになる。

「勘定合いましたー！」

預金係の声を聞いて、恵里菜はほっと胸を撫で下ろす。

窓口のシャッターを下ろした後も、数字が合うまでは係関係なく緊張するものだ。

「一円でも合わないと深夜になっても帰れない」なんて、入行するまで都市伝説かと思っていたけれど、今ではそれが嘘でもなんでもないと身をもって知っている。

店のインターフォンが鳴ったのは、時計が十五時五十分を指した時だった。

「俺が行くよ」

佐々原が出迎えに行っている間、恵里菜は引き出しから名刺を取り出して準備を整えた。

（担当の先生、どんな人だろう）

落ち着いている、というくらいなのだから、きっと年上なのだろう。そして、話すと結構面白い。

だめだ、全く想像がつかない。宮野みたいな人かな、とごく自然に考えてしまうあたり、自分の先生の基準はすっかり宮野になっているようだ。

（先生、か）

恵里菜自身がその職業を目指したことはない。しかしある一時、それは恵里菜の夢でもあった。

なんであれ、相手がいい人に越したことはない。――今この時まで思い出すこともなかったのだけれど。

「え……うわあっ……すっごいイケメン」

ドアが開く音と、行員の――主に女性陣の戸惑いにも似た声が聞こえたのは、その時だった。

何事かと恵里菜は顔を上げる。その瞬間、仕事の手を止めて色めき立つ女性陣の姿も、興奮と関心の混ざった三好の呟き（つぶや）も、意識の外に追いやられた。

（……嘘、でしょ？）

恵里菜の視線はただ一点に——佐々原に伴われて入ってきた人間へと吸い込まれた。艶のある黒髪を軽く後ろに撫でつけ、濃紺のスーツをまとったその人の視線が、佐々原から恵里菜へ移る。すらりと背が高いその人物は、シルバーフレームの眼鏡の奥に覗く目をそっと細めて恵里菜を見つめた。

一歩、また一歩とこちらへ向かってくる。その間、足音以外の一切の音が恵里菜から消え去った。

『夢があるんだ。——俺は、教師になる』

照れくさそうに、しかし熱の籠った言葉が蘇る。早逝した父親と同じ職に就きたいのだと語るその横顔が、ただ漠然と大学進学を目指す恵里菜にはとても輝いて見えた。

『一年と二年の時の担任は、俺が教師になりたいって言うと、口では頑張れとか言っても顔が笑ってた。でも宮野は違ったんだよな。あの人、「なら今すぐ真面目に勉強しろ、応援するし協力できることはするから」って言ってくれた。……正直かなり嬉しかった。それで、最近は宮野のところに入り浸ってたんだ。……まあ、今更本腰を入れても遅すぎるかもしれないけどな』

遊ぶ金欲しさにバイトをしていると思っていた彼が、実は学費のために働いていたことを、共に過ごすようになって初めて知った。『遅くなんかない！』と思わず大声で言った恵里菜に、晃は『お前、必死すぎ』と声を上げて笑ったものだ。

この時から、彼の夢は恵里菜の夢にもなった。

自分が彼のためにできることは限られている。それでも、自分が彼の苦手分野を教えることで、その夢の助けになれるのなら、こんなにも嬉しいことはない。そう、心から思えた。

――そして、今。

彼が恵里菜に向かって歩いてくる。教師になりたい、その夢を叶えた人が目の前にいる。

「今日はお忙しい中お時間を取っていただき、ありがとうございます。里宮高校で数学の教師をしている、藤原です」

いったい自分の身に何が起きたのか。なぜ恵里菜の職場に晃がいるのか。

「新名さん？」

固まる恵里菜の意識を引き戻したのは、晃の口から出た耳慣れない呼び方だった。

（いけない）

ぼうっとしている場合ではない。ここは職場で、今は仕事中だ。それに、到底受け入れられる状況ではないけれど、どうやら晃が件の先生であることは間違いないらしい。

「……新名です。こちらこそ昨日は打ち合わせに伺えず、失礼いたしました」

恵里菜は引きつりそうになる頬を無理やり上げて、営業用の笑顔を晃に向ける。手が震えそうになったがなんとか堪えて名刺を差し出すと、形のいい晃の指が丁寧にそれを受け取った。

「いえ。こちらこそ今日は突然で申し訳ありません」

そんな恵里菜の隠れた努力などお見通しとでも言うように、晃は人好きのする笑みを浮かべた。

一見するとごく自然なそれが、対外用のものであると恵里菜にはすぐに分かった。

しかしその笑顔の破壊力たるや凄まじい。この場にいる誰よりも、対・晃の免疫がある恵里菜でさえ一瞬動揺したのだ。他の女性陣は静かに色めき立ち、後ろの三好に至っては頬を赤らめる有様だ。

スーツとネクタイで身を固め、完全ビジネスモードの晃は、やはり悔しいくらいに決まっている。

「新名さん、お茶出し私がしてもいいですか?」

こっそり耳打ちしてくる三好に、恵里菜は「……ありがとう」とため息を隠してお願いした。

「――藤原先生」

こうして対面している間も、恵里菜は周囲から痛いほどの視線を感じていた。人目がある前で、しかも職場という自分のテリトリーの中でボロは出したくない。

「打ち合わせでしたよね。どうぞ、応接室へご案内します」

笑顔を張り付けたまま晃にそう促すと、恵里菜は自ら先導して営業室を出る。

応接室は営業室のすぐ隣、距離でいえば十数歩しかない。そのため会話することはないだろうとたかを括っていたのだが、ほんのわずかな時間を晃は見逃さなかった。

「こちらです」

そう恵里菜がドアノブを回して入室を促した、その時だった。

「――元気そうで良かった」

目の前を通り過ぎる一瞬、晃は恵里菜にだけ聞こえる声で囁いた。はっと顔を上げると視線が合う。そこに先ほど見たばかりの作り物めいた笑みはない。

あの時と同じ、全てを包み込むような笑みが、そこにあった。

「――では予定通り、六限目を担当させていただきますね。開始時刻は十五時ですが、何時ごろ伺えばよろしいですか？」

「十四時半頃までに来ていただくことは可能ですか？　五限目は私も授業がありませ

んので、少し早めに来ていただければ、事前に最終的な打ち合わせもできるかと思います」

「分かりました、ではその時間までにお伺いします」

晃と佐々原は既に一度顔合わせをしていることもあり、打ち合わせはテンポ良く進んだ。

恵里菜は佐々原の隣に座り、対面の晃とのやり取りをメモしながら流れを確認する。

職業講話の対象は、藤原先生が担任を務める一年生だ。

時間は一コマ四十五分で、恵里菜と佐々原が半分ずつ話をすることになっている。

恵里菜の持ち時間は約二十分。最初に簡単な自己紹介をして、次に実際の仕事内容を説明する。あとは、なぜこの仕事を選んだのか、高校生の時は将来の仕事についてどう考えていたかを話す。最後に質問時間もあるけれど、聞かれてもせいぜい一人二人で終わりだろうとのことだった。

「こんなところですかね。でも高校生かあ。ある意味お客さんを相手にするより緊張するな。若いとその分色々容赦もないから。十代なんて多感な時期だし、若い子相手じゃ先生も大変ですね」

打ち合わせを終了すると、佐々原はいくぶん砕けた口調になった。

親しみを込めた冗談交じりの問いかけに、晃もまた「そうですね」と苦笑する。

「でも、その分やりがいもありますよ。色々とお願いしてしまいましたが、お二人には自由にお話ししていただければと思っています。その方が多分、生徒たちも喜ぶでしょうから」

生徒たちについて考えているのか、語る晃の表情は明るい。その姿に一瞬、高校時代に慣れ親しんだ宮野と晃が被り、気付けば恵里菜はじいっと晃の姿に見入っていた。

見た目の良さに目を引かれたのではない。先生然としたその姿がとても新鮮に思えたのだ。

「そういえば、新名さんのお体の調子はいかがですか」

「えっ、あ……はい、大丈夫です」

突然話を振られた恵里菜は咄嗟に返答したけれど、動揺を隠しきるには至らなかったらしい。晃はそんなのお見通しとばかりの涼しい顔で「そうですか」と微笑み、

「随分熱心にこちらを見ているから、てっきりまだ熱があるのかと心配しました」

とさらりと言った。

「なっ……」

あまりに軟派な――しかし晃が言うと嫌味なほど様になる言葉に、今度こそ恵里菜は絶句した。

返事はもちろん、突っ込むことすらできない恵里菜は、反射的に隣の佐々原を見た。

こんな時こそ社交性の高い先輩が、なんとかフォローしてくれないかと思ったのだ。

しかし期待は見事に裏切られた。

「あれ、藤原先生とエリー……っと、じゃなくて新名は知り合いですか？」

（なんで、今日に限って……）

営業室内で名前呼びされることはたまにあるが、それは二人で雑談している時に限る。第三者、しかもお客様がいる前でこんなことはありえない。

ちらりと晃を見る。彼は表面上何も変わらないように見えた——が、それもまた気のせいだったらしい。佐々原が恵里菜を愛称で呼んだ瞬間、晃の眉がぴくりと動いた。

「新名さんがそう言ったんですか？」

「いいえ。でも紹介がまだだったのに迷いなく新名のところに行ったから、そうなのかなと思って」

「佐々原さん、それは」

なんとかごまかさなければ、いいや、この際苦しい言い訳でもいい、とにかくこの話題から二人を引き離さないと。片や昔の恋人、片や告白してきた職場の先輩。佐々原の告白は断ったのだから後ろめたいことはないけれど、これ以上話が複雑になっては恵里菜が耐えられない。

そう、思っていたのに。

「――幼馴染ですよ」

打ち合わせ中と同様に淡々とした調子で、しかし確かな熱と視線に込めて晃は言った。

「だから、彼女のことはよく知っています」

その瞬間、恵里菜の心臓が痛いくらいに跳ねた。勝手に話された怒りよりも先に、自分を一心に見つめる晃の視線の強さに動揺したのだ。

そんな風に見られたら、たとえ幼馴染であることを黙っていたとしても、勘のいい佐々原には気付かれてしまったに違いない。それほどまでに自分に注がれる視線はある種の熱を帯びていた。

「といっても会うのは久しぶりですけどね。ちょうど職業講話の話が出た頃、彼女のインタビュー記事を目にしたものですから、これは是非にと。だからご了承いただいてとても助かりました」

「……先生が、新名の幼馴染？」

「はい。それが何か」

どこか挑戦的に言った。表面上は柔和な笑みを湛えながらも、一瞬素の晃が見え隠れした。

「いいえ、少し驚いただけです。私が想像していた人とあまりにもギャップがあったので」

咄嗟に立ち上がりかけたのを恵里菜は寸前で堪える。その隣で佐々原は笑顔のままさらに続けた。

「でも意外ですね。藤原先生が『最低な幼馴染』になんて、とても見えないけど」

恵里菜が佐々原に零した言葉。だがそれを本人に面と向かって言うなんて誰が思うだろう。

「……今日は仕事の用件で伺ったはずですが？」

一方の晃は佐々原の挑発とも取れる言動を、薄い笑顔でさらりと流した。だが恵里菜には分かる。

（なんで、こうなるの）

今、晃は猛烈に怒っている。口元に笑みは湛えていても、眼鏡から覗く目は欠片も笑ってはいなかった。二人とも、表面上は社会人として最低限の礼儀を保っているが、その間に流れる空気は、決して心地良いものではない。

先ほどとはまるで違う雰囲気に恵里菜が本気で頭を抱えかけたその時、応接室のドアが小さく三度ノックされた。

「すみません、失礼します」

恵里菜は軽く断りを入れ、すぐにドアを開ける。人間とは現金なもので、申し訳なさそうに廊下に立つ三好の姿が、この瞬間、恵里菜の目には何よりもありがたく映った。

「ありがとう、三好さん」

「え、何がですか？」

「ううん、なんでもない。どうしたの？」

「はい、佐々原さんにお電話が入っています。折り返しお電話するとお伝えしたんですが、お急ぎのようで……お話し中なのにすみません」

　続けて三好が言った名前は、上位取引先の企業だった。二人のやり取りから自分への要件だと悟ったのか、佐々原が「どうしたの」とこちらに来る。再度三好が伝えた名前に小さく頷（うなず）くと、佐々原は「分かった」と言って晃の方を振り返った。

「藤原先生、申し訳ありませんが私はこれで失礼します。今日はありがとうございました」

「いえ、こちらこそ急にお電話を差し上げたのにお時間を作っていただき、ありがとうございました。当日もどうぞよろしくお願いいたします」

　佐々原は立ち上がろうとする晃を、「そのままで」とやんわり制する。

「せっかくですからお茶をどうぞ。――では、ごゆっくり」

　最後の一言に明らかな余韻を残して退室したのだった。途端に室内には不気味なほどの静けさが満ちる。背中から痛いほどの視線をひしひしと感じた。

「『最低な幼馴染（おさななじみ）』、か」

自嘲めいた呟きに振り返ると、お茶を飲み終えた晃と視線が重なった。その顔に先ほどまでの外向きの笑顔はない。不機嫌さを隠そうともせず、じっとこちらを見る態度に恵里菜は息を呑む。

「それは――」

「本当なことだけに何も言えねえな」

自虐的な言葉に恵里菜は何も返せない。実際、それについては間違ってはいないのだから。

「佐々原さん、感じのいい人だな」

「……そう思ってるようには見えなかったけど」

「あの人の方が俺なんかよりよっぽど大人だよ。でもエリが俺のことまで話しているとは思わなかった。随分、仲がいいんだな」

「晃には関係ない」

「俺にとっては関係なくねえよ」

「どうして」

「好きな女の近くにいかにも仲のよさそうな男がいて、面白いはずがないだろ？」

「……ここでそういう話はしないで。仕事の用件で来たって言ったのは晃の方でしょ？」

「そうだったか？」

「晃！」

あまりに勝手な振る舞いに、たまらず名前を叫ぶ。直後、はっとして両手で唇を押さえると、さすがに晃もまずいと思ったのか、「悪かった」と幾分表情を和らげた。

「いきなり来たのは謝る。でも三人で打ち合わせをしたかったのは本当だ。確認したいこともあったしな。それが分かったらすぐにでも帰るよ」

「確認したいこと？」

「体、平気か」

「え……？」

「出勤してるんだから熱は下がったんだろうけど、本当に大丈夫なんだな？　電話したってお前は出ないし、直接確認するしかなかった」

「なんで、そこまで」

「俺のせいで風邪を引かせたようなものだから。それに、俺が原因じゃなくても、心配くらいする」

「……体は大丈夫。熱は下がったし、食事も取れるようになったから」

ふと恵里菜は朝の一件を思い出した。

「でも婚約者って何？　今朝大家さんに聞いて驚いたんだから。他にいい理由はなかったの？」

助けてくれたことには感謝している。でもおかげで、朝からとても恥ずかしい思いをしたのだ。

「仕方ねえだろ、咄嗟に思いついたのがそれだったんだから。怪しいやつだと思われないように身分証も提示したし、連絡先だって教えてある。何か不都合があったのか？」

嫌味でもなくすらすらと言われると反論もできない。実際に危険の多い昨今、それくらいのことをしないと突然現れた他人の前で鍵を開けたりなどしないだろう。

看病するためとはいえ、一人暮らしの女性の家に泊まることも考えれば、晃の行動は理にかなっている。何より、彼がいてくれなかったら大事に至っていたかもしれないこともまた事実だ。

「……もういいよ。分かった」

気にする自分の方が大人げないような気がして、恵里菜は「あの時はありがとう」と小さく言う。まさか礼を言われるとは思っていなかったのか、晃は驚いたように目を見開いて、「良かった」と息をついた。その表情からも、彼が本当に心配していたことが痛いほどに伝わってくる。

看病してくれた時も、そして今も。なぜここまで自分のために必死になるのか。

既に晃はその答えを明確にしている。

信じられない。今更ふざけないで、冗談じゃない——その気持ちは今も変わらない。

けれど、改めて晃の想いを突き付けられたことと、何よりも言外に伝わる強い想いに頭がくらくらした。

「エリ、五分だけ話さないか？」

恵里菜はちらりと時計を見る。時刻は十六時二十五分。

「――いいよ。私も、聞きたいことがあるから」

あと五分だけ、ただの恵里菜と晃になることを許してほしい。

「先生になったんだね。……いつから？」

「今年の春から里宮高校で働いてる。担当は数学で、今は一年生の担任」

「前は何をしていたの？　佐保から東京で就職したって聞いたけど」

「大学を卒業して、一度は普通に就職した。でもどうしても教師になる夢が捨てられなくて、その後の二年間、里宮高校に採用されるまでは東京の私立高校で講師をしてた。だから教師としての俺はまだまだ新米だ」

当時の恵里菜が心から望んでいた未来。それをこんな形で知るなんて思いもしなかった。

「……どこからが晃の仕組んだことなの」

硬い表情の恵里菜とは対照的に、この反応を予想していたのだろう晃はとても落ち着いている。

「エリの記事を見た時には、この話が頭に浮かんでた」

「そんなに前から……？　——ちょっと待ってよ、じゃあ」

八年ぶりに再会したあの日、泣き伏す恵里菜に晃は「ずっと、待ってるから」と言った。

だからこそ恵里菜は覚悟を決めて電話をしたというのに。

「講話で会うなら、私の電話を待つ必要なんてなかったじゃない。私のこと、からかったの？」

「からかう余裕なんてねえよ。あの時も今までもずっと焦りっぱなしだ。どうしたらエリが会ってくれるか、話を聞いてくれるか……ずっと、そればっかり考えてた」

言い訳（わけ）になるけど、と晃は前置きをした上で言った。

「さっき佐々原さんにも話したとおり、あの記事を見る前から講話の話はあったんだ。だから記事を見て、すぐにエリを呼ぼうと思った。新聞に載るような卒業生で、その上生徒たちと年齢も近い。反対する先生はいなかったよ」

「……どうして、そこまで」

「手段なんか選んでられなかった。公私混同だろうと構わない、こうでもしないと会ってくれないと思ったから」

正面から突き刺さる視線の強さに息を呑む。晃の言葉はどれも恵里菜に対して強い執着を抱いているようにしか聞こえなかった。激しい雨音の中、「好きだ」と言った言葉が、唇の熱さが蘇る。

晃、と口を開きかけたその時、視界に入った時計が自らに課した五分が経過したことを告げた。

五分間なんてあっという間だった。素の自分が、もう少し話したいと望んでいることに戸惑う。

「じゃあ、そろそろ行くよ」

一方の晃は時間きっかりに立ち上がる。その動きにためらいは微塵もなく、恵里菜も晃を出口へと案内するべく慌てて立ち上がる。ドアノブに手を伸ばしたその時、「エリ」と声がかかった。

「職業講話の後に全部話すから」

恵里菜は振り返る。そして、決意を秘めたような晃の表情に目を奪われた。

「その上で俺にもう会いたくないなら、今後一切お前の前には現れないって約束する。でも、それまでは俺も譲れない。お前を好きだって言ったのは、嘘じゃないから」

「晃……」

恵里菜の困惑が伝わったのだろう。晃は恵里菜の頭をそっと撫でると、「しつこくして悪かった、金曜日はよろしくな」と言って自ら扉を開けて出ていった。

それから業務終了後までずっと、晃の声が耳にこびりついて離れなかった。晃の最後の言葉は、一度は自分が望んだもののはずなのに、本人から聞いた瞬間、胸が疼いた。その痛みの正体を思い、ぐっと拳を握る。

――これ以上、自分の気持ちをごまかせそうになかった。

『もしもし、エリー？　少しだけ時間いい？』

その夜、佐々原からの電話を取った恵里菜は、すぐにいつもと違うと感じた。少し改まった会話の入り方だけでなく、何より落ち着いた口調が、あの夜、花火を見た時と似ていたのだ。

「はい。私もお話ししたいことがありましたから」

晃の正体が件の幼馴染だと分かった時の、佐々原の不躾な態度の理由が気になった。普段の佐々原はそんなことをするような人ではないからだ。

「佐々原さん、なんで藤原先生にあんなこと言ったんですか？」

『あー……やっぱそのことか』

「私には先生を挑発しているように見えましたけど。……らしくないなあ、と思って」

『だって、悔しくてさ。振られた相手の恋敵がまさかあんな超絶イケメンだなんて思わなかったからな。ちょっとした意趣返しだよ。あれくらい構わないだろ』

返す言葉に困っていると、『しっかし、まいったよなあ』とため息交じりの声が聞こえてくる。

『あんなに牽制されるとは思わなかった』

「牽制？」

『気付いてなかったの？　俺がエリーって言った瞬間、正直背筋が凍ったね。顔は笑ってるけど目が怖すぎる。まさかと思ってカマかけたら例の幼馴染とか、本当に驚いたよ。で、今俺が電話したのは、そのこと。エリーを疑う訳じゃないけど、本当に昔あの人が……その、エリーをお姉さんの代わりにしたのか？』

そうですよ、と即答しようとしたけれど、できなかった。

――佐保じゃない。

――俺が大切にしたいと思うのも、好きだと思うのも……ずっと、エリだけだ。

あの言葉の意味を、恵里菜はまだ聞いていないから。

「……少なくとも、八年前ははっきりそう言われましたよ」

恵里菜は右手をそっと胸に当てた。あの時感じた激しい胸の痛みも、再会してからずっと感じている甘い痛みも、確かにここに存在する。

『本人がそう言うなら間違いないんだろうけど、俺にはどうしても信じられないな』

――藤原が恵里菜を好きじゃないなんて、信じられないな。

宮野と佐々原。二人は疑問ではなく確信のように、同じ言葉を恵里菜に投げかける。

「……どうしてですか」

『どうしてって。先生、全身でエリーが好きだって言ってたじゃん。俺でなくたって分かるよ。……エリーだって、本当は気付いてるんだろ？』

それを否定する言葉を、恵里菜はもはや持たなかった。綺麗に保管された新聞記事、びしょ濡れになって追いかけてきたこと、痛いくらいの激しいキス。

（それだけじゃない）

風邪で倒れた恵里菜を病院まで連れて行ってくれた。

優しく頭を撫でて朝まで一緒にいてくれた、ずっと看病してくれた。

そして、今日。連絡のない恵里菜を気にかけて、仕事を理由にわざわざ支店までやってきた。

勝手で、強引で。でも、どの行動も晃のあの言葉を確かに裏付けている。

——好き。

その、晃の想いを。

『あれを見て、「俺を選んで」なんて言えないよ。だから……頑張れ、エリー』

デートの帰り際と同じ言葉を、佐々原はもう一度言った。

『逃げないでちゃんと話して、先生と向き合え。な？』

「……はい」

『よし。なら前にも言った通り、講話が終わった後の予定は空けとけよ。三人で懇親会やるから』

「懇親会？　三人って、まさか」

『決まってるだろ。俺とエリーと藤原先生。大丈夫、先方にはもう話をつけてあるから』

突然の展開に言葉を失っていると、佐々原は『向き合うって言ったばっかだろ？』と電話の奥で悪戯っぽい笑い声を響かせた。彼が恵里菜に向ける声に、もはや艶めいたものは何もない。

そしてそれを聞くことは、もう二度とないのだろう。

佐々原拓馬。

職場の先輩で、元指導係。そして、恵里菜を「好き」だと言ってくれた人。

仕事上での厳しい態度には、時に涙することもあったけれど、一緒に飲めば楽しいし、からかわれれば腹が立つけれども憎めない、そんな人。

この人と一緒に働いていて良かったと、恵里菜は心から思った。

「佐々原さん」

だから、恵里菜は言った。

「私、佐々原さんが『先輩』で本当に良かったです」

突然の告白に佐々原が息を呑んだ気配がする。そして彼は笑った。

『俺もエリーが「後輩」で良かったよ』

電話を切った恵里菜はベッドの上に倒れ込んだ。

晃が言っていた「誤解」と「すれ違い」。いったい何が正しくて何が間違っているのか、恵里菜には分からない。しかし一つだけはっきりしたことがある。

この気持ちは既に消し去ったものだと封じ込めてきたけれど、晃の隣に別の女性がいることを想像して、嫉妬した。

――いい加減認めなくてはいけないだろう。

ずっと晃との何もかもを忘れたいと思っていた。別れの記憶に苦しむ一方で、同時に幸せだった時間を思い出してしまうことが、いっそう辛かった。晃と再会して忘れるなんて無理だと知った。

自分の気持ちに正直になった今、ずっと抱え込んできた心の靄が少しだけ晴れたような気がする。

(知らなきゃだめだ)

誤解だと、すれ違いだというならばその原因を知らなければならない。恵里菜はその機会を一度無駄にした。溢れ出る感情を持て余し、逃げ出すことで目をそらした。

（でも、今度は逃げない）

職業体験の講話は、一度ゆっくり自分と向き合うのにいい機会かもしれない。

甘い記憶も苦い気持ちも、全てが詰まった母校での時間を過ごすことで、過去の自分を受け入れる。

そしてそこで晃と会う。先に進むために。地味子から、今の恵里菜になるために。

8

いよいよ職業講話当日の金曜日。

午前中、出先から直接学校に向かうという佐々原の連絡を受けた恵里菜は、一人支店を出て、車を走らせた。

支店から隣町の高校までは車で三十分ほどの距離がある。

だんだん見慣れた景色が増えていくにつれ、ハンドルを掴む両手に自然と力が入った。

「失礼します」

来客者用の駐車場に車を止めて一階の事務室を訪ねる。受付の女性に来校理由を伝えると、彼女は「数学準備室までご案内しますね」と立ち上がった。

里宮高校は、一年生から三年生までの教室がある西棟、職員室や数学準備室、美術室がある中央棟、そして各部活の部室が集まる東棟の三棟から成る。いずれも三階建ての建物で、今恵里菜が歩いているのは中央棟の一階だ。授業中のためか校内はひっそりと静まりかえっている。

その中で唯一響く自分たちの足音を、恵里菜はどこか不思議な気持ちで聞いていた。

三年間を過ごした校舎。

教室のある西棟に比べて訪れた回数こそ少ないけれど、中央棟はよく見知った場所である。だというのに、なぜだろう。知っているはずの場所なのに、まるで初めて来たような錯覚を覚える。

これが「卒業」なのかな、と恵里菜はぼんやりと思った。

高校生の恵里菜にとって、この場所はテリトリーの一部だった。

それが卒業して離れると、自分は部外者となる。懐かしさを覚えながらもどこか寂しく感じるのはそのためかもしれなかった。

「こちらが数学準備室です」

女性が案内してくれたのは記憶の中の場所と同じ、二階の一番東側にある部屋だった。

(ここに晃がいる)

恵里菜は気を引き締めた。

「失礼します。藤原先生、講師の方をお連れしましたよ」

「ありがとうございます。――ほら佐伯、お前もいい加減教室に戻れ」

「えー、今戻ってもあと十五分くらいで終わりじゃん。次の授業は出るんだからいいでしょー？」

「知ってるか、授業ってのは基本全部出るもんなんだよ。ほら早く行け、俺は忙しいんだ」

女性が去り、ドアの前に立った恵里菜はそのやりとりをぽかんと眺めた。

恵里菜に背を向けた状態の女子生徒は、椅子に座ったまま、「えーやだぁ」と足をぷらぷらさせている。際どいほどに短いスカートから覗く真っ白な生足と、こめかみを押さえて呆れたように退室を促す晃。その様子に、気構えていた恵里菜は一気に脱力した。

「あれー？」

背後からの視線に気付いたのか、目の前の女子生徒がくるりと体ごと振り返る。

明るい茶髪の可愛らしい少女と目が合った。突然の来客に驚いたのか、佐伯と呼ばれたその子はぱちぱちと目を瞬かせる。今でこそ派手な恵里菜だが、学生時代からいわゆるギャルが苦手だった。自分の外見は棚に上げ、情けなくも一瞬尻込みする。だが佐伯は、にこりと恵里菜に笑いかけた。

「こんにちはー」

「こ、こんにちは」

「あ、もしかして今日の講話の先生？　うっわー超美人じゃん！　ねえねえあきらっ、ヤバくない？」

佐伯が晃を呼んだその一瞬、恵里菜は既視感を覚えた。

「『ヤバい』のはお前だ。ほら、俺は今から打ち合わせがあるんだ。さっさと行け」

「えー仕方ないなあ。分かったよ」

グロスを塗ったピンク色の唇を尖らせる様子は、まだまだあどけない。

「じゃあね、失礼しましたー」

一見派手な彼女だが、恵里菜とすれ違う際にぺこりとおじぎをしていったあたり、悪い子ではなさそうだ。あんなに若くて可愛い子に超美人なんて言われたら、さすがに気恥ずかしい。

くすぐったい気分でその背を見送ると、後ろから「悪かったな」とため息交じりの声をかけられる。振り返れば苦笑する晃と目が合った。

「佐々原さんは？」

「少し遅れて来るけど講話には間に合うよ。あと十五分くらいで着くってメールがあったから」

「分かった。そこ座って。来るまでのんびりしていていい。コーヒー、ブラックでいいよな？」

「……うん、ありがとう」

勧められた椅子も棚に置かれたポットの位置も、ここは八年前と何も変わらない。

喫茶店の時と同じ感覚に満たされながら椅子に座ると、「どうぞ」と紙コップを手渡される。対面に座らずに一定の距離を取るのは晃なりの気遣いなのだろう。紙コップを片手に持った晃は壁に背をもたせたまま恵里菜の方を見る。

「そんなに固くなるなって。今すぐどうこうなんてしねえから」

「当たり前でしょ。そんなことしたら大声出しますよ、『藤原先生』」

あえて厳しい表情を向けると、晃は「おお怖い」とわざとらしく肩をすくめた。

今の晃は大分リラックスしているようだ。銀行の制服姿の恵里菜とスーツ姿の晃。たくさんの思い出が詰まったこの部屋に、大人になった自分たちがいる。

緊張と戸惑い。そのどちらも感じているけれど、恵里菜の心は冷静だった。

覚悟を決めたからだろうか。もう逃げようとは思わない。

「さっきの子、晃の生徒さん？」

「ん？　ああ。俺が担任しているクラスの生徒だ。さっきはあんな態度で悪かったな。後で注意しておくから」

「いいよ、別に。可愛くていい子じゃない。晃のこと随分信頼しているみたいだね」

おそらく授業をさぼっていたのだろう彼女は、晃にはとても心を開いているようだった。

数学準備室に入り浸る生徒と、それをたしなめる教師。

性別こそ違うが、昔の晃と宮野を見ているようで自然と笑みが零れる。

その瞬間、恵里菜の周りの張り詰めた空気が和らいだ。

「晃？」

めったに見せない笑顔に晃が見とれているなんて思いもしない恵里菜は、呆けたような彼の様子に首を傾げる。

「……いや、エリが笑うところなんて久しぶりに見たから」

「そうだった？」

「そうだよ。まあ、そうしたのは俺だけど。——でもやっぱり、エリは笑っている方がいいよな」

その言葉に恵里菜は苦笑した。最近同じようなことを言われたのを思い出したのだ。

「何、今度はにやにやして」

「ううん。佐々原さんにも同じこと言われたな、と思って」

笑顔でいた方が印象が良いのは分かる。それにしても、普段の自分はそんなにツンツンして見えるのだろうか。仕事中は冷静な態度を心がけていたつもりだが、やはり少し見直した方がいいのかもしれない――コーヒーを片手にそんなことを考え込む恵里菜の意識を引き戻したのは、晃の声だった。

「……佐々原さん？　なんで、あの人が？」

「それは――」

「仲がいいとは思ったけど、佐々原さんと付き合ってるのか？」

なぜだろう。他の誰よりも、晃の口からそれを聞かれると酷く胸がもやもやする。

少し前の恵里菜なら間違いなく、「晃には関係ない」と言い切って、それ以上の追及を拒んだだろう。しかし向き合うと決めた以上、曖昧な答えでごまかすことはしたくない。

「……付き合ってないよ。告白はされたけど、断ったから」

晃の目が大きく見開かれる。次いで「どうして」と言いかけたのと、数学準備室の扉が開かれたのは同時だった。

「失礼します、遅くなってすみません」

佐々原が入ってくるのを見て、晃は「いいえ、お疲れ様です」と立ち上がる。それからは、三人で授業が始まる五分前まで段取りの最終確認をし、数学準備室を後にしたのだった。

チャイムの懐かしい音に恵里菜は気を引き締める。

そんな彼女を安心させるように、晃は一度ぽんと肩を叩くと教室の扉を開いた。

途端に何十もの視線が突き刺さり、一気に緊張が高まった。

「ほら、騒いでないで席について。日直、号令」

そんな恵里菜とは対照的に、教卓の前に立った晃はてきぱきと指示を出す。日直だろう女子生徒の、「きりーつ、れーい」というなんとも間延びした声を合図に、生徒たちはぺこりと頭を下げた。

着席した後も彼らの視線は、やはり見慣れぬ二人に注がれたままだ。

「今朝も話した通り、この時間は外部の方をお招きして仕事についての体験談をお話ししてもらう。みんなにとって、働くというのがどういうことかを考えるのは、まだ難しいかもしれない。でも、みんなもいずれは大人になる。その時自分がどんな風に働きたいか、どんな仕事がしたいか考える時が来るはずだ。そのためにも、実際に今働いている人たちに、『高校生の時に何を考えていたか』『どうして今の仕事を選んだか』を聞いておくのはきっと将来の役に立つぞ」

淀みなく生徒たちに語りかける晃の横顔を、恵里菜はじっと見つめていた。

「なんか先生、今日カッコつけてない？」

「カッコつけてるんじゃなくて、実際カッコいいんだよ」

「うわっ自分で言ってるし。ひくわー」

快活に笑う男子生徒と担任のやりとりを、他の生徒たちは慣れた様子で見ていた。真面目な高校生だった恵里菜からすると、教師にタメ口を利くこと自体ありえないけれど、彼女が高校生だった頃も、そんな生徒は少なからずいたものだ。

「あきらー、硬いって」

「佐伯、うるさい。それに教師を名前で呼ぶな。先生だ、先生」

笑いながら担任を呼び捨てにする声の方を見ると、佐伯がひらひらと小さく手を振ってくる。人懐っこいその様子に、少しだけ緊張がほぐれるような気がした。

「ほら、静かに。今日、お話しして下さる二人を紹介する。平庄銀行の佐々原さんと新名さんだ。佐々原さんは渉外係、新名さんは融資(ゆうし)係に所属されている。詳しい説明はお二人がして下さるから、しっかり聞けよ。――それじゃあ、よろしくお願いします」

促(うなが)された佐々原が教卓の前に立ち、講話は始まった。

佐々原は簡単な自己紹介の後、自分の仕事内容について説明した。入行したての頃の失敗談をユーモア交(ま)じりに話したかと思えば、大きな仕事が成功した時の喜びを笑顔で語る。

初めは退屈そうな顔をしていた生徒たちも、話が進むにつれて集中していくのが分かった。

（この後に話すのはハードル高いかも）

やっぱり先に話した方が良かったかな、と耳は佐々原の話を意識する一方で、恵里菜の視線は自然と晃を追っていた。窓際の教師用の席に座る晃は、佐々原の話に頷きながらも、時折「ちゃんと聞けよ」と小声で近くの生徒をたしなめる。

表情は一見厳しくも見えるけれど、目元は優しく綻んでいた。

（……晃は本当に先生になったんだ）

父と同じ職に就きたいのだと、静かに、しかし熱く語った晃。

それを心から応援していた幼い自分。

生徒たちと共に過ごす晃を見て、自然と羨ましいという気持ちが湧き上がる。

銀行員という仕事には自分なりの誇りを持っている。しかしそれは、特に恵里菜の夢だった訳ではない。

今も昔も、晃は恵里菜にとって眩しすぎる存在だ。しかし彼を羨む一方で、素直に良かったと思える自分がいることが不思議だった。

当時の晃がどれほど真剣に教師を目指していたか、誰よりも近くで見ていたからだろうか。

夢を叶えた晃はとても輝いて見えた。

（負けてられないな）

「これ」という理由があってこの仕事を選んだわけではないが、恵里菜にだって意地がある。佐々原のように上手く話せないかもしれないけれど、晃の前でみっともないところだけは見せたくない。

「佐々原さん、ありがとうございました。――それでは新名さん、お願いします」

晃の呼び声に立ち上がる。佐々原と入れ違いで教壇へ向かう途中、晃と目が合った。

『大丈夫』

そう、声に出さずに晃は言った。

「っ……」

優しいその眼差しに動揺するのに、同じくらいに安心もした。

（……大丈夫）

恵里菜は教卓の前に立って呼吸を整える。

晃と同じ言葉を心の中で反芻（はんすう）すると、深呼吸をして生徒たちと向き合った。

「こんにちは。改めまして、新名恵里菜です」

腹から声を出す。明瞭な声が教室に通った。「こんにちはー」とばらばらとした返事が返ってくると、恵里菜はにっこり微笑んだ。気難しさなど欠片（かけら）も見せず、この四年間で叩きこんだ「とにかく笑顔」を胸に、生徒たちと向かい合う。

「先ほどご紹介頂いたように、私は現在、平庄銀行上坂支店の融資係に所属しています。今日は仕事内容の簡単な説明と、今の仕事を選んだ理由などをお話ししたいと思います。短い間ですが、どうぞよろしくお願いしますね」

ごく普通の挨拶だけれど何事も初めが肝心だ。そしてどうやら掴みはまずまずだったらしい。

佐々原の話が彼らの興味を引くものだったから、その延長線上で聞いてくれている部分もあるだろう。ならばここから先、彼らが聞き続けてくれるかどうかは、恵里菜次第だ。

その後は予定通りに準備していた内容を話した。

仕事内容、働く時に注意していること、自分の成功談と体験談。

高校時代の思い出は文芸部に所属していたことを話す程度でさらりと流した。勉強と文芸部を除いた恵里菜の高校生活イコール晃だ。まさか、「そこにいるあなたたちの担任の先生と付き合っていました」なんて言えるはずもなく、話は予定通り順調に終わった。

「何か質問はありますか？」

残りの五分間は質疑応答の時間だ。多分誰もいないだろうな、と思いながらも生徒たちを見渡すと、その中で一人だけ手を上げる女子生徒——佐伯がいた。

「はーい。聞いてもいいですかー？」

どうぞ、と促（うなが）すと、彼女はやけにキラキラした目を恵里菜に向けた。

「新名さんって化粧品はどこの使ってるの？」

意外な質問に、一瞬答えに詰まった。するとそれを困っているととらえたのか、「関係ない質問はしないように」と晃がすかさず注意をする。「いいじゃん、それくらい」と拗（す）ねたように眉を吊り上げる彼女を見て、恵里菜は「なるほどな」と思った。

クラスをさっと見渡すけれど、女子生徒の中で唯一ばっちりとメイクをしているのは彼女だけだ。

教えてあげたいと思ったが、担任が制止した以上、この場で答えるのはまずいだろう。

「授業が終わったら教えますね」と言うと、彼女は隣の生徒と、「やったね」とくすくす笑っていた。

以降質問が出ることはなく、講話は無事に終了したのだった。

「お疲れ様です。お二人に頼んで良かった、生徒たちの反応も良かったですね」

教室を出るなり、ありがとうございますと晃が笑った。「最初から仕組んでいたくせに」と思う一方、それが素直な称賛だと分かる分、気恥ずかしくもある。

そんな恵里菜の隣で佐々原は意味ありげに、「へえ」と唇の端を上げた。

「あなた『たち』ですか？　新名に頼んで良かった、じゃなくて？」

「……佐々原さん」

低い声で止めたのは恵里菜ではなく晃だ。くすくす笑う佐々原とむっとする晃。二人のやりとりを複雑な思いで聞いていると、後ろから「新名さん！」と大きな声が廊下に響いた。

振り返れば、佐伯が今にも恵里菜に飛びつかんばかりに走り寄ってきた。

「佐伯、廊下を走るな」

こんな定番なこと言わせるなよ、と呆れる晃に、佐伯は「うるさいなあ」と唇を尖らせた。

そのまま「新名さん、ちょっとこっちに来て」と恵里菜の袖を軽く引っ張ると、佐伯は晃と佐々原から少し離れたところで足を止める。

「さっきの話聞かせて？　化粧のやり方も！　あたしもエリも、ずーっと気になってたの」

「『エリ』？」

一瞬自分が呼ばれたのかと思って驚いていると、佐伯は「ほら」と手を繋いで——引っ張ってきたようにも見える——友人らしい少女を恵里菜に紹介した。

「……こんにちは」

佐伯の隣で、エリと呼ばれた小柄な少女がぼそりと呟く。黒ぶち眼鏡に長い黒髪を後ろでひっつめた彼女は、なぜか照れているようにも見えた。明るく派手な佐伯と、大人しそうなエリ。一瞬妙な既視感を覚えながらも恵里菜は挨拶を返し、愛用している化粧品の名前を二人に教えた。

しかしメーカー名を告げた途端、佐伯は「えー」とがっくりと肩を落とす。

「そのブランド知ってる。知ってるけど……高すぎて買えないよ」

それはそうだろう。働いている恵里菜だって、買うたびに口座の残高を気にしているのだから。

しゅんと凹む佐伯を見て、恵里菜はふと思ったことを口にした。

「あなたたちにその化粧品、必要かな？」

二人の少女はきょとんと目を瞬かせる。その幼い反応を可愛らしく思いながらも恵里菜は続けた。

「無理に高いものを使わなくても、今買えるもので十分だと思う。私なんか大学に入るまで、お化粧なんてしたことなかったよ。高校生の時はせいぜい色付きのリップを塗るくらいだったし。それに佐伯さん、お化粧の仕方十分上手だと思うけど。少なくとも同じ頃の私なんかよりはね」

「……うそぉ」

思わず笑みが漏れる。それは、以前の佐々原と同じ反応だった。

「ほんと。図書室にある卒業アルバム見たら、びっくりするかも」

笑いながら言うと、佐伯は「絶対見る」と言い切った。

その隣でエリは、「あの」とためらいがちに恵里菜を見た。

「……新名さんも文芸部だったたって、本当ですか?」

「『も』っていうことは、あなたも?」

「はい。まだ入ったばかりなんですけど」

「ねえ、佐伯さんの下の名前って……?」

「優だけど?」

「そ、そう。優ちゃんとエリちゃんね」

あっさり返ってきた答えに胸を撫で下ろす。気にしすぎだとは分かっていても、目の前の二人を見ていると面影を重ねずにはいられない。しかし、二人は自分たち姉妹と明らかに違う部分がある。

恵里菜の答えにころころと表情を変える優。そんな彼女を見るエリの表情は柔らかく、二人がとても親しい友人同士であることが窺えた。

恵里菜は佐保の前でこんな風に笑ったことはない。目の前の二人の様子は、自分たち姉妹が友人として出会ったらこうなっていたのかな、と思えるような姿だった。

「なんか、化粧とか部活の話とか、新名さんって色々意外だね」

友人に同意を求められたエリは、「うん」と微笑みながら返した。

「……私も大学に入ったらそんな風に変われるのかな」

「——変われるよ」

憧憬さえも感じられるその呟きに、恵里菜は気が付くとそう言っていた。

「偉そうなことを言う訳じゃないけど、みんなまだまだこれからだから。高校生活楽しんでね」

二人が大人の恵里菜に憧れるように、恵里菜もまた、未来ある二人を羨んだ。

自分の高校生活は、決して楽しいだけのものではなかった。それでも晃に出会わなければきっと、恵里菜の高校生活は無味乾燥なものだっただろう。結果的に直面した痛い現実と、痛みがない代わりに味もなかっただろう可能性。

どちらが良いのかなんて分からないけれど、エリと優、二人の少女を前に、恵里菜は昔の自分たちと向き合っているような気がした。

それから三人で化粧品や雑誌など女子特有の話で盛り上がったのち、恵里菜は「聞いてもいい？」と二人にそっと問いかける。

「藤原さんって、どんな先生？」

エリがはにかみながら「いい先生ですよ」と答えたのに対して、佐伯は「うるさいよ」と悪戯っぽく笑った。

「さっき見てたでしょ？　足を閉じろとか廊下は走るなとか、怒ってばっかりだもん」

たまにめんどくさいよ、と言いつつも、晃を語る佐伯の表情は実に生き生きとしている。

「金曜日なんてゲーセンまでわざわざ迎えに来たし。『遅くまでこんなところにいるな！』ってすっごい怒られた。バレないから一緒に遊ぼーって誘っても、怒ってばっかでノリ悪いし。……でもまあ、そんなところも嫌いじゃないけどね」

金曜日。ゲームセンター。

（……もしかして、あの日？）

この瞬間、佐伯に対して覚えた既視感の理由が分かった。

騒がしい騒音の正体も、年若い女の声も、全てが繋がる。

その時、佐々原と話している晃と視線が重なった。目元を綻ばせる姿は見とれるくらいに優しくて、「新名さん？」と呼ぶ佐伯の声が、どこか遠くに聞こえたのだった。

9

「それじゃあ十八時に駅前で。あと少し、お互い頑張りましょう」

佐伯たちとの話を終えたのち、恵里菜は佐々原と支店へ戻った。

「先生もいるし、店は合流してから決めよう。適当に時間つぶしてるから、出たら教えて」

先に仕事を終えた佐々原が出ていく。それから遅れること約三十分、ようやく仕事を終えた恵里菜は車を置きに急いで自宅に帰る。

そして佐々原に「今から向かいます」とメールを送り、部屋に上がることなく駅前へと向かった。予定時間から大分遅れている。気安い相手とはいえ、先輩をこれ以上待たせるのは忍びない。

もうすぐ大通りに出るというその時、一台の車が恵里菜を追い越し、少し先で止まった。

真っ黒の外装のSUV。いかにもなモテ車だ。

外装は恵里菜の好みだけれど、こんな細い道で路上駐車は頂けない。迷惑だな、と内心非難する恵里菜だったが、車から降りてきた人物に気付くと思わず二度見した。

「……なんでここにいるの？」

恵里菜の前に立ったのは、スーツ姿の晃だった。

「駅に行くにはここを通った方が近道だからな」

「どうして車？　飲まないの？」

「仕事が思ったより長引いた。家に置きに帰ってたらもっと遅くなるから、とりあえずそのまま来たんだよ。帰りは代行でもいいしな」

駅前に向かう途中で恵里菜の姿を見つけ、車を止めたのだという。

「佐々原さんはまだ仕事？」

「……先に駅前に行ってるはずだけど。って、そんなにじーっと見て。顔に何かついてる？」

顔から足先までじっと見られた恵里菜は、眉根を寄せながら自分の姿を確認する。

フロント部分に細かなレースがついた淡いピンク色のブラウスと、膝上丈のネイビーのタイトスカート。黒のタイツを履いた足元には、かかと部分に付いた小さなリボンが可愛らしいショートブーツ。

防寒用に厚手のストールを羽織った今の格好は、驚かれるほど奇抜ではないはずだ。

何かダメ出しをするつもりなのか、と一瞬構える。

しかし晃はじっと恵里菜を見た後、「いいな、それ」と表情を和らげた。

「さっきまで制服姿だったから余計に新鮮。――うん、似合ってる」

感心したように言われたそれにお世辞の色は微塵もなく、「え、あ……ありが、とう」と恵里菜はなんとも微妙な返答しかできなかった。

（……いきなりやめてよ）

動揺する心を必死に抑える。そんな風にいきなり褒めるのは反則だ。

「とりあえず駅に向かうか」

戸惑う恵里菜に苦笑しつつ運転席に乗り込むと、晃は道に突っ立ったままの恵里菜を「早く、待たせたら悪いだろ」と助手席に乗るように促した。しかしほんの少しの距離とはいえ、「車内に二人きり」というシチュエーションはやはりためらわれる。

一方の晃も、恵里菜の考えなどお見通しなのだろう。

「そんな顔しなくても、別に今すぐどうにかしたりしねえよ」と苦笑した。

なんだか気になる言葉も含まれていたが、このままでいるのは確かに大人げない。

恵里菜は渋々了承すると、助手席へと乗り込んだ。

晃の几帳面な性格通り、車内はスッキリと片付いていた。終わりかけの消臭剤や空のティッシュ箱が放置されている恵里菜の車とは大違いだ。

「……ねえ」

「ん？」

意を決して恵里菜は聞いた。

「待ち合わせの日、佐伯さんを迎えに行ってたから遅れたの？」

戸惑いながら尋ねる恵里菜に対し、晃は「ああ、佐伯から聞いた？」とあっさり肯定した。

「ゲーセンの店員からうちの生徒がいるって連絡が入ったんだよ。ここの条例だと、あの時間に十六歳以下がいたらまずいから。確認したらうちのクラスの佐伯だったから引き取りに行ってた。説教して家まで送り届けたり、色々やってたらあの時間」

「そう……なんだ、私、てっきり」

彼女かと思った。そんな思いが表情に出ていたのだろう。ミラー越しに視線が重なった晃は唇の端をわずかに上げた。

「てっきり、なんだと思った？」

その悪戯っぽい表情に恵里菜は、はっとした。これでは、「生徒に嫉妬していました」と晃に言っているようなものだ。そしてそれに気付かない晃ではない。

「だからあの日、帰ったのか？」

言外に嫉妬したから帰ったのか、と聞かれているようだが、素直にそうだと答えるのは恥ずかしすぎる。しかし今更違うと言ったところで、それが嘘であることなど晃には丸分かりだろう。

「……だったら、何よ」

せめてもの抵抗に、恵里菜は視線をそらして横を向く。

真っ向から「あなたの女関係に嫉妬しました」と言えるほど、恵里菜の心臓は強くない。

だから恵里菜は気付かなかった。薄らと頬を赤く染めて、恥ずかしそうに瞼を伏せるその横顔を、晃がどんな表情で見つめていたか。

「――反則だろ、その顔」

「何か言った？」

「……なんでもない」

小さな呟きを聞き漏らして問い返すと、晃はすっと目を細めた。

「今日はありがとう。生徒たち――特に佐伯たちなんかすごく喜んでた」

二人の姿が頭に浮かぶ。それだけで恵里菜の表情も自然と綻んだ。

「……私も楽しかった」

ミラー越しに晃と目が合う。それがなんだかとても気恥ずかしくて、恵里菜は慌てて続けた。

「な、なんでもない！　こちらこそありがとう、ってあの子たちに伝えといて」

そんな恵里菜に晃はくすりと笑ったけれど、彼女の顔の赤さにはあえて気付かないふりをした。

（……心臓、痛い）

晃に隠れて、そっと胸元を押さえる。手のひらからは自分の鼓動がはっきりと伝わってきた。気付かれないように横目で運転席の方を見れば、晃は変わらず涼しい顔をしてハンドルを握っている。

そういえば、以前雑誌か何かで読んだ「好きな男性の仕草ランキング」には、運転する姿がランクインしていたなと思い出す。興味を持てずに流し読みしたけれど、今はその気持ちがよく分かる。

「俺もエリの話が聞けて良かった。ずっと笑顔で、話も聞きやすくて、すごいなと思った」

すごいとまで言われると、さすがに恥ずかしい。照れ隠しもあって「窓口で鍛えられたから」と早口で答えると、晃は感慨深そうに「エリが銀行員かあ」と呟(つぶや)いた。

「新聞を見た時は正直意外だったけど、今日のエリを見て納得した。生徒たちの前で堂々と話してるお前なんて昔じゃ考えられねえもんな。……カッコ良かったよ」

負けたくない。みっともないところを見せたくない。

そう望んで生徒たちと向き合った恵里菜にとって、それは何よりも嬉しい言葉だった。

ありがとう、と囁(ささや)くように返すと、「ああ」と短い答えが返ってくる。そんな当たり前のやり取りに不思議と安心した。その時不意に、車のラジオからクリスマスソングが流れ始める。

（……もうそんな時期か）

　イベントの少ない秋が終われば十二月、クリスマスがやってくる。

　それが過ぎればすぐにお正月だ。子供の頃は一つ一つのイベントを、まだかまだかと心待ちにしていたものだが、今では一年なんてあっという間だ。年を重ねるごとに時間の流れは早くなる。

「そういえば、そろそろ駅前のイルミネーションが始まるな。この二、三年でかなり派手になったらしい。去年なんか地元のテレビ局が取材に来てたってさ」

　イルミネーションにクリスマス。

　この時期のデートスポットの定番と言ってもいいそれに、恵里菜は膝の上で小さく拳を握る。

「詳しいね、行ったことあるの？」

　努めて冷静に問うと、「ねえよ。男の一人イルミネーションとかハードル高すぎ」と返ってきた。その答えにほっとしていると、不意に隣から囁きが漏れる。

「クリスマスか……結局、やったことなかったな」

　それが何を指すのか分かったけれど、恵里菜はあえて無言で視線を窓の外へ向けた。

　視界を流れていく景色のように、頭の中では昔の記憶が呼び起こされる。

　受験直前の当時は二人で話し合って、クリスマスには特に何もしないことを決めた。その分来年こそはゆっくりデートしようと約束したのだ。

その約束が果たされることはなかったけれど、クリスマスについて話しながら帰路についた通学路も、握った手のひらの温かさも恵里菜は今でもはっきりと覚えている。お互いに無言になったその後、駅までのわずかなドライブがとても長く感じられた。佐々原と出かけた時とは違う。その理由に、恵里菜はとうに気付いていた。

——晃だから。

それ以上の理由はないのだ、と。

目的の場所に着くと、車は駅前のロータリーに停車した。恵里菜は車内から辺りを見渡したけれど、ざっと見た限りでは佐々原の姿はどこにもない。

「……いないな」

「うん。私のメール見てないのかな、ちょっと電話してみる」

鞄からスマートフォンを取り出したその時、タイミング良く画面に佐々原の名前が表示された。すぐに電話を取ると、『お疲れ』といつもの声が聞こえてくる。

「佐々原さん、今どこですか？　私もあき——藤原先生も、もう駅前にいますよ」

『あーごめん、俺やっぱり今日パス。菅野と飲みに行ってくるわ』

「……はい？」

空耳だろうか。ありえない言葉に思わず間抜けな声が漏れる。そんな恵里菜に佐々原は電話の奥でくすりと笑うと、『エリー』と穏やかに言った。

『騙してごめんな。でもせっかくの機会だ、思ってること全部ぶちまけてこい。それに言っただろ、「貸し二」って。じゃあな、お互い花金を楽しもう。お疲れー』

「ちょっ、佐々原さん!?　待っ……」

待って下さい、という言葉を最後まで聞くことなく、電話は切れた。

恵里菜はすぐさまリダイヤルを押すけれど、それを予期していたかのように『おかけになった電話番号は……』と無機質な音声案内が聞こえてくる。

——はめられた。

「エリ？」

「晃が頼んだの？」

「何が」

「佐々原さん、今日来ないんだって。晃が頼んだの？」

「そんなことしねえよ」

眉を寄せる晃は確かに嘘をついているようには見えない。だが前科がある以上素直に納得できず、なおも言い募ろうとしたその時、今度は晃のスマートフォンが振動した。

晃は一瞬そちらに視線をやるが、今は恵里菜の方が優先だと思ったのか、取ろうとしない。

無視させるのはさすがに居心地が悪く、恵里菜が低い声で「出れば」と言うと、晃は「悪い」と言ってスマートフォンを手に取った。

「――もしもし。何、今取り込み中……は？　そんなんじゃ――だからっ、違うって！　エリだよ、エリ！　分かったら切るぞ酔っぱら……はあ？　なんであんたに代わらなきゃならな……ってうるさい、耳元で騒ぐ――ああもうっ」

いったい誰と揉めているのか、晃は通話したままスマートフォンを耳から離すと、それを恵里菜に差し出した。

「悪い、エリ。代わって」

「……なんで？」

晃の電話に自分が出る道理はない。晃の手を押し返すが、彼は頼むと言って再度差し出す。

「この電話、母親」

「……サヤさん？」

晃は心底申し訳なさそうな表情をして頷いた。

「お前と一緒にいるって言ったら、『代われ』って言って全然きかない」

藤原サヤ。もう何年も会っていないけれど、一時は家族ぐるみの付き合いをしていた相手だ。晃と付き合い始めて家に行くようになってからも、遊びに行くたびに『いらっしゃい！』と元気に迎えてくれた。佐保とは違った意味で底抜けに明るい彼女が恵里菜は好きだった。

「……もしも――」

『本当に恵里菜ちゃん⁉　やーん、久しぶり、元気だった？』

「は、はい。サヤさんもお久しぶりです」

恵里菜の声が聞けたのがよほど嬉しかったのか、やけにテンションが高い。

『今日飲み会だって聞いてたけど、相手が恵里菜ちゃんだとは思わなかったわ。あのバカ、そうならそうって言えばいいのに！　一緒にいるってことは、もうお仕事は終わったのよね？』

「は、はい。でも――」

『ならうちで飲めばいいわ！　私はこの後仕事だけど、少しでもいいから久しぶりに恵里菜ちゃんに会いたいもの。一緒に夕飯食べましょ？　あーもう、晃もたまには役に立つわね！』

これほどまでに喜ばれては断るわけにもいかず、若干頬を引きつらせながらも「はい」と返事をして晃に代わる。しかし晃が再度耳元に当てた時には、既（すで）に切れていたらしい。なんとも言えない沈黙が車内に満ちた。

「なんか……ほんと、ごめん」

珍しくしゅんとする様子に、恵里菜は「いいよ、もう」と苦笑したのだった。

10

「本当は一人暮らしなんだけどな。何ヶ月か前にいきなり押しかけてきたんだ。義父さんが単身赴任している間一人じゃつまらないから、って。いい年して何言ってんだか」

恵里菜が実家を出て二年後、サヤも再婚相手の転勤に伴いこの街を出た。一方、第一志望の地元国立大学に合格した晃もまた、一人暮らしを始めたらしい。以来、晃は大学から働き始めて今まで、ずっと気ままな一人暮らしをしていたという。しかし数ヶ月前、突然サヤが大荷物を持って戻ってきた。夫の単身赴任が決まったらしい。期間は一年。ついていくには短すぎるが、一人でいるにはつまらない。

――そうだ、晃のところに行けばいい。昔住んでいた場所だし、仕事だって見つけやすいはずだ。

恵里菜はそれを聞いた時、「サヤさんらしいな」と妙に納得してしまった。

もっとも、晃はいい迷惑だと言わんばかりに渋い顔をしていたのだけれど。

そして晃の住むマンションに着いて、インターフォンを鳴らしたその時。

「いらっしゃい、久しぶ……え？」

「ご無沙汰してます、サヤさん」

文字通り玄関から飛び出てきたその人は、恵里菜を見るなりあんぐりと口を開けた。

「……恵里菜ちゃん、よね？」

念を押すように確認される。無理もない。今日までずっと、サヤの中の恵里菜は黒髪・黒ぶち眼鏡姿のままだったのだろう。

「うわーすごい、どこの綺麗なお嬢さんかと思ったわ！　あ、でも昔の恵里菜ちゃんも可愛かったわよ。今は可愛いより綺麗って感じかしら。さあ、入って！　簡単な物しかなくて悪いけど、夕飯にしましょ！　恵里菜ちゃん、お酒は飲める？　何が好き？」

「大好きです。種類はなんでもいけると思います」

素直に答えると、サヤは「恵里菜ちゃん最高」と笑い、ぐいっと恵里菜の腕を引く。

「晃、あんたは適当にお酒買ってきて。焼酎は忘れないでね、私ウーロンハイ飲みたいから」

サヤはテンポ良く続ける。彼女にぎゅっと引き寄せられたまま後ろの晃を振り返ると、彼はむっとしていた。眉間に皺を寄せるその顔からは、苛立ちがありありと伝わってくる。

「なんで俺が。あんたが行けばいいだろ」

「わ・た・しが言ってるの。分かったら早く行って、なんのために車に乗ってるのよ」

しぶる息子を軽くあしらい、空いた方の手で「ほら、行って」と、しっしと手を払う。

「……少なくとも酒を買うためじゃねえよ」

ため息を吐きながらも、晃はサヤに捕まったままの恵里菜の方を見た。

「悪い、すぐ帰るからしばらくそいつの相手してやって」

分かったというのもサヤに失礼な気がして、恵里菜は頷いた。晃が小走りで車に向かうと、サヤは「さあ、どうぞ」と恵里菜を部屋へといざなう。

「今お茶を入れるからリビングで待っていてくれる？」

「あ、手伝います」

「いいわよー、私もすぐに行くから、座ってて」

腰を浮かしかけた恵里菜をそう制すると、サヤはキッチンに向かった。十畳ほどのリビングルームはカウンターキッチンのため、恵里菜からはサヤの後ろ姿がよく見える。

「相変わらずですね、晃とサヤさん」

鼻歌交じりに台所でお茶を用意するサヤに話しかける。

「なーに、相変わらず仲が悪いって？」

「まさか。その逆です。仲がいいなあ、と思って」

笑顔で押し切る母親と、しぶりながらも結局は従う息子。口ではなんだかんだと言いつつ、晃はサヤに弱い。しかしそれはマザコンとは違う。晃が女手一つで自分を育ててくれたサヤを尊敬しているのは、恵里菜も十分知っていた。

「どうなんだかね。いくつになっても生意気で腹が立ってしょうがないわよ。――はい、どうぞ」

「ありがとうございます」

温かい緑茶を一口飲むと、自然と息が漏れた。

「恵里菜ちゃん、本当に綺麗になったわね」

対面に座ったサヤは両手のひらに顎を乗せて、まじまじと恵里菜を見る。昔を知る人に改めてそう言われると、やはり照れくさい。「そんなことないですよ」と伏し目がちに答える恵里菜に、サヤは微笑んだ。

「懐かしいわね。何年ぶりになるのかしら。高校三年生の時が最後だから……もう八年？」

私も年を取るはずだわ、とため息を吐く彼女に、「サヤさんは変わらないですよ」と本音が漏れた。

実際、彼女は四十代後半にはとても見えない。緩やかなウェーブのかかる茶色の髪を一つ縛りにし、ばっちりと化粧をした姿は、どんなに見積もっても三十代後半。恵里菜と同い年の息子がいるといっても、たいていの人は信じないだろう。涼しげな目元や、すっと通った鼻筋が晃に似ている。

「晃が恵里菜ちゃんと別れた、って聞いた時は本当に驚いたわ。まさか、あれ以来あなたと会えなくなるなんて思ってなかったもの」

――来た。

核心をつく言葉にテーブルの下でぐっと拳(こぶし)を握る。正直なところ、サヤに会いたいと言われた時は驚いた。自分にはそんな資格がないと、そう思っていたからだ。

八年前、恵里菜は両親に、自分について晃とサヤに話すことを一切禁じた。

(……さんざん、お世話になっていたのに)

晃の家に遊びに行けば、出勤前の彼女はよく夕飯をごちそうしてくれた。

明るくて無邪気で、まるで年の離れた姉のようなサヤ。どちらかと言えば真面目な両親と違って、良くも悪くもはっきりした性格の彼女を恵里菜は慕っていた。

しかしサヤからすれば、恵里菜はなんの挨拶(あいさつ)も説明もせずに息子を切り捨てた最低の女だ。突然顔を見せなくなった恵里菜を責めて当然なのに、しかしサヤはそうしなかった。

「ごめんね、恵里菜ちゃん」

「……どうして、サヤさんが謝るんですか？」

当時は自分のことでいっぱいいっぱいだったとはいえ、謝罪するべきは恵里菜の方なのに。

「だって、原因は晃でしょ？　あいつは『別れた』としか言わなかったけど、その後の恵里菜ちゃんの行動を見れば分かるわ。少なくとも私の知ってる恵里菜ちゃんは、理由もなく人を無視したりするような子じゃないもの。だからうちのバカが、本当にごめんね」

　ずっと謝りたかったとサヤは眉を下げる。

「さっき晃が恵里菜ちゃんと一緒にいるって聞いて、どうしても会いたいと思ったの」

「だからお酒を買いに行かせたんですか？」

「そうでもしなきゃ、あいつ、あなたから離れないもの。べったりくっついて、暑っ苦しいったらありゃしない。……でも、どうして？」

　遠回しになぜ一緒にいるのかと聞かれ、恵里菜はなんと答えたらいいのか迷って言葉に詰まる。

　再会して、好きだと言われた。誤解なのだと、話をしたいと抱きしめられ――キスをした。

　しかし、自分でも把握しきれていないこの状況を説明するのは難しい。

「……色々、あったんです」

「うん」

急かさないサヤの姿勢に自然と言葉は流れ出る。

「正直、もう二度と晃に会うつもりはありませんでした。でも色々あって再会して、話をして……分からないことばかりが増えて、どうしたらいいのか分からなくて、逃げてばっかりで」

靄のかかっていた気持ちを自分の言葉で口にする。そうすることで少しずつ頭の中がはっきりしていった。

「でもこのままじゃダメだと思ったから。晃の話を聞いて、自分の思っていることを伝えて――前に進みたくて。だから今日、ここに来ました」

そっか、とサヤは微笑む。拙すぎる言葉を理解しようとしてくれる姿勢が嬉しかった。

「あーっ、でもほんとにあいつは馬鹿ね！　恵里菜ちゃんみたいないい子と別れるなんて、女を見る目がなさすぎだわ」

サヤの息子を見る目はなかなか厳しい。口が悪い、態度が悪い、生意気だ――その大半は同意できるものだったが、最後の「だからモテないのよ」という発言にだけはまさかと笑ってしまう。

世間一般に見て、晃はかなりの優良物件だろう。

モデル顔負けの長身に、すっきりと整った顔。性格はぶっきらぼうだけれど基本的には優しい。おまけに職業は、教師という名の公務員。生徒たちの評判も良さそうだった。

元々、晃以外の異性に免疫(めんえき)がない恵里菜だ。情けないけれど、全くの初対面として出会ったならば、五秒と目を合わせられない自信がある。

顔全体から「ありえない」オーラを出す恵里菜に、サヤはさらりと言った。

「本当よ？　私の知る限り、晃に恵里菜ちゃん以外の彼女なんていたことないもの」

ぽかん、と口が半開きになる。

（彼女がいなかった……？）

歩くだけで女性の目を引くような晃が？　この前支店に来た時だって、晃が姿を現した途端女性陣がざわめいていたのに。晃自身注目を浴びることには慣れているのだろう、それに驚く様子もなかった。あの容姿なら、女に不自由することはないはずだ。

それが、『モテない』？　理解の追いつかない恵里菜にサヤは続ける。

「あいつも一人暮らしをして長いから、絶対とは言えないけどね。でも間違いないと思うわよ」

晃ももう二十六歳だ。その年に至るまでサヤは何度も「あんた彼女いないの？」と聞いてきたが、晃の答えは毎回決まっていたという。

「『今は女に興味ない』なんて嘘ばっかり。そこらの女にはなくても恵里菜ちゃんにはあるくせにね。あなたと別れた後の晃、荒れちゃってしょうがなかったのよ？」

サヤから語られる晃の姿はどれも恵里菜の知らないものばかりだ。想像すらしていなかっただけに、どう反応したらいいのか分からない。恵里菜を振った張本人がどうして荒れるのか。それではまるで――別れたことを後悔しているように聞こえる。

「悪酔いした時の寝言は決まって『エリ』だし、さんざん就職先に悩んだ挙句(あげく)、恵里菜ちゃんがいるかもしれないって理由で東京に行くし」

「私がいるかも、って……？」

「私も晃も、恵里菜ちゃんがどこの大学に行ったか知らなかったでしょう？　ただ高校卒業前に、都内の大学に進学するということだけは、あなたのお母さんから聞いていたの。もちろん、晃には言わないという約束でね。でも、恵里菜ちゃんと別れてからの晃は、正直見ていられなくて……。だから、大学三年生の頃かな？　晃に教えたの。勝手なことして、ごめんね」

私が勝手にしたことだからお母さんを怒らないでね、とサヤは言った。もちろんそれを聞いても、恵里菜には母を責める気なんてない。母とサヤの付き合いを考えれば仕方のないことだと思えた。

「……ああもう、思い出したらあいつのバカっぷりにイライラしてきたわ。未練がましいったらありゃしない。そんなに大切ならきちんと繋(つな)ぎ止めておけっての！」

そろそろその辺でとサヤを宥(なだ)めながらも、恵里菜は内心動揺していた。

頬が熱いのは、多分気のせいではないだろう。

（寝言で私の名前を呼んで……それに、東京に就職した理由って……）

教師を目指す彼がなぜわざわざ上京したのだろうと、話を聞いた時には疑問に思った。採用先の学校が都内だったのならまだ分かる。しかし一度は一般企業に就職したのはなぜなのか、と。

全てはただの偶然で、深い意味なんてない――動揺する自分にそう言い聞かせる。その一方で、サヤが冗談を言っているとも思えなくて。

――私が東京に進学したから、それを追って晃も上京したのだとしたら？

（そんな、こと……）

あるはずない。そう思いながらも、恵里菜の胸は激しく震えた。ドクン、ドクンと体の中を血が巡っていくのが分かる。抱きしめられて、キスをして。強引なところも多々あれど、再会してからの晃は恵里菜に対して常にとろけるくらいに優しかった。それらが全て晃の想いを裏付けている。

それを理解した上で、晃と向き合おうと決めたのだ。

しかし、たとえ晃が恵里菜を好きだとしても、簡単には受け入れられない――そう思っていたのだが。

「自分から大切なものを手放すなんて、ほんとあいつはバカよ」

サヤから語られる彼の姿に、今すぐ会いたいと恵里菜は思った。

「恵里菜ちゃん、顔真っ赤」

可愛い！　とからかわれ、恵里菜は慌てて「そんなことないですよ」とお茶を飲む。

「あ、でもそんな可愛い顔、あのバカに見せちゃだめよ？　食べられちゃうから」

「食べられっ……って、サヤさん！」

「冗談よ、じょーだん。あいつにそんな甲斐性あるはずないもの。あいつのことだから、どうせエリちゃんの前でもカッコつけてるんでしょ？　中身はヘタレのくせに、笑っちゃうわよね」

あはは！　と楽しげに笑うサヤを見て、恵里菜は気付いた。饒舌な彼女の頬が薄らと赤く染まっている。まさかと思って彼女の目の前にあるグラスを取って匂いを嗅ぐと——

「サヤさん、これお酒じゃないですか！」

ふんわりと鼻に香る独特のそれはおそらく梅酒だろう。自分に温かい緑茶が出された時、彼女は氷の入ったグラスを持っていたので妙だなとは思ったのだが、まさかロックで飲んでいたとは。

「そうよ、私が漬けたの。恵里菜ちゃんも良かったら飲む？　美味しいわよー」

その芳醇な香りに、確かにそそられるものはある。けれど晃の帰りを待たずに飲み始めるのもどうだろうと悩み始めたその時、「ただいま」とタイミング良く晃が帰ってきた。

「何騒いでんだよ、外まで聞こえてたぞ」

晃はスーパーのレジ袋を片手にリビングに入ってくると、「おかえり」とそっけなく返す母親にため息を吐く。次いで、二人のやりとりをじっと眺めていた恵里菜を見て、薄く笑んだ。

「……悪かったな、相手させて」

疲れただろ？　と気遣われ、慌てて首を横に振る。サヤに聞いた話が頭をよぎって上手く言葉が出てこない。晃はそんな恵里菜を不思議そうに見ながらも、飲み続ける母親に「そろそろ仕事に行く準備しろよ」とけしかけた。

「つまむものは適当に作っておくから。遅刻するぞ」

「うるさいわねー、分かってるわよ。ごめんね恵里菜ちゃん、着替えてくるわ。ゆっくりしてて」

サヤがいなくなった途端、空気が変わった。同じ空間に晃と二人きりという状況を意識せずにはいられなくて、ついついうつむきがちになってしまう。

「何話してたんだ？」

純粋な問いに、まさか「あなたの恋愛遍歴を聞いていました」などと言えるはずもなく、恵里菜は「なんでもないよ」と目をそらした。

「それより、晃が料理をするの？」

「ああ。大したものは作れないけど、酒の肴（さかな）程度なら適当に。すぐにできるからエリは座ってて」

慣れた様子で台所に立つ後ろ姿に、恵里菜はためらいがちに話しかける。

「手伝おうか？」

一人暮らし歴に反して、恵里菜が自炊をした回数は呆れるほどに少ないので、どれだけ役に立てるかは分からない。けれど、他人の家で一人のんびりするのはなかなか気まずいものがある。しかし晃は「いいって」とあっさり断った。

「招いといて怪我させたくないからな」

これにはさすがにかちんときた。

「そこまで酷（ひど）くないよ、そりゃ、大したことはできないかもしれないけど……」

それでも野菜くらいは人並みに切れる！　と続けると、晃は「冗談だ」と苦笑した。

「簡単なものしか作らないから。その代わり、あいつが戻ってきたら相手してやって」

晃は冷蔵庫から何かを取り出した。恵里菜からは何を作っているか確認できないけれど、トントンとリズミカルにまな板を叩く包丁の音といい、手早く何かを炒めるフライパンの音といい、とても手慣れているようだ。イケメン・公務員・家事上手。憎らしいほどに三拍子揃った相手だ。

それから間もなくして、支度を整えたサヤが戻ってきた。ノースリーブの黒のロングドレスに、先ほどよりも濃いめの化粧、髪の毛を結い上げた彼女は、まさに夜の女だ。真っ赤な口紅を引いたサヤににっこりと微笑まれると、同性ながら見とれてしまう。つくづく顔立ちの整った親子だ、と感心していたところで、両手にお皿を持った晃がやってきた。

「テーブルあけて」

「あーいいわね、美味しそう」

料理を始めること約十五分。テーブルの上は、あっという間に料理で埋め尽くされた。生ハムとトマトのカプレーゼ、塩キャベツに、豚肉とアスパラのベーコン焼、作り置きしてあったというポテトサラダ等々、完全に居酒屋メニューだ。一品一品は簡単な物かもしれないが、それにしても手際が良すぎる。しかし驚いているのは恵里菜だけで、サヤは当然のように、「晃、取り皿とお箸」と命令し、晃も無言で台所に向かった。

恵里菜は慌てて晃の後を追う。このまま何もしないのはさすがに居心地が悪すぎる。

「何を持って行けばいい？」

「座ってろって」

「いいからっ！　少しくらい手伝いさせてよ、頼むから」

晃は目を瞬かせるが、すぐに「分かった」と表情を和らげる。その笑顔があまりに優しいものだったから、恵里菜は一瞬皿を受け取るのが遅れた。

「エリ?」

「……っ、なんでもない」

奪うように持って背を向けた。こんな態度ではまるで、思春期の男子高校生のようだ。

(頭、切り替えなきゃ)

テーブルの上には、たっぷり氷の入ったグラスが三つある。その傍らに、買ってきた焼酎のボトルと、キンキンに冷えたウーロン茶のペットボトル。恵里菜は自然な流れで三人分のウーロンハイを作り始めた。出勤前に軽く飲みたいと言うサヤには少し薄めに、逆に濃いのが大好きな自分の分にはたっぷりと焼酎を入れて、申し訳程度にウーロン茶を注ぐ。

その途中、晃が「エリ」とそれを止めた。

「俺のは焼酎は入れなくていい」

「……飲まないの?」

元々飲み会の予定だったのだから、飲まないなんて選択肢は恵里菜の中になかった。

だが晃は、「お前を送っていくんだから飲めねえよ」と肩をすくめる。

「いいよ、タクシーで帰るから」

夕食を食べて話を聞いて帰る。初めからそのつもりだったし、家主を差し置いて一人で飲むなんて無作法はできない。しかし晃は断固として譲らなかった。

「送る。それに俺は、酒飲んでもさほど変わらないから。元々それほど好きってわけでもねえし」

　すると二人のやりとりを聞いていたサヤがにやりと笑う。

「『変わらない』ねえ」

「……なんだよ」

「いーえ、別に？　さあ、始めましょ！　私はすぐ出かけるから一杯だけだけどね」

　恵里菜は目の前にあるグラスを二人に手渡した。「かんぱーい！」と言うサヤの明るい声にグラスを傾け、ごくりと飲んだ。

（あれ？）

　たっぷり濃いめに入れたウーロンハイ。しかし一口飲んだ瞬間、違和感を覚えた。酒の味が微塵（みじん）もしない。まさかと思って対面を見ると、グラスを片手に「ごほっ」とむせている晃がいた。

「っエリ、これ、酒っ……」

「うそ、ごめん！」

　晃の手元から奪うようにグラスを取る。お茶だと思って勢い良くいったのだろう、グラスの三分の一以上が減っていた。けほっとむせる晃に慌てて水を差し出すと、彼はすぐさま飲み干して、「洗面所に行ってくる」と出て行った。

それを唖然と見送る恵里菜に、サヤは「あらあ」と苦笑しながらため息を吐く。

「あいつ、下戸なのよ」

「下戸？」

「そう。『変わらない』んじゃなくて、『飲めない』の」

「……あんなにお酒に強そうな顔して？」

「笑っちゃうわよねー。お付き合いでどうしてもって時はビアタン——小さいグラスで一杯だけ飲むらしいけど、それ以上はもうダメ。体が受け付けないみたい。あいつが焼酎をまともに飲んだのなんて、今が初めてじゃないかしら？」

私の子のくせに情けないわよねー、と言いながら彼女はぐいっとグラスを傾ける。しかし恵里菜の方は、それどころではなかった。

（確かに、飲めるかどうかなんて話はしなかったけど……）

あんな、いかにも酒が強そうな顔をしていて——下戸？

嘘だろうと思いつつも、飲んだ直後の晃の表情は明らかに曇っていた。しかも、すぐ洗面所に行くなんて本当に弱い証拠だ。恵里菜とて二日酔いの経験はあるけれど、あそこまで切迫したことはない。

「大丈夫よ、寝たら治るから。ああ、でも恵里菜ちゃんの帰りがあるのよね。私が送っていってあげたいけど、仕事だし」

「あの、やっぱり私タクシーで」

帰ります、と言いかけた言葉は、サヤの「そうだ！」という言葉に遮られた。

「うちに泊まっていけばいいわ！」

酒で勢いのついたサヤは止まらない。

「下着も寝間着も新しいものがあるし。一緒に朝ごはんを食べましょうよ。だって八年ぶりだもの。まだまだ話し足りないわ。明日の朝には晃に送らせるから。——ああ、大丈夫よ、寝る時は鍵もついているから、私の部屋を使って。まあ、ああなった以上、あのバカが何かできるとも思えないけど」

「サヤさんっ！」

その何がなにを指すかなんて分かりきっている。それにサヤがいない家に泊まるなんてとすぐに断ろうとするが、「……ダメ？」とすがるように見られて言葉に詰まった。

酔った晃とまともに話ができるかは分からないが、確かにこのまま何事もなく帰る選択肢は、自分の中にはない。何よりもこちらをじっと見つめるサヤの表情に、恵里菜は負けた。

「……分かりました、お世話になります」

「そうこなくっちゃ！　さあ、お酒作り直したから飲んで飲んで！　晃が飲み相手にならないからつまらないのよ。恵里菜ちゃんが飲める子で嬉しいわ。こうして二人で飲めるなんて、夢みたい」

慣れた手つきで作られたそれを受け取って、ぐいと飲む。喉を通り抜ける冷たさと、鼻に抜ける芳醇（ほうじゅん）な香りとで、いつも以上に美味しく感じた。

晃の話は一言二言で終わるものでもないだろう。

大丈夫、と自分に言い聞かせていると晃が戻ってきた。無言で元の位置に座る晃は一見酔ったようには見えないが、顔が少し青白い。

「ごめん、大丈夫？」

「ああ」

気分が悪いのか、晃はそれっきりこちらを見ようとしない。どこか気まずそうな様子でお茶の入ったグラスに視線を向けながら、「悪い、これだと送れない」と言ってきた。

「ああ、それなら大丈夫よ。恵里菜ちゃん、今夜はうちに泊まることになったから」

「……は？」

「あ、でも変なことするんじゃないわよ。何かしたら、はっ倒すからね。……あらやだ、もうこんな時間。じゃあね、恵里菜ちゃん。ごゆっくり」

「ちょっと待てよ、泊まるってっ！」

晃は慌てて立ち上がろうとするが、酔いが回っているのか片膝（かたひざ）をついたところでうずくまる。

そんな息子を無視してサヤは軽やかに去っていく。バタンと玄関の扉が閉まる音に、晃は軽く舌打ちをして、すぐ恵里菜に「ごめん」と言った。

気分が悪そうに顔を顰めながら謝る姿に、思わず苦笑が漏れる。

「……何がおかしいんだよ」

「だって、意外すぎて」

俺様傾向が強い性格だと思っていた分、今の弱った姿はとても新鮮だ。見た目は非の打ちどころがないのに実は下戸。一見情けなくも思えるそのギャップは、恵里菜の知らない大人の晃の側面だ。

「……いいのか？」

泊まっていいのか。じっとこちらを見つめる視線を真っ向から受け止めて、恵里菜は頷いた。

「話、聞かなきゃいけないから」

どうして突然会いに来たの。勘違い、すれ違いって何。なぜキスをしたの、「好き」と言ったの。

――「なぜ」「どうして」。

再会してから、疑問ばかりがずっと恵里菜を取り巻いていた。

今更耳を傾ける必要なんかない、拒絶すればいいと何も見えないふりをした。

それなのに寝ても覚めても晃の存在が離れなかった。顔を見て声を聞いたら喜ぶ自分がいた。振り回されたくないと思いながらも、電話口の声に胸が高鳴った、他の女性の存在に嫉妬した。

佐々原に告白されて前を向こうと決めた。知らなければならないと強く思った。

「晃」

グラスを置く。カラン、と氷の音が二人の間に溶けた。

「話を聞く前に一つだけ、約束してほしい」

「……何?」

「嘘はつかないで」

何が本当で何が嘘かなんて恵里菜には判断できない。ただ、晃の言葉を信じてみようと思う。その結果、さらに傷つくことになるのかもしれないけれど、今はただ真実が知りたい。

「つかないよ」

本当に酒に弱いのだろう。はっきりと言った晃の顔は薄(うっす)らと青白い。しかし真正面から恵里菜を射る瞳には、確かな熱があった。

「その結果どうなるかなんて、嫌というほど知ったから。……もう、本当のことしか言わない」

そして、晃は言った。

「――俺はずっと、エリは宮野が好きだと思ってたんだ」、と。

11

その日は明け方から激しい雨が降り続いていた。

二月中旬。この頃になると、私立大学を目指していた生徒の何割かは既に進路が決定している。

学校としても三年生が自由登校に切り替わることから、三年の教室があるフロアは日中でもとても静かなものだった。とはいえ、教室や図書室にはちらほらと自主勉強を行う生徒たちの姿が見られ、晃もそのうちの一人だった。国立大学を目指す自分にとっては、これからが本番だ。

この頃には既にアルバイトも辞めていて、晃は勉強漬けの日々を過ごしていた。

苦しくないと言ったら嘘になる。それでも勉強をやめたいと思ったことは一度もなかった。

――エリがいたから。

真面目で、不器用で、まっすぐで。確かに彼女は地味子だけれど、よくよく見れば顔の造作はとても整っている。野暮ったい髪型と黒ぶち眼鏡に隠された本当の恵里菜を知る男は自分だけ。

それは晃の男としての自尊心を酷くくすぐった。

付き合う前は、恵里菜は宮野が好きなのではと疑っていた。佐保もだ。

傍目から見ても恵里菜は他のどの教師よりも宮野を慕っていたし、宮野もまたそんな恵里菜を可愛がっているようだった。何より二人が一緒にいる時の空気感がとても似ていたのだ。

晃自身、宮野のことは教師として尊敬している。一方で同じ男としては酷く嫉妬し、恵里菜を取られるのではと不安になった。

しかしそれは恵里菜と恋人になって解決したように思えた。

(エリが好きなのは、俺だ)

この時、晃は何も疑っていなかった。恵里菜と同じ大学に行き、学生生活を送る。

その先もずっと、自分の隣に恵里菜がいるのだとそう思っていた。

――恵里菜が宮野に抱きつく瞬間を見る、あの日まで。

前日、明日は登校しないと恵里菜からメールを受けていた晃は、つまらないと思いながらも、朝から夕方まで図書室で勉強していた。天気が悪く、登校するのは面倒だったが、家にいるより学校の方がはかどるからだ。そしていざ帰ろうとした時、不意に廊下の先を恵里菜が横切るのが見えた。

どうしてエリがいる？　不思議に思いながらも晃はその背を追いかけた。

「エリ――」

だが呼びかけた声は寸前で止まった。恵里菜が入った先が、数学準備室であることに気付いたのだ。

嫌な予感が胸をよぎった。恵里菜が担任の宮野を訪ねるのは、なんらおかしくない。でも、昨日彼女は晃に「休む」と言っていた。――まさか、と晃は準備室へと向かい、無意識に震える指先でドアに手をかけた、その時。

――先生が、好き。

声が、聞こえた。

（エリ……？）

そんなことありえない。聞き間違いに決まっている。晃は音を立てないようにゆっくりと、ドアをスライドさせた。

「っ……！」

わずかな隙間から目に飛び込んできた声に、晃は息を呑んだ。

——恵里菜が、宮野に抱きついていた。

その華奢(きゃしゃ)な肩を震わせて、宮野に迫っていたのだ。

「……入学した時からずっと、先生のことが好きなの。本当に……好き……」

後ろ姿だけでも分かる。恵里菜は泣いていた。宮野はそんな彼女を抱きしめることなく、しゃんと背筋を伸ばして立っていた。

「俺も新名が好きだよ。もちろん、『生徒』として」

「先生、違うよ、私はっ……」

「でも、それ以上でもそれ以下でもない」

切り捨てるような強い口調に、恵里菜の肩が大きく震えた。

「雨も強くなってきた。分かったらもう帰るんだ、新名」

恵里菜はそんな宮野を見上げて、再度「先生」と切なくも甘い声で呼んだ——

その瞬間、晃は逃げた。あれ以上見ていられなかった。ましてや、あの二人だけの空間に飛び込んでいくなんてできるはずもなかった。それからどうやって家に帰ったのか覚えていない。

——先生が好き。

(なら、俺は?)

恵里菜にとって、自分は一体何だったのか。付き合っていると思っていたのは俺一人だったのか。そんなはずない。数こそ少ないものの、恵里菜も晃に気持ちを伝えてくれていた。なら、どうして。

恵里菜の告白が何度も頭の中に巡って、おかしくなりそうなほどの激情に駆られた。

自室にこもって必死に冷静になろうとした。しかし一人でいると余計に先ほどの光景が鮮明に浮かび上がり、晃はたまらず恵里菜の家に向かっていた。

あれは冗談だと否定してほしかったのだ。それならいい。きっと怒ってしまうだろうが、最終的にはきっと許せた。違うと一言聞ければ、それで良かったのだ。

「……あっくん？　どうしたの、いきなり」

インターフォンを押して出てきたのは佐保だった。どこかに出かけていたのだろうか、恵里菜と同じ長さの薄茶色の髪がわずかに濡れている。

「エリ、いる？」

「いるけど……ちょっと待ってね」

佐保はそう言って二階に上がった。それから間もなく、恵里菜だけが階段から降りてくる。

「晃？　どうしたの」

突然訪れた恋人を、恵里菜は驚きながらも迎えた。その顔を見て晃の心はすっと冷えた。

（……なんでだよ）

恵里菜の目が、まるで泣いた後のように赤かったのだ。

「エリ、お前いつごろ学校から帰った？」

「帰るも何も行ってないよ。雨が強くなりそうだったし、今日は行かないってメールしたよね？」

部屋着で不思議そうに晃を見る恵里菜は、とても嘘をついているようには見えなくて。でも晃の目は、耳は、確かに記憶していた。

――見間違いなら、どれほど良かっただろう。

「エリ」

「なに？」

「……好きだ」

晃の口から言葉が零れ落ちた。

――もしもこの時、恵里菜が宮野とのやりとりを正直に言ってくれたならば。その後の行動も変わっていたのかもしれない。辛いけれど、「本当は宮野が好きだから別れてほしい」と言われれば。怒鳴って、怒って、それでもきっと最後は受け入れた。

恵里菜のことが好きだから。

笑っていてほしい、笑わせたい、幸せにしたいと、心からそう思っているから。

　でも、恵里菜はそうしなかった。

「私も好きだよ、晃」

　彼女は突然の告白に一瞬驚いた後、今にも泣きそうな顔で、言ったのだ。この瞬間、晃の中で何かが崩れた。

　――自分は宮野の代わりだったのだと、そう思ったのだ。

　あれだけ佐保と比較されるのを嫌っていたお前が、俺に同じことをするのか。

　宮野の代わりに仕方なく、俺を選んだのか。

　許せなかった。好きだったからこそ悲しくて、憎らしくて仕方なかった、だから。

「佐保が、好きだ」

　自分の中の冷静な部分は、それだけは絶対にやってはいけないと警告してきたけれど、止められなかった。恵里菜が何より傷つく方法で、自分がされたのと同じ方法で彼女を傷つけたのだ。

　その後、恵里菜との関係は修復されないまま、晃は二人の第一志望である国立大学に進学した。しかしそこに恵里菜の姿はない。

　恋人には戻れないと分かっていながら、恵里菜がどこにもいない事実に晃は動揺した。しかし、佐保や宮野に聞いても、彼女の進学先は当然教えてもらえなかった。後に、母親から都内の大学に進学したらしいと教えられた時も、学校名までは分からなかったのだ。

許せなかった。しかし日が経てば経つほど、恵里菜がいない現実に苛まれた。最後に見た恵里菜の涙が頭から離れず、罪悪感を抱いたまま晃はその後の年月を過ごす。

——新聞記事を見つける、あの日まで。

紙面には晃の知らない恵里菜がいた。そこにかつての面影はどこにもなかったけれど、見間違えるはずがない。晃はいてもたってもいられずに可能な限りの知り合いに連絡を取り、宮野との飲み会を経て——そして真実を知った。

「……なんで先生は、エリじゃなくて佐保を選んだんだ？」

「選ぶも何も、俺は初めから佐保が好きだったから。さすがに在学中は誰にも……本人にだって言わなかったけどな。それに恵里菜にとって俺はただの担任で、好きとかそんな対象じゃない。大体、告白されてもいないのに、選ぶも何もないだろ？」

「告白、されただろ？　三年の二月に、数学準備室で」

「佐保に聞いたのか？　違うよ、告白してきたのは佐保だ。あいつ、俺が恵里菜のことを好きだと勘違いしてて……髪を真っ黒に染めて眼鏡まで買って、言ったんだ」

先生がエリちゃんを好きなら、私もエリちゃんみたいになる。髪だって染めるし、勉強だって頑張る。だから、私を選んでよ。好きなの、先生。エリちゃんじゃなくて、私を選んで——

「……嘘、だろ？」

そんなやり取りがあったなんて知らない。きっとそれは、自分が逃げ出した後の会話なのだろう。

「本当だよ。情けないよなあ、好きな女にそこまで言わせるなんて。教師である以上、その場で想いに応えることはできなかったけど、間違いなく俺が佐保をそこまで追い込んだんだ。だから、佐保が卒業して改めて俺から告白した。あの時の泣きそうな佐保の顔、今でも覚えてる」

この時、ようやく晃は気付いた。

――自分は取り返しのつかないことをしたのだと、と。

体がひんやりと冷たい。恵里菜は晃の言葉ひとつでも聞き逃さないよう耳を傾けていた。

途中、何度も晃の言葉を遮りたくなった。そんなことない、ありえないと大声を出して否定したかった。それらをぐっと堪えて、一言一言噛みしめるように話す晃を見て――全てを聞き終えた時に感じたのは、怒りでも苛立ちでもなく、どうしようもない戸惑いだった。

激しい雨が降っていたあの日。突然家にやってきた晃に「好き」と言われたことはもちろん覚えている。でも、それ以外は初めて聞くことばかりで——とても受け入れがたいものだ。

私が学校に行かなかったのは、体調が悪かったから。

気持ちを伝えられて泣きそうになったのは、嬉しかったから。

他の理由など、何もありはしない。

それを後ろめたさから来たものだと晃が考えていたなんて、一体誰が思うだろう。

「……私が宮野先生を好きだなんて、ありえない」

言葉にするのも馬鹿らしいくらいに、ありえない話だ。

確かに先生のことは好きだ。担任としてお世話になったし、面倒見のいい性格も素敵だと思う。でもそれは、全て恩師への好意だ。他のクラスメイトが宮野に対して抱いていた気持ちと、何も変わらない。それなのに、どうして？

「エリはいつも先生を見ていた」

「それはっ！」

否定しようとする恵里菜に、晃は自分の事実を突きつける。

「二人が一緒にいるところを何度も見たし、エリも先生にだけはやけに懐いてただろ？」

「だから、違うっ……確かに先生のことは好きだったけど、でもっ……！」

違う、そうじゃない。そう言いたいのに、どうすれば伝わるのか分からない。ボタンをかけ違えたようなこの状態が、もどかしくてたまらなかった。

「エリの先生に対する気持ちが俺の考えていたものとは違ったのだとしても。二人の間には、俺や佐保が入り込めない何かがあった。……少なくとも俺たちはそう感じてた」

佐保は宮野が恵里菜を好きだと思い込み、晃は恵里菜が宮野を好きだと思っていた。その疑念は恵里菜と付き合い始めるまで続いていたという。しかし晃は恵里菜と恋人同士になり、自分の思い違いだったのだとようやく安心できたらしいが――

（……何、これ）

右手で額を押さえつつ、対面に座る晃を見る。少し青白い顔、こちらを心配そうに見る瞳が熱を帯びているのは酔いのせいか、それとも他の理由か、恵里菜には分からない。固く結ばれた唇。その表情に、視線に、語られた言葉一つ一つに、恵里菜は今、答えを見出した。

――晃は、私だ。

彼の語った全ての言葉は、容易に自分自身のそれに置き換えることができた。付き合うまでずっと、晃は佐保が好きだと思っていた。だからこそ告白された時は嬉しくて、身代わりだったと知った時は、「やはり」と思う自分がいたのだ。

晃も同じだったのか。

佐保の告白を目撃した時。恵里菜同様、「やはり」と思った晃は、恵里菜を問い詰めることなく、自分の中での真実を作り出した。

——恵里菜は、宮野の代わりに晃と付き合っていたのだ、と。

ずっと、すれ違っていた。ずっと、勘違いをしていた。

八年間、恵里菜が前に進めなかったように、晃もまた、「自分は宮野の代わりだったのだ」と思って今日まで過ごしてきたなんて。

「……どんな理由があれ、俺がエリに言ったことは絶対に許されることじゃない」

それでも事実を知った瞬間、いてもたってもいられなくなったのだ、と晃は言った。

怒鳴られてもいい、殴られてもいい。会って謝罪して、そして伝えたかった。

あの時自分が本当に好きだったのは誰なのか、今なお想うのは誰なのか。

顔が見たかった。声が聴きたかった——抱きしめたかった。

「どれだけ謝ったところで、顔を見せる資格がないのも分かってる」

でも、と晃は言った。

「会いたかった」

そのまっすぐな言葉に。

「——好きなんだ」

ストレートな告白に。

「エリのことが好きで、好きで、たまらない」

――胸が、痛い。

それほどまでに、恵里菜をまっすぐに見つめる晃の視線は熱を帯びていた。

「だから……悔しかった」

晃は自身の感情を抑え込むように強く拳(こぶし)を握った。それでもその両手はまだかすかに震えている。

「当時の俺が宮野に勝てるものなんて何もなかった。あの人は大人で、エリにも頼りにされて、その上俺のなりたい教師だ。そんな人がライバルとか、冗談じゃねえって思ったよ。ガキの俺に勝てるわけがねえ。……強がっていられたのは、エリは俺が好きだって信じてたから。そうじゃないって分かった以上、俺に残ったものなんてもう何もなかったんだ」

情けねえよな、と晃は自嘲(じちょう)する。それでも言葉は止まらなかった。

「誰にも渡したくなかった。自信も中身もなんもないくせに強がって、粋(いき)がって。それでもエリの隣にいるのは俺でいたかった、宮野にも、他の誰にも渡したくなかった。地味子でいい、本当のお前を知ってるのは俺だけで良かったんだ」

ずっと胸の奥に抑えていた感情が堰(せき)を切ったように溢(あふ)れ出て、恵里菜へと注がれる。

「……だから酒は嫌なんだ」

こんなこと本当は言うつもりなかった。カッコ悪いところなんてとっくにばれているだろうけれど、それでも虚勢を張っていたかったのだと、晃は形のいい唇をぐっと噛みしめる。

晃は泣きそうな顔をしていた。それは別れを告げられた直後に見たのと同じ顔で。

(ずっと、不思議だった)

佐保の代わりだと告げた晃が、なぜあんなにも辛そうな顔をしていたのか。別れを告げるならもっと意地悪な顔をすればいい。愛情の欠片もないのなら冷たく切り捨ててくれればいいのに。

——今、その理由が分かった。

自惚れてもいいのなら。晃の言葉をそのまま受け取ってもいいのなら。相手のことが好きでたまらないのに、自ら別れの言葉を口にする。——こんなに辛いことはない。

「晃」

そっと名前を呼ぶと、晃の肩が大きく震えた。口を固く結んで恵里菜の言葉を待つ姿は、見ているこちらがためらうほどに悲哀を帯びている。

「……やっぱり私は、晃を許せない」

それでも恵里菜は、言うべき言葉を、自分の想いをはっきり告げた。

「晃が勘違いをしていたのは分かったよ。先生を好きだって思わせた私にも原因があると思う。でも、あの時晃に言われた言葉は……『佐保の代わり』って言われたことは、忘れられない」

背景を知った今でも、あの時感じた痛みは恵里菜から消えない。

――好きだからこそ、酷いことを言ってしまった。しかしそれは勘違いだったから許してくれ。

そんな簡単に済ませられるほど、恵里菜の八年間は軽くない。

辛くて、逃げて、それでも変わろうと思って背伸びして頑張って。その結果、今の自分がある。事実を知った今も、晃に対する憤りと苛立ちは、変わらず恵里菜の中に存在する。

恵里菜は立ち上がり、晃の横に腰かけた。

「エリ……？」

まさか隣に来るとは思わなかったのだろう。戸惑う晃の前で、恵里菜は右手を振り上げて一言、「目を閉じて」と告げた。振り上げられた手とその言葉から連想される行動は、一つしかない。

晃は素直に従った。殴られるのを大人しく待つ彼を、恵里菜は静かに見据えた。

（……今までの、私だったら）

ひっぱたいて、殴って、大声で怒鳴っていた。しかし今、心を占める感情はそのどれでもない。恵里菜は振り上げた右手をゆっくりと下ろすと、手のひらで晃の頬を包み込む。

「そのまま」

ぴくん、と動く晃を短く制する。

「……そのまま、聞いて」

晃は動かない。恵里菜は、そんな彼の頬の輪郭をなぞるように指先を滑らせた。

きっと自分も酔っている。晃から注がれる熱に、こんなにも胸が熱くなるのだから。

その一方で、恵里菜の心は自分でも意外なほどに穏やかだった。

触れた指先から伝わる体温が懐かしい。

晃の言葉を聞いて、改めて自分に向き合って浮かび上がった、一つの答え。

「『許せない』。……でも、それだけじゃないの」

今、恵里菜が拒絶すれば、彼はそれを受け入れるだろう。

「好きだ」と言いながらも、今日を最後に会うことはなくなる。

（そんなの、いや）

この八年間、自分だけが被害者だと思っていた。しかし実際は、晃もまた過去に囚われたままで。そんな状態で恵里菜を探し、全てを受け入れるつもりでいる。

許せないのは本当だ。でも今はそれ以上に愛しくて、触れたくて。

——不器用なこの人を、抱きしめたい。

そんな気持ちが恵里菜の中に今、芽生えた。

「晃」

顔に触れていた手のひらを頬から顎、そして唇へと滑らせる。恵里菜は指先で晃の唇をなぞると、そっと自らの唇を落とした。瞼を開ける晃に応えるように、もう一度唇を重ねる。奪い合うようなキスではない。軽く触れるだけの戯れのようなキスをした後、恵里菜は微笑んだ。

「……バカみたいね」

「エリ……？」

本当にバカみたいだ。こんなことをしている自分も、黙ってそれを受け入れる晃も。

「でも、私も……晃のことが、好きでたまらないみたい」

ようやく受け入れた自分の気持ちを、恵里菜ははっきりと言葉にした。

——好き。

それは昔のように、ただ側にいたいという純粋な気持ちではないが、それでも根本的な部分は変わらない。

信じられないようにこちらを見つめている晃の両頬を、恵里菜はそっと両手で包み込む。

（忘れたくて、でも会いたかった。忘れられるはずなんてなかった）

許せない。――でもそれ以上に、愛（いと）おしい。

視線が絡み合う。やがてどちらともなく顔が近づき、唇が重なった。

「んっ……」

ソファの上で向き合った晃の頬に、柔らかな唇が降る。恵里菜からのキスに初めは驚いた様子の晃だったけれど、恵里菜が再び触れるだけのキスをすると、それに応（こた）えて唇を乗せた。

晃の右手が恵里菜の前髪をかき上げ、耳の後ろへと流す。静けさに満ちた室内に甘いリップ音だけが響いた。額（ひたい）から目尻、頬、そして唇へと落とされる晃の唇は真綿のように優しい。

その間も、晃の手はずっと恵里菜の髪を撫（な）でていて、恵里菜はたまらず瞼（まぶた）を伏せた。自分から触れたくせに、その後連続して与えられる甘さにくらくらしそうだ。恥ずかしさで晃の顔が直視できない。そんな恵里菜に晃はくすりと笑うと、真っ赤に染まった耳を優しく食（は）んだ。

「ひゃっ！」

「やっとこっちを向いた」

「あ、きら……」

変なところを舐めないで、と言いかけた言葉は、彼の顔を見た瞬間どこかへ行ってしまった。

形のいい唇を綻ばせて恵里菜を見つめる晃の視線は、息を呑むくらいに穏やかで、優しくて。吸い込まれるように見入っていると、晃の人差し指が、つう……と恵里菜の背筋をなぞった。

「っ……ゃ……！」

不意打ちで与えられた甘い痺れに、喉の奥が鳴る。

「――可愛すぎ」

晃はたまらない、とばかりに恵里菜をぎゅっと抱きしめた。サラサラとした晃の髪が首筋に当たる。くすぐったさに身をよじると、晃の両手に力がこもった。離さないと伝えるその強さに応えるよう、恵里菜はおずおずと晃の背中に両手を回す。

ゆっくりと、二人の体はソファへと沈んでいく。

晃は右手で仰向けになる恵里菜の頭を支え、左手でその顎を掴んでくいと上に向ける。晃の瞳にぼんやりと自分の姿が映る。恵里菜をじっと見下ろす晃の目には確かな熱があった。高校生の晃でも先生の晃でもない。昔見たことのあるそれは、恵里菜を欲する男の姿だ。

指先がゆっくりと恵里菜の輪郭をなぞる。宝物を扱うように、冷たい指が頬にそっと触れた。親指で目元をなぞった後、次いで唇に移る。

「んっ……」

指先で撫でられただけ。それなのに体の中心からじんわりと熱が広がってきて、たまらず口から吐息が漏れる。アルコールから来る熱さとは違うそれはどこか甘く懐かしく、同じくらいに切なくて。

晃、と囁くように名前を呼ぶと、指は離れていった。それを残念だと思う間もなく、今度はゆっくりと唇が下りてくる。指先と同じく、晃は恵里菜の目元や頬に触れるように口付けた。

軽く啄むキスは優しくて安心する。晃とのキスは純粋に気持ち良かった。

彼に触れられていると思うだけで心が満たされる気がしたし、何よりも、抱きしめたいと思っていた相手にそれを返されるのは、とても嬉しい。

でも、こうして恵里菜に覆いかぶさる晃が抱いている想いはきっと、そんな優しいだけのものじゃない。そしてそれは恵里菜も同じだった。

優しいキスは好き。でもそれ以上に——晃の瞳に宿るものと同じ熱さが今は欲しい。

「あ、きら……」

吐息交じりに名前を呼ぶと、晃の喉がごくん、と鳴った。一瞬開いた唇の隙間に、恵里菜はそっと自らの舌先を差し入れる。

「っ……！」

晃が動揺したのは、一瞬だった。不意に、嵐のようなキスが恵里菜を襲った。

「やっ……ふ、ぅ……！」

息継ぎさえままならない激しさに吐息だけが漏れる。反射的に舌を引っ込めようとするけれど、晃はたやすく絡め取った。額にかかった前髪を後ろに撫でつける優しい手つきとは裏腹に、舌先の動きは容赦なく恵里菜を追いつめる。

「やっ、あっ……」

恵里菜の口腔を晃の舌が動き回る。

頬の裏側をなぞり、ゆっくりと歯列をなぞったかと思えば、絡め取った舌の裏側をつう、と舐めた。途中、息苦しさから酸素を求めて唇を開けば、今度はそんな恵里菜の唇を優しく食む。

後頭部を支えられているためか、身動きすればするほどキスは深まっていった。

恵里菜が望んだはずの行為なのに、いざ実践されるとそれはあまりに激しかった。

くちゅ、と唾液の交じり合う音と、互いの乱れた呼吸音だけが静けさの中に響いていく。

荒々しいまでの口づけの雨を降らせる晃と、覆いかぶさる体の重みと、耳に届く淫靡な音と。

あらゆる感覚が刺激されて、恵里菜はついていくのがやっとだった。

晃は次に、触れていた唇を首筋へと移した。

「んっ！」

左手で耳筋を愛撫するように撫でながら、鎖骨の部分をちゅっと吸われる。反射的にぴくん、と体を震わせると、恵里菜の胸元まで顔を下ろしていた晃が視線を上げた。

「……嫌か？」

「そうじゃない、けどっ……」

「──嫌なら、すぐ言え」

口調は乱暴なのに、その声色はとても優しい。こくん、と恵里菜が頷いた瞬間、晃は動いた。

「っ……あっ……ん」

首筋を舐めながら、晃は片手でブラウスのボタンを外していく。

あっと思った時には、フロント部分は全てさらけ出されていて、素肌に触れる外気に体が震えた。

しかし寒さを感じたのは一瞬だった。晃は下着越しに恵里菜の双丘を撫でた後、片手を背中に回す。待ってと言う間もなくホックが外された。

胸元を隠すものが何もなくなった恵里菜は、恥ずかしさにきゅっと目を閉じる。

その間も晃の視線は、身じろぎするたびに揺れる豊かな双丘へと注がれていた。

染み一つない真っ白な肌、淡いピンク色の頂(いただき)。仰向けになってもツンと上を向いて崩れることのないそれに、「すごいな」と感嘆の息を漏(も)らす。

「……そんなに、見ないで」

恥ずかしい、と吐息交(ま)じりに両手で胸元を隠そうとすると、晃はその両手をいともたやすく恵里菜の頭上へ持っていく。

隠すこともできなくなった恵里菜は、注がれる熱い視線に耐えられずそっぽを向いた。

少し大きな胸を人に見られることはよくあった。普段は、「勝手に見れば、減るものでもないし」と割り切っているけれど、なぜだろう。晃を前にするとそうはいかない。

素肌を見られるのはこれが初めてではないのに、八年の歳月がそうさせるのか、心まで見透かされているような気になってしまう。

晃は恥じらう恵里菜にちゅっとキスをしながら、両手で双丘をやんわりと揉(も)み始める。

初めは優しくゆっくりとした動作だったそれは、キスの回数を増やしつつも変化を加えていった。

「んっ……そこ、やぁ」

「エリ、可愛い」

手のひらでふくらみを揉みしだく晃の手が、一瞬頂をかすめる。

たまらず甘い吐息を漏らすと、今度は明確な意思を持った指先がその部分をきゅっと掴んだ。晃の硬い指先がツンと上向く頂をこねくりまわす。

「ひゃっ、んっ……！」

痺れにも似た刺激に身をよじるけれど、優しくも強引な手にやんわりと止められた。手のひらでふくらみをすくって、指先でピンク色のそこをつまんで、撫でて。

たまらず声を漏らすと、晃の唇がそこを食んだ。

「きゃっ……や、ぁっ」

甘すぎる刺激に大きな声が上がる。それに応えるように、晃は舌先で恵里菜の先端をもてあそんだ。ちゅ、ちゅ、というあまりに淫靡な音が身近で聞こえ、恵里菜はきゅっと瞼を閉じる。

舌先で転がされて、甘噛みされるたびに、ぞくぞくと甘い痺れが恵里菜の背筋を駆け抜けていく。

キスで熱くなった体は既に指先に至るまで、熱を帯びたように火照っていた。

唇で胸元に触れたまま、晃の手がゆっくりと下へと下りていく。下腹部と腰の括れをつう、となぞるように撫でたそれは、スカートの中へと侵入してきた。

「……っ！」

タイツの上からゆっくりと秘部を撫でられた瞬間、今までの比ではない感覚が恵里菜を襲った。

決して乱暴ではない指先の動きなのに、タイツ越しに下着を撫でるそれは、明確に恵里菜の芯をついてくる。指が動くたびに、恵里菜は内側から、とろりと何かが溢れるような感覚を覚えた。

「んっ……！」

「声、我慢するな。聞かせて？」

そんなの無理！

恵里菜は首を横に振るけれど、晃は意地悪そうに唇の端を上げると、タイツの上からくいっと軽く指を曲げた。途端に「ひゃあ！」と子猫の鳴き声のような悲鳴を上げてしまう。恵里菜は抗議の意味を込めて睨んだが、晃はそれさえもたまらないとばかりに恵里菜の頬にちゅ、とキスをした。

「少し、力抜いて」

晃の指先がタイツから中の下着へと移る。恵里菜に直接触れようとする指先に、迷いはなかった。

（こんなの、知らないっ……！）

恋人同士だったあの頃、晃と体を重ねた回数はそう多くはない。

キスは何度もした。触れるだけではない、息が苦しくなるくらいの激しいキスをしたこともある。その時も恵里菜はついていくのが精いっぱいだったけれど、当時は晃にもまだ拙さがあった。

——でも今この瞬間、その記憶は塗り替えられた。

唇から熱が体全体に広がっていく。舌を吸われるたびに背筋がぞくりとして、体の中心が熱くなる。布越しに秘部に触れる指の動きにとろけそうになる。

こんな晃のキスも、愛撫も。

——恵里菜は知らない。

「あっ……ゃ、ぁ……！」

晃の膝が恵里菜の脚を割り、指先が直に触れようとしたその瞬間、

「っだめっ、待って……！」

恵里菜は、晃を突き飛ばしていた。

「あ……」

驚き目を見開く晃と目が合った。ほんの一瞬、晃の瞳が揺らぐ。

「悪かった」

そう呟くと、彼は恵里菜から離れて立ち上がろうとした。

「ちがっ……晃！」

恵里菜はその腕を慌てて引っ張る。振り向く晃に向かって、「待って。……お願いだから」と再度話しかけると、彼は一人分のスペースを空けてソファに座った。その距離に少しだけ寂しさを感じながらも、「ごめん」と謝ったのは恵里菜の方だった。

（嫌だったわけじゃなくて……）

今の行為は決して無理やりではなかった。でも、自分の知らない晃のキスに、触れ方に、ある可能性が頭をよぎった瞬間、気付けば突き飛ばしていたのだ。

「……その、晃は私以外の誰かと……」

それで晃を責めることなどできないし、そもそもそんな資格はない。

こんなことを聞いても仕方ないと分かっているのに、気にし始めたら頭から離れなくなった。

恵里菜の問いに晃は一瞬表情を曇らせる。やはり答えにくいのだ、と思った恵里菜は、晃が何かを言いかけるより先に口を開いた。

「なんでもない、今の忘れて。……その、違うと思っただけだから」

昔の晃と。そう言いかけた言葉は、「違うって、何が」という晃の不穏な声にかき消された。

「何って……昔の晃と、だけど」

「……俺？」

「うん。高校の時の晃と違ったような気がしたな、と思って」

素直に答えると晃の表情は固まった。だがすぐに深々とため息をついて、ソファに座り込む。

「……ほんっとにダセえな、俺」

「晃？」

「なんでもない。――エリだけだ。お前以外と付き合ったことも、こういう行為をしたこともない」

「うそ……」

「本当。言っただろ、嘘はつかないって」

安心させるように、しかしどこかばつが悪そうに晃は苦笑する。

「だから余裕なくて、悪い。……引いた、よな」

いい年してこんなので、と言われて、恵里菜は思いきり首を横に振った。

そんなことない。むしろ晃が恵里菜以外を知らないことに、驚くほど安堵する自分がいた。

晃は「良かった」と表情を和らげると、乱れた恵里菜の服を直すためにブラウスのボタンに手をかける。一つ一つ留め直しながら、晃はためらいがちに「エリは？」と聞いた。

「お前綺麗だし、今までも彼氏はいたんだろ？」

「……いないよ。恋愛なんてもうこりごりだと思ってたから」

ピタリと晃の手が止まる。それで今の言葉が遠回しに晃を責めるものだったと気付いた恵里菜は、「悪い」と短く告げる晃に対して、「そういう意味で言ったんじゃないよ」と苦笑した。

突然押しかけてきたり、打ち合わせを言い訳に支店を訪れたり、基本的には強引なくせに、晃は恵里菜が本当に嫌がることはしない。一見強引に見える行動にも、その根本には恵里菜への想いがある。

自分の気持ちを受け止めたからだろうか。そんな晃を今はとても愛おしく感じた。

「――エリ」

晃は恵里菜の頰にそっと手を伸ばす。

「俺は、エリとやり直したい」

短く、しかしはっきりと晃は言った。

「もう一度だけでいい、チャンスが欲しい。もしそれを許してくれるなら、今度こそ絶対にお前を大切にする」

でも、と晃は続けた。

「勝手なことを言っているのは分かってるから。本当なら、こうやって普通に話してもらえるだけで十分すぎるんだってことも。――だから、エリが決めてくれ」

「私が……？」

晃は頷いた。恵里菜を見る視線はとても穏やかで、そして切ない。

「俺はお前が好きだ。でももう、お前の嫌がることはしたくない。だからエリの気持ちを受け入れる。……どんなことでも」

たとえそれが、二度と会わないという結論なのだとしても。

その言葉と決意に恵里菜が感じたのは、どうしようもない寂しさだった。

自分に触れるこの手を放すも掴むも、恵里菜は選ぶことができる。

晃が好きだ。放したくないと思う。でも、だからと言ってすぐに「付き合おう」なんて思えないのもまた事実。その原因がなんであるか、恵里菜にははっきり分かっていた。

「――佐保と話すよ。全部すっきりさせて、それからどうするかを考えたい」

頬に触れるぬくもりに恵里菜が手を重ねることはない。代わりに前をまっすぐ見据えて言った。

「……でもきっと、私はまた晃を責めるよ」

「分かってる」

晃はためらう素振りもなく言い切った。

「許さなくていいし、忘れなくていい。それが当然だから」

それ以上にエリが好きだから、と晃は言葉を重ねたのだった。

――その日、二人は子供のように抱き合って眠った。

翌朝、いつもより大分早く起きた恵里菜は晃と二人朝食を作り、サヤの帰宅を待った。

そして三人で朝食を囲む中、可能であれば三が日のいずれかに両家で食事をしようと誘うと、サヤは飛び上がらんばかりに喜んだのだった。

12

子供の頃は冬が来るのが楽しみだった。

クリスマスにお正月。年に数回降る雪に、こたつの中で食べる冷たいアイス。子供の舌にはあまり美味しいとは思えなかったおせち料理も、なんとなく特別感があってドキドキしたし、やはりお年玉をもらえるのが嬉しかった。だが大人になった今は思う。

「……十二月なんて来なければいいのに」

十五時過ぎ、隣から聞こえた三好の呟きに、恵里菜も「ほんとにね」と同意した。

シャッターが閉まり終えると同時に、体から一気に力が抜ける。

デスクにはこれから手を付けるべき事務処理がたくさん残っているけれど、それでもお客様の応対があるのとないのとでは、心の余裕が天と地ほどに違う。

この日恵里菜は、九月末の決算期を超える仕事量を必死にこなしていた。

師走の銀行の忙しさは凄まじい。

ひっきりなしにかかってくる電話に対応すれば事務が滞り、かといって事務を優先させれば何コールでも電話が鳴り続ける。幸いなのは、九月と違って三好が確かな戦力だと感じられたことだ。

意思の疎通がスムーズに図れるようになっただけで、仕事の効率はぐんと上がった。

「お疲れ様でした、お先に失礼します」

一時間ほどの残業で上がれた恵里菜は、まだ残っている面々に挨拶をして支店を後にした。

今日はクリスマスイブ。しかし恵里菜の予定は空白だ。誰かと会う予定も、出かける予定もない。

(……晃も仕事だろうし)

結局、新名家で食事をしたあの日を最後に、晃とは一度も会っていない。

恵里菜もそこそこ忙しい部類に入るけれど、晃のそれは恵里菜の比ではなかった。

赴任一年目の晃は、教師としてはまだまだ新米だ。平日は遅くまで学校に残り、帰宅してもなお仕事をしているらしい。休日出勤もざらだと言っていたから、恵里菜が連絡することはほとんどなかった。メールはたまにしているものの、電話の回数は片手で足りる。

正月には会えると分かっているけれど、気持ちを自覚した今、本音を言えば晃に会いたい。

しかし、もう一度やり直したいという答えを保留にしている以上、あえて会う約束をしないことが恵里菜の中でのけじめでもあった。

「クリスマスイブに一人、なんて慣れてるしね」

車内で一人ごちながらも、帰りに大型ショッピングモールに寄ってしまったのは、やはり心のどこかでクリスマス気分を味わいたいと思っていたせいだろうか。

モールは入り口から既にクリスマス感満載だった。

一階の中央には大きなクリスマスツリーが飾られているし、各テナントはそれぞれ「クリスマスセール開催中！」と大きくアピールしている。建物内のＢＧＭも、当然クリスマスソングだ。

ふと晃の車内で聴いた曲が耳に入り、自然と足が止まる。

恵里菜の前にはたくさんの時計が並んでいた。吸い込まれるように足を踏み入れた店内で最初に目に飛び込んできたのは、シンプルなデザインの腕時計だ。男女兼用らしく、ブラウンの革ベルトは優しい色をしている。シックで落ち着いた雰囲気は恵里菜好みで——おそらくは、晃も。

(仕事にも使えるし、いいかも)

次いで値段を見て一瞬ひるむ。

「……でも、ボーナスも入ったし」

秋以降は仕事もかなり頑張った。自分へのご褒美という意味も込めて——頭の中では別の意味が浮かんだけれど——それを購入した。綺麗にラッピングされた小箱を受け取り気分が上がる。

高いものを買ったドキドキと、新しいものを買ったときめきと。

少しだけクリスマス気分を味わった恵里菜は次に駅前に向かった。綺麗だ、と晃が言っていたのを思い出したのだ。

無料駐車場に車を止めていざ行ってみれば、華やかな光のカーテンが迎えてくれる。キラキラと眩く光るイルミネーションの小径を歩くのは、やはりカップルが多い。女性同士もいないではないが、女一人で来ているのはパッと見、恵里菜しかいないようだ。

それを見て、今更羨ましいとは思わないけれど、この場に一人でいることが少しだけ寂しいと感じる。それを紛らわすように、恵里菜はイルミネーションに向けてスマートフォンを構えた。

（晃、まだ学校かな）

綺麗に撮れた画像を見て頭に浮かんだのはやはり、今も働いているだろう人のことだった。

約束しないことを自分で選んだくせに、それでも心の中では『一緒に見たい』と思ってしまう。

わがままだなと思いつつ、目の前を通り過ぎる恋人たちに自分たちの姿を重ねてしまい、苦笑した。

互いの熱を分かち合ったあの夜。過去を後悔しながらも想いを告白した晃に、触れたいと思う気持ちを恵里菜は止められなかった。

触れられるたびに晃の気持ちが伝わってくるようで、いっそう想いは募った。

あの夜のことは後悔していないけれど、我ながら大胆なことをしたものだ。

そして今、あの日の十分の一でもいいから勇気を出せればいいのにと思う。

イルミネーションを一緒に見られないのならば、せめて声だけでも聞きたい。恵里菜は晃宛のメールを作成して、撮ったばかりの画像を貼り付ける。

『お疲れ様です。晃の言ってた駅前のイルミネーションに来てみました。綺麗だよ』

可愛らしさの欠片もない短文。しかしいざ送信しようとすると最後の一押しがなかなかできなかった。

デートに誘う訳ではなく、ただ画像を送るだけ。付き合いたてのカップルじゃあるまいし、メール一つで悩むなんてらしくない。

(いいや、送っちゃえ!)

自らにそう言い聞かせて、恵里菜はメールを送信する。しかしほっと一息ついたのもつかの間、直後に着信が来た。

「も、もしもし?」

返事があってもメールだろうと思っていたため、自然と慌てた声になってしまう。

『お疲れ。何、一人イルミネーション?』

からかい交じりの笑い声を甘く感じるのはきっと、気のせいだ。

「……晃が言っていたのを思い出したから」

『十分待ってて、そっちに向かう』

「え、いいよ! 私ももう帰るし」

口から飛び出たのは本音と正反対の言葉だった。本当に、なんて可愛くない性格なのだろう。恵里菜が自分の言葉で自己嫌悪に陥っていると、電話からくすりと笑う声が聞こえた。

『俺が会いたいんだよ。——じゃあな、すぐに行くから』

宣言通り、晃はすぐに現れた。遠目で恵里菜を探す姿は、やはり人目を——特に女性の目を引いている。色鮮やかな光の中に立つ晃。それは大げさではなく映画のワンシーンのようで、視線がこちらに向いた時はなんだか無性に恥ずかしかった。

「エリ」

駆け寄ってくる瞬間、すれ違った女性の視線が羨ましそうに見えたのは気のせいではないだろう。

「晃、仕事は？」

「今日は早めに切り上げた。って言っても、もう二十一時前だけどな」

「あれ、もうそんな時間？」

買い物とイルミネーション鑑賞とで、思った以上に時間が経っていたらしい。それを晃は違う意味でとらえたのか、「ずっとここにいたのか？」と眉根を寄せる。

今来たばかりだと言おうとしたが、それは晃の行動によって遮られた。

「手、こんなに冷えてる」

大きな手のひらでそっと両手を包まれた。

突然のことに驚きながらも、触れられた手のひらからじんわりと伝わる体温が心地いい。ぎゅっと握ったそれは恋人繋ぎで、既にそれ以上のことを経験しているにも拘わらず、なんだかとても気恥ずかしかった。

せっかくだからと晃に促されて、二人はイルミネーションの小径を一周することにした。

「明日はいつも通り出勤？」

「うん。銀行は基本的にカレンダー通りだから。三十日まで働いて、休みは大晦日と三が日。晃は？」

「俺も似たようなもんだよ。冬休みに入ったって、明日も出勤だしな」

ちらりと横目で晃を見ると、心なしか疲れた表情をしていた。そんな中で来てくれたことを思うと申し訳なくなる一方、嬉しくもある。

「忙しいなら、帰って休んだ方が良かったんじゃない？」

「言っただろ、俺が会いたかったんだよ」

握られた手にぎゅっと力がこもった。

「それに、俺にとってエリと過ごすクリスマスは特別だから。……あの時は約束破って、ごめんな」

——来年のクリスマスは一緒に過ごそう。

確かにあの約束が守られることはなかった。

「……いいよ。今、叶ったから」

この光景を一緒に見たいと思った。そして晃は来てくれた。今はそれだけで十分だ。

「それより、あの時クリスマスプレゼントの話したの覚えてる？　私が欲しいものを聞いたら、晃は『合格』って言ったんだよね」

からかうように恵里菜は言った。物憂げな晃の表情を少しでも明るくしたかったのだ。

すると彼は、思い出して恥ずかしかったのか、「仕方ねえだろ」と苦虫を噛みつぶしたような顔で視線をそらす。

「あの時一番欲しいものって言われたら、それだろ普通」

「そういうのは自分で頑張るものでしょ」

「それ以外に欲しいものを言ったらお前、怒ったじゃねえか」

「……他に何か言ってた？」

「『エリ』」

「なに？」

「だから欲しいもの。『エリが欲しい』って言ったらお前、顔を真っ赤にして怒っただろ」

「なっ……！　当たり前でしょ、それに、そういうことは覚えてなくていいから！」

すっかり抜け落ちていた記憶に慌てていると、晃は「やだね」と得意げに笑った。

「エリに関することなら全部、覚えてる」

今度こそ何も言い返せなかった。こうも堂々と自分相手に惚気られては、嬉しさよりも照れくささが先に立つ。しかし手を握っている以上は逃げられず、恵里菜はなるべく晃の方を見ないよう、イルミネーションを楽しむことに意識を注いだのだった。

色彩鮮やかな小径を抜けて中央広場に出ると、大きなクリスマスツリーが二人を迎えた。

大きな星の飾りはいっそう光り輝いていて、装飾されたツリーも赤、緑、と色を変えてとても鮮やかだ。

思わずうっとりと眺めていると、ふと手が離される。同時に目の前に小さな箱が現れた。

「……何、これ？」

ぽかんとして小箱と晃の顔を交互に見ると、彼は「クリスマスプレゼント」と頬を緩ませる。

「今日中にこれだけは渡したかったんだ。……ってのは建前で、本当は少しでもいいから顔を見たかった。今日は楽しかったよ。これで明日も頑張れる」

会いたいと思っていたのは自分だけではなかった。そのことに、じんわりと胸が熱くなる。

「ありがとう。開けていい？」

「いいけど、期待するなよ」

ちょうど手のひらに収まるサイズのそれは、可愛らしい包装紙でラッピングされている。クリスマスにちなんだ赤と緑の紐をほどくと、布張りの小さな小箱が現れた。

アクセサリーだろうか。思いがけないプレゼントにドキドキしながら箱を開けて——

思わず、笑みが零れる。

「……晃、覚えてたんだ」

「言っただろ？　お前のことなら全部覚えてる」

ピンクゴールドの文字盤とホワイトのベルトが可愛らしい腕時計。素敵な贈り物を前に、懐かしい記憶が鮮やかに思い起こされる。

『そういうエリは何が欲しいんだよ？　お前、アクセサリーに興味ないし』

『うーん……欲しい本ならたくさんあるけど』

『却下』

『参考書じゃないよ？』

『だから、却下。それ以外で』

「……じゃあ、時計、とか」

『時計？』

『時計なら実用的で長く使えるから。あとはこの間、小説でいいなって思うシーンがあったの。時計をプレゼントするのは、同じ時間を共有しようって意味があるんだって。だからいいな、って』

今日腕時計を購入した時、自分へのご褒美だと言い聞かせながらも心の中にはこの会話があった。

晃に似合いそうだと思って選んだそれは今、鞄の中にしまわれている。

「晃」

小箱を片手で大切そうに持つと、恵里菜は買ったばかりの時計を取り出して晃に差し出した。

「俺に？」

「はい、これ。私からもプレゼント」

「うん。大したものじゃないから、期待しないで開けてみて」

同じ言葉をそっくりそのまま返すと、晃は「期待して見てみる」と悪戯っぽく笑った。包装紙をはがしてプレゼントの中身を見た瞬間の反応は――恵里菜と全く同じものだった。

「俺たち、同じこと考えてたんだな」

「そうみたいね」

言って、二人は笑い合う。

――同じ時間を共有しよう。

プレゼントに込められたメッセージを言葉に出して確認することは、今はしない。それでも、

「ありがとう、エリ。大切にする」

その笑顔が見られただけで十分だと、恵里菜は思った。

「さて、そろそろ帰るか」

「……そうだね」

「車まで送る」

二人は社会人で、明日も仕事。当たり前のことなのに、予定外に会えたからだろうか。心はもう少しこのままでと望んでしまう。しかし自分でけじめをつけると決めた以上、恵里菜がその望みを告げることはない。

「今日は楽しかった。プレゼントも、ありがとう」

駐車場に着くとどちらともなく手が離れた。それを名残惜しく思いながらも、恵里菜は「私も楽しかったよ」と微笑みかける。

「送ってくれてありがとう。明日も仕事、頑張ろうね。じゃあ……おやすみなさい」

車に乗り込んでドアを閉めようとしたその時、「エリ」と呼ばれて顔を上げる。その

瞬間、ちゅっと軽いリップ音と共に晃の唇が額に触れた。

「なっ……！」

「正月に会えるの楽しみにしてる。――おやすみ、エリ」

ドアを閉めた晃は、額に手を当てて固まる恵里菜に向かって、ひらひらと手を振ったのだった。

13

「みんな、お疲れ様。普段頑張ってくれている分、年末年始はゆっくり休んでほしい。また来年度から目標の数字に向かって協力していこう。――良い年越しを」

支店長の締めの挨拶で今年度の仕事は終わった。

明日からは短い正月休みだ。営業室の面々に年越しの挨拶をして帰宅した恵里菜は、夕食と風呂を済ませるなり、早々に眠りについた。

翌日の大晦日、ようやく恵里菜が起きた頃には、太陽は既に真上に昇っていた。三十日まで働き詰めだったせいか、体はひたすらに睡眠を欲していたようだ。

「久しぶりによく寝た……」

いまだぼうっとする頭のまま枕元にあるスマートフォンを起動する。壁掛け時計が十四時を指しているのを確認して、さすがに寝すぎたな、とあくびを噛み殺した。しかし画面を見た瞬間、一気に目が覚めた。晃からの着信が三回もあったのだ。

昨夜の二十二時過ぎに一回。そして九時に一回と、ほんの五分前に一回。

恵里菜はベッドに座ったまま急いで電話をかけなおした。ワンコールも待たずに通話状態になり、「もしもし……？」と探るように呼びかける。

『………』

「あの、晃？」

電波が遠いのだろうか。しかし向こうの息遣いは聞こえてくるから、あちらにも恵里菜の声は聞こえているはずだ。

「ねえ、もしもし？　晃？」

『聞こえてる』

電話越しにも呆れているのが分かる。思わずむっとして、「なら返事してよ」と返すと、晃は小さく笑った。

『エリ、今起きたばっかりだろ？』

「……なんで分かるの？」

『そんなもん、声で分かるよ。おはよう。仕事大変だったんだろ？　お疲れ』

「……っお、おはよう」

おはよう。お疲れ。そんな当たり前の会話がくすぐったい。その上電話越しに聞く晃の声はかすれて妙に色っぽく聞こえて困る。朝からなんて心臓に悪い声なのだろう。格好いいのは見た目だけで十分だと、内心理不尽な八つ当たりをしながらも、平静を装って「何？」と問い返す。

『二日に、エリの家に迎えに行くから。少し早いけど十時過ぎでもいいか？』

「いいけど、実家に伝えた時間は十二時だよ？」

『ああ。途中、二人で初詣に行こうと思って』

「それは全然構わないけど……二人でって、サヤさんは？」

『自分で行くって。あいつなりに気を使ってるんだろ』

一緒に来ればいいのにと思う反面、サヤの気持ちも嬉しい。分かった、と了承すると晃は笑った。

『じゃあ、その予定で。明後日会えるの楽しみにしてる』

最後に甘い一言を残して通話は終わった。恵里菜はそのままベッドに仰向けに横たわる。

ほんの数分の電話は目覚まし時計などよりずっと効果があった。

「……いい年して何やってるんだか」

たかが電話、されど電話。大した会話などしていないのに、一度意識してしまうとどんどん気持ちが募っていって、当たり前のように晃と電話をしている状況にまだ慣れない。

付き合いたての高校生のような自分が恥ずかしくて、恵里菜は意味もなくベッドで二転三転した。

明後日の一月二日、恵里菜は久しぶりに実家に帰省する。今日と明日、大晦日と元日は一人で過ごすことを決めていた。一度だけ晃から一緒に過ごそうとも誘われたが、それは断ったのだ。

恋人同士なら共に過ごしてもなんら不思議ではないけれど——自分たちはまだ、「恋人」ではない。

（……佐保）

恵里菜のふりをして宮野に告白したという佐保。

なぜそんなことをしたのだと問うのは、電話でもできる。

だがこれは電話口で済ませられる問題ではなかった。

正月に家族を連れて新名家に帰省するだろう姉と話をつける。

佐保と対峙するのはやはり怖い。本音を言えば実家に帰りたくはない。

しかしこのままではダメだとも分かっているから、去年のように逃げることはしないと決めた。

――悩むことも泣くことも、この八年間で一生分くらい経験したのだから。

そして、新年。

到着を告げる晃からのメールに、恵里菜はアパートの階段を下りる。すると、彼は車に背をもたせ、スマートフォンを弄り（いじ）ながら待っていた。呼びかけようとしたところで、晃の珍しい私服姿に自然と視線が引き付けられる。

すらりと長い脚を引き立たせる黒のパンツ。上半身には白シャツにパンツと同系色のカーディガンを着て、キャメル色のチェスターコートを羽織っている。首元には深い赤色のマフラーだ。

仕事の時はぴしりとセットしている黒髪も、今は無造作に散らしていて、真面目な教師の雰囲気はほとんどない。

ここがアパート前の人気（ひとけ）のない小径（こみち）でなければ、ファッションモデルの撮影か何かと勘違いしそうなほどの完成度だ。ふとスマートフォンから顔を上げた晃は、恵里菜を見つけるとふわりと笑った。それだけで近寄りがたい雰囲気ががらりと一転して、穏やかなものになる。

「エリ」

自惚れでなければ、晃がこんな風に笑うのは恵里菜の前だからで。嬉しさと照れくささの入り混じる、なんとも不思議な感覚を抱きながら、恵里菜はなんとか「おはよう」と声を出した。

「時計、着けてくれてるんだな」

「うん、可愛くて気に入ってる。仕事でも使ってるよ」

照れながら左手首を見せると、晃は「俺も」と笑顔で、自分の左手をその上に重ねた。

「初詣はどこに行くの？」

晃が答えたのは実家からほど近い、周辺では有名な神社だった。恵里菜も昔、家族で何度か行ったことがある。そしてその大半は藤原親子も一緒だった。

「そうだ、お母さんから伝言。『お腹すかせて来てね』だって。多分お昼ご飯、山のように作ってあるから覚悟しておいた方がいいよ」

「ああ、だから『何が好きか』って電話してきたのか」

恵里菜は先日久しぶりに実家に電話した時のことを思い出す。

『お正月に帰るね。……サヤさんと晃も一緒だけど、いい？』

その時、電話越しに母の驚きが伝わってきた。無理もない。あれほど頑なに晃の存在を否定していた娘が、その本人を連れてくると言うのだから。しかしそれから、母は何かと恵里菜に連絡してきた。晃とサヤはどんな料理が好きか、とか。お酒を用意するなら何がいいか、とか。

（喜ぶのも分かるけどね）

元々家族ぐるみの付き合いをしていたのだ、再会できるのが母もよほど嬉しかったのだろう。だからその関係を断ってしまった原因としては、協力せずにはいられなかった。

今日は新名家で昼食をのんびり取って、夕方には解散予定だ。サヤも晃も泊まるつもりはなかったので、『新しいお布団買おうかしら！』とはしゃぐ母を止めるのはなかなか大変だった。

一方で恵里菜は、母のもう一つの本音を正確にくみ取っていた。正月に帰ると告げた時、母はほんの一瞬だけれど安堵の息を吐いていたからだ。

地元で就職しても、恵里菜が実家暮らしを選ぶことはなかった。

大学で一人暮らしを始めて最初に感じたのは、「解放感」だったからだ。

寂しさや心細さはもちろんあったが、佐保を知る人のいない生活はそれ以上に安らぎをくれた。

両親もそんな恵里菜に気付いていたのだろう。初めは「もっと気軽に帰ってくればいいのに」と言っていた彼らも、今となってはほとんど連絡してこない。

「ねえ、晃。多分、晃と一緒に帰ることでお母さんから色々聞かれることもあると思う。でも、その時は――」

ごまかしてくれと頼むのはあまりにも虫が良すぎる。だからといって今の二人の関係をそのまま説明することはとてもできそうにない。口ごもる恵里菜にしかし、晃はあっさり言った。

「大丈夫だよ、ちゃんと考えてる」

だから何も心配するなと言い切られて、恵里菜は頷いた。

晃なら大丈夫。そう思えてしまうことが不思議だった。

「三が日はさすがに混んでるな」

目的の神社に着いたのは、十時半過ぎ。なんとか駐車し、二人で参道へと向かう。やはりそこにも行列ができていて、恵里菜たちは鳥居から大分離れた最後尾へと回った。予想以上の混み具合だ。列はゆっくりと進んでいるけれど、寒空の下で待つのはやはり辛い。たまらず恵里菜がきゅっと身をすくめたその時、何かがふわりと首元を覆った。

「これ使って。少しは違うだろ」

晃はそう言って自分のマフラーを手早く恵里菜に巻きつける。あっという間の出来事にぽかんとしていた恵里菜は、「いいよ！」と慌ててマフラーを掴んだ。晃はその手にさらりと自分の手を重ねると、ごく自然な流れでぎゅっと手を握った。

「これなら寒くないだろ？」

「……晃」

「なに？」

女の扱いに慣れすぎだろう、とか。本当に私以外と付き合ったことないの、とか。聞きたいことは色々あったけれど、恵里菜はぐっとそれを呑み込んだ。

「――ありがとう」

ぎこちなく礼を言う恵里菜に応えるように、晃は握った手にそっと、力を込めた。それからしばらくして、ようやく参拝の順番が回ってきた。

二人で横に並んで賽銭箱に硬貨を入れる。恵里菜は鈴を鳴らし、二礼二拍手をして瞼を閉じた。

神様には「お願い」ではなく「誓い」をするのだと、以前本で読んだことがある。

恵里菜はふと頭に浮かんだ言葉を頭の中で誓った。

「随分熱心に祈ってたな。何をお願いしてたんだ？」

「お願いじゃなくて、宣言したの」

「宣言？　……何を？」

「秘密」

変な奴、と晃は苦笑した。

――逃げずに、受け入れられるようになる。

自分の胸の中に神様への言葉をそっとしまって、恵里菜は今度は自分から手を重ねたのだった。

その後二人は神殿前を離れて、おみくじ売り場へと向かった。

初詣が久しぶりであればもちろん、おみくじだってもう何年も引いていない。ここ数年はリアル寝正月だったのだと言えば、さすがに晃も呆れたようだった。

「エリほど見かけと中身のギャップがある奴も珍しいよな。部屋も相変わらずだったし」

「……あの時が特別散らかっていただけで、普段はそこまでじゃないよ」

なんだかんだとからかわれながらも、こんな風に他愛のない話ができるのはやはり嬉しい。

しかし、この後実家に帰ったら、そういう訳にはいかなくなるだろう。

（佐保たちはそろそろ着いたかな）

姉と話さなければならないことは山のようにある。何を話すか、どう切り出すか、この一ヶ月間何度も頭の中でシミュレーションをしたけれど、正解の道筋は未だに見つからない。

「エリ、おみくじなんだった？」

「ちょっと待って。えーっと。……凶、だって」

景気付けに最低でも末吉を！　と願いを込めて引くと、まさかの運勢。おみくじの結果が全てではないけれどさすがに幸先が悪い。

「俺は……大吉か」

凹む恵里菜の横で、晃は感慨もなくあっさり言った。

（さすがというか、なんというか）

相手がここまで「持っている」と、嫉妬する気すら起きないのだから不思議なものだ。しかし落胆は表情に表れていたのだろう。無表情のままおみくじを枝に結ぼうとしていると、晃はすっと紙を取って、代わりに自分のおみくじを恵里菜に渡した。

「俺はエリのを結ぶから、お前は俺のを結んで。大吉と凶ならプラスマイナスゼロで相殺されるだろ」

「おみくじってそういうものじゃないと思うんだけど……」

「こういうのは思い込んだもの勝ちなんだよ」

ほら、と促されて、恵里菜も大吉のおみくじを枝へ結んだ。その後ゆっくりと神社内を散策していると、境内の一角で甘酒が売られているのに気付く。

「晃はダメだよ、すぐ酔っぱらうんだから」

「……さすがに甘酒くらいじゃ酔わねえよ」

車で来ているのだからどうせ飲めないと晃は余裕ぶる。恵里菜は先ほどの仕返しとばかりに、「なら私が運転するから、飲んでもいいよ?」とにやりと笑うと、今度こそ晃は顔を顰(しか)めたのだった。

14

——緊張する。

学校と同じでどれほど慣れ親しんだ場所でも、一度外に出てしまえば自分のテリトリーではなくなってしまう。それはたとえ、十八年間過ごした実家であっても変わらなかった。

庭には既(すで)に宮野家の車が止まっていた。ここを開ければ佐保がいるのだ。

インターフォンを押そうとする指先が情けなくも震える。その時ふと、温かなぬくもりがそんな恵里菜の左手を包み込んだ。隣を向けば、晃が心配そうに恵里菜を見つめている。その表情に、恵里菜の気持ちはすとんと落ち着いた。大丈夫、と小さく言って、恵里菜はチャイムを押す。

「ただいま——わっ!」

扉を開けると同時に、ぽすん、と何かが両脚に飛びついてきた。

「えーちゃん！」

「えーり、ちゃ！」

右脚に一人、左脚に一人。恵里菜の脚に両手でぎゅっと抱きつき、舌っ足らずに名前を呼ぶそっくりな二人は——

「紗里、彩里……？」

名前を呼ぶと、小さな双子はにっこり笑った。屈託のない笑顔に自然と緊張がほぐれていく。恵里菜は二人の頭を何度も撫でると、その場にしゃがみ込んで視線を合わせた。

「二人とも大きくなったね。いま、何歳かな？」

すると双子は「さんさいー！」と声をそろえて指を三本立てた。すごいね、偉いねと大げさなくらい褒めると、二人はきょとんと目を瞬かせ、再び恵里菜に抱きついた。

子供を相手にすると口調まで変わるのだから不思議なものだ。

あどけない仕草も、なんのてらいもなく飛び込んでくる姿も本当に可愛らしい。ふと隣の晃を見ると彼は文字通り固まっていた。明らかに子供に慣れていない様子に、たまらず笑みが零れる。

久しぶりに会う姪たちは、記憶の中よりもずっと成長していた。にこにこと恵里菜を見上げる二人の顔はやはり一卵性の双子だからだろう、アルバムの中の自分と姉を思わせた。

「さーちゃん、あーちゃん！　もー、勝手に出て行っちゃダメでしょ……あっ」

ぱたぱたと小走りでやってくるその人と目が合った瞬間、恵里菜の笑みは固まった。

「……佐保」

緩（ゆる）やかな茶色の髪を一つにくくり、ピンク色のエプロンを着けたその姿。

恵里菜に比べて随分と薄化粧の顔。そっくりな声、そっくりな顔。

「──おかえりなさい、エリちゃん」

駆け寄る我が子たちを両手に抱いて、「母」の顔をした佐保が微笑む。だが恵里菜の隣に立つ人物を見た瞬間、佐保の顔から笑みが消えた。

「……あっくん」

姉が晃をこんなにも冷たい目で見るところを、おそらく恵里菜は初めて見た。

「……久しぶりだね、元気にしてた？」

佐保はしゃがみ込んで双子の頭を撫（な）でながら、口調だけは柔らかく問いかける。対して、「ああ」と返す晃の表情も硬い。それは親しい幼馴染（おさななじみ）の久しぶりの再会といった雰囲気ではなかった。もしこの光景を過去に見ていたならば、恵里菜が二人の関係を誤解することはなかっただろう。

そう思うほどに、佐保の目は冷たかった。

「佐保」

たまらず恵里菜は姉を呼ぶ。「何？」と首を傾げる姉は、一変して柔らかく微笑む。

恵里菜は戸惑いを隠せないままなんとか会話を続けた。

「サヤさんはもう来てるの？」

「うん、今はリビングでお母さんと話してる。お父さんと颯太さんは買い出し中。さ、二人も向こうに行こう？　みんな二人のこと待ってるよ。あーちゃんとさーちゃんも、行こうね」

「「うんっ！」」

双子の声が綺麗に重なった。その後に続いてリビングに向かうと、ドアの外まで楽しそうな声が聞こえてくる。母親同士、久しぶりの再会に盛り上がっているのだろう。

しかし双子の後に恵里菜と晃が部屋に入った瞬間、声はピタリと止んだ。その中で唯一無邪気な双子は、カウンターキッチンで昼食づくりに勤しむ祖母のもとにかけていく。

「ただいま」

どこかぎこちない娘の様子に、母は「おかえりなさい」と苦笑しながらも、隣に立つ晃に目を見張った。

「……もしかして、晃君？」

「はい、ご無沙汰しています。先日は突然お電話してしまってすみません。仕事の関係で、どうしても恵里菜さんと連絡を取りたかったものですから」

「お仕事？　さっきサヤちゃんから聞いたけど、今先生をしているって……」

新聞記事を見て講師の依頼をしたくだりを、晃はさらりと端的に話した。終始人好きのする笑顔を浮かべて話す晃に、初めは戸惑っていた母の表情も次第にほぐれていく。話が終わる頃にはすっかり、にこにこと笑みを浮かべていた。

（「ちゃんと考えてる」って、こういうことだったのね）

恵里菜は二人のやり取りにただただ感心した。

「でも、驚いた。晃君、芸能人みたい。……さすが、サヤちゃんの息子さんなだけあるわねえ」

「やだ、全然似てないわよ。私こんなにヘタレてないもの。聞いてよ、晃ったら……」

「何か！」

酒も飲まずに出来上がりつつあるサヤの声を遮り、晃は恵里菜の母に向かってにこりと笑んだ。

「何か、お手伝いすることはありますか？」

その際、周囲にばれぬよう母親を横目で睨むのは忘れない。

「大丈夫よ。もうほとんど完成しているし、晃君とサヤちゃんはお客様だもの。今お料理を運ぶから、先に和室で待っていてくれる？　サヤちゃんもどうぞ」

「後は私がやるから、お母さんも先に行ってていいよ」

佐保は母ににこりと笑う。

「そう？　でも……」

「紗里と彩里も『おばあちゃんと遊ぶ！』ってすごく楽しみにしてたの。エリちゃんもいるし、ね？」

こちらも可愛い孫と遊ぶのを楽しみにしていた母は、「悪いわね」と言いながらも、とても嬉しそうだった。

母に先導されてサヤと晃がリビングを出ていく。その時晃と目が合った。こんな時までこちらを気遣うその視線に、恵里菜は声には出さずに――講話の時に晃がそうしたように「大丈夫」と唇の形を作る。すると晃は驚きながらも小さく頷き、リビングを後にした。

「エリちゃん。……どうしてあっくんと一緒にいるの？」

キッチンにいる佐保に呼ばれ、振り返る。信じられないと言わんばかりの表情とその問いに、恵里菜は佐保が意図的に自分と二人きりになったのだと気付いた。

どうやって佐保と二人になろうと思案していた分、この状況は恵里菜にとっても都合が良かった。――たとえそれが、恵里菜の本意ではなかったとしても。

「さっき晃がお母さんに話してたでしょ」

「違うよ、私が聞きたいのはそうじゃなくて。その……エリちゃんは、大丈夫なの？」

「……何が？」

「あっくんと仲直りしたの……？」

あっくん。仲直り。それだけ聞くと、まるで子供の喧嘩のようだ。

自分がその原因の一端だと知らない姉の問いは実に単純で、そして残酷だ。恵里菜はなんだか無性に笑いたくなった。一瞬、狂暴な感情が湧(わ)き上がり、無意識に唇の端が歪む。

「エリちゃん……？」

「『仲直り』できそうなところだよ。でも、その前に佐保に聞きたいことがあるの」

――私のふりをして先生に告白したって晃から聞いた。どういうつもりなのか説明して。

姉に言う言葉は決まっていた。でもこれから皆で昼食を取ろうという今、長話はしていられない。だからその台詞(せりふ)の代わりに恵里菜は言った。

「食事が終わった後でいいから、ゆっくり話したい。私と、佐保の二人だけで。いい？」

慌てるな。冷静に、落ち着いて。

まるで子供に言い聞かせるようなそれらは、対佐保時の恵里菜のスローガンだ。

恵里菜は笑顔を貼り付けて姉に問う。そんな恵里菜に佐保は一瞬きょとんとしたのち、

「うん、私もエリちゃんとゆっくり話したかったの」と無邪気に笑ったのだった。

皆で囲む食事はそれなりに楽しかった。

和室に置かれた長テーブルにはところせましと料理が並んでいる。おせち料理を筆頭に、お寿司やサラダ、デリバリーのオードブルに、母と佐保が作った煮物や酢の物。席の並びは自然と酒を飲む人、飲まない人に分かれた。恵里菜と父親、サヤに宮野が前者、それ以外が後者だ。

晃が下戸であることは事前にサヤによってばらされてしまったらしい。ぎこちないながらも双子の相手をしている晃の姿は、なんだかとても微笑ましかった。

「先生、次は何を飲みますか？」

「ありがとう、でもそろそろストップしとく。これ以上飲んだら酔っちゃいそうだ。……でも、お前が藤原と一緒に来たのには驚いたよ」

また付き合い始めたのかという問いを、恵里菜は笑顔でごまかした。

宮野がイケる口だと知っている恵里菜は酒を載せたトレイの方を見る。だがそこにあったのは、自分が開けた空の缶ばかりだ。冷蔵庫から持ってこなくちゃ、と立ち上がった時、ふと違和感を覚えた。

楽しげに話す母とサヤ、和室の端でブランケットに包まれてすやすやと眠りについた双子と、それをにこやかに見守る父親。そこに、ほんの少し前までいた晃と佐保の姿がない。

まさか、ただの偶然だ。そう思いながらも嫌な予感が胸をよぎる。

「一応、新しいビール持ってきますね」

宮野に断って席を立ち、キッチンに向かう途中、佐保と廊下で鉢合わせした。

「エリちゃん？」

同時にバタン、と玄関の扉が閉まる音がする。一瞬空気を震わせた音の大きさからは、乱暴に閉められたことが窺えた。

「佐保、今出てったのって晃？」

「え？　……あ、うん」

「どこに行ったの？」

「散歩、かな？」

このタイミングで散歩なんてありえない。

「ちょっと様子を見て来る」

脇を通り抜けて外へ向かおうとした恵里菜を、佐保はぐっと引き留めた。

「エリちゃん、二人で話したいことがあるって言ったよね？　子供たちも眠ってるし、今話そう。二階なら誰もいないから、ゆっくり話せるよ」

「……佐保？」

こんな強引な佐保は初めてだ。こうなったきっかけは間違いなく晃だろう。

恵里菜は困惑したものの、タイミング的に二人で話せるのは確かに今しかない。

『どこに行ったの？　これから佐保と二人で話すことになりました』

恵里菜は晃にメールをすると、佐保と共に二階の恵里菜の部屋へと入る。扉を閉めてすぐに恵里菜は佐保と向き合った。

「佐保、晃と何を話してたの？」

「忠告してたの」

「……忠告？」

嫌な予感が胸をよぎった。一方の佐保は、どこかすっきりした様子で恵里菜に微笑みかける。

「うん。あっくんがどういうつもりか知らないけど、今度エリちゃんを泣かせたら私が許さないからねって。そしたら黙って出ていっちゃった。怒るなんて、おかしいよね」

信じられない、とばかりにため息をつく姿に、恵里菜はふらつきそうになるのをなんとか堪(こら)えた。

まるで自分が正しいことをしたと言わんばかりの態度を取る佐保の言葉に、拳(こぶし)が震える。

「――おかしいのは佐保でしょ」

「エリちゃん？」

「許さないって、何よそれ」

佐保は知らない。自分がしたことで何が起こったのかも――否、妹が姉に対してどれほどコンプレックスを抱いているのか、その存在に何度歯がゆい思いをしてきたか、知らない。だからといって今の発言は到底流せるものではなかった。妹想いの可愛い双子の姉。でももう、うんざりだ。

「私のふりをして先生に告白したんだよね。先生が私のことを好きだと思った、だから真似をしたの？　そんなこと、ありえないのに……そのせいで、私はっ……！」

冷静に話をしようと思った。でも、そんなのもう無理だ。

「ねえ、佐保。昔、『どうして晃と別れたんだ』って聞いた時、私言ったよね。『晃に好きな人ができたから』って。それ、佐保のことだよ」

本気で訳が分からないのだろう、困惑する佐保に、恵里菜は晃から聞いた全てを打ち明けた。

四人それぞれの思考が異なるベクトルを向いていたこと。本当は両想いなのにすれ違って、それ故に佐保の告白現場を見た晃は恵里菜に別れを告げたこと――

恵里菜が言葉を重ねれば重ねるほど、佐保の顔から血の気が引いていく。

全てを話し終える頃には、佐保は体を震わせていた。

「全部が全部、佐保が悪いとは言わない。言いたいことも言わないで、気持ちを伝え合わなかった私と晃にも原因はある、でも、少なくとも佐保に晃を責める資格はないよ、違う!?」

佐保は真っ青になった唇をきゅっと強く結び、目を大きく開いて恵里菜を見る。その瞳は次第に潤み始め、ぽろりと涙が一筋頬を伝った。

「……なんで、佐保が泣くの？　泣きたいのはこっちの方だよっ！」

「ごめ……エリちゃん、私、そんな……」

「佐保はいいね。明るくて可愛くてみんなから好かれて、泣きたい時に泣けて。私、ずっと佐保のことが妬ましかった。なんで双子で生まれたんだろうって何度も考えた。……先生から聞いたよ。私が羨ましいって、何それ。同情してるの？」

自分にないものを羨んで、一方的に嫉妬する醜い自分。

それだけは表に出すまいと決めていたはずだった。それが姉に対する最後のプライドだったから。しかしこうなってしまった以上、押し隠していた感情にふたをし続けることは、もうできない。

「エリちゃん、違うよ、同情なんてしてない、私は本当に……」

「同情じゃなかったら哀れみ？　やめてよね。そんな嘘、聞きたくないよ！」

「エリちゃん!」

背を向けた恵里菜は階段を駆け下りた。待って、とか細い声に止められたけれど、それを無視して乱暴に靴を履き、玄関の扉に手を伸ばす。しかしそれは、恵里菜よりも先に外側から開かれた。

「晃……」

その顔を見て途端に緩(ゆる)みそうになる涙腺を、ぐっと堪(こら)える。

「悪い、さっきメールに気付いて……エリ?」

「ごめん、少し出かけてくる」

再び後ろから呼ぶ声がしたけれど、恵里菜が足を止めることはなかった。

15

「さむ……」

真冬に、ロングカーディガンを羽織っただけの格好はさすがに寒い。それでも戻る気にはなれなかった。自分でも馬鹿なことをしていると思う。あんな風に感情をむき出しにして責めるつもりなんてなかったのに、結局は佐保を前に取り乱して泣かせてしまった。

『エリちゃん、違うよ、同情なんてしてない、私は本当に……』

佐保は何かを言おうとしていた。それを聞かなかったのも、逃げたのも自分だ。

「エリ、待てって！」

振り返らずに歩き出そうとする肩を大きな手のひらが引き留めた。それでも顔を見せたくなくて、恵里菜はうつむいて地面を睨みつける。

叫んで喚いて、嫉妬して。どんなに綺麗に化粧をしても隠せないほど、今の自分は醜いだろう。

追いかけてくれる気持ちは嬉しい。しかし、それを伝えられるだけの余裕がない。

「少し頭を冷やしてくるだけだから」

「なら、俺も行く」

「一人で大丈夫」

「エリ、俺の方を向け」

「……だからいいって、一人にしてよ」

「できねえよ！」

強い語気に反射的に肩がすくむ。怖がらせたと思ったのか、頭上で晃が息を呑むのが分かった。彼は「悪い」とばつが悪そうに言いながらも、今度は声を抑えて名を呼んだ。

小さな子供を宥めるような優しい声色に、恵里菜はそっと顔を上げる。

視線が合ったことに安心したのか、晃はふっと表情を和らげた。

「……そんな風に泣きそうな顔してるお前を、一人になんかできねえよ」

形のいい眉を下げるその姿に、恵里菜の喉元に熱い何かが込み上げる。

そんな風にされたら頼らずにはいられない。甘えたい、寄りかかりたいと望んでしまう。そしてそれを晃が拒まないだろうことも恵里菜には分かった。

「せっかくだから少し歩くか」

「え……？」

「このままだと帰りづらいだろ」

もうすぐ暗くなるからそんなに遅くまでは無理だけど、と晃は薄く笑う。

あれだけ騒いだ後だ。何があったかなんてお見通しだろう。それでも晃は、何も聞こうとはしなかった。恵里菜が話し始めるまで待とうというその姿勢が、今はとてもありがたい。

「行きたいところある？」

徒歩圏内で行けるところは限られる。しかし恵里菜の頭には、真っ先にある場所が浮かんだ。

「……図書館に行きたい」

それは、昔二人で数えきれないほど通った場所だった。

実家から十分ほど歩いたところにその市立図書館はあった。

市立公園の一角に立つ赤レンガ作りの図書館は、恵里菜が生まれるよりずっと前に建てられたものだという。公園には、豊富な遊具をそろえる遊び場、整備された散歩道、人口の池などがあり、市民の憩いの場としても知られていた。休日ともなれば、図書館には子供からお年寄りまで大勢の利用者が訪れる。高校生の頃、学習室の座席を確保するために土日は朝早くから並んでいたことを、恵里菜は思い出していた。

（……手、温かい）

図書館へと続く遊歩道をゆっくりと歩く間も、二人の手は繋がれていた。

ここに向かうまで、恵里菜はぽつりぽつりと先ほどのことを話した。

八年前のことについて佐保と冷静に話そうと思ったけれど、無理だった。自分ばかりが感情的になってしまい、佐保の話を聞こうともしなかった——。晃はその都度「そうか」と頷き、それ以上問い詰めたりはしなかった。その途中、晃が出て行った理由を聞くと、「エリと同じ、頭を冷やさないと佐保に怒鳴りそうだったから」と苦笑した。

「少しは落ち着いたか？」

「——うん。ごめん、ありがとう」

「いい。でも前にも思ったけど、そういうところ、変わってないんだな」

「……どういうこと？」

「普段は冷静なふりをしてるけど、実際はけっこう気が短いところとか？」

「……晃だって変わらないじゃない」

「何が」

「そうやってたまに人をからかうところ！　言葉遣いもあんまり良くないし。先生がそれでいいの？」

「いいだろ別に。エリ限定だからな」

あっさり言われて、今度こそ返す言葉を失った。

（……なんとなく、気付いてはいたけど）

再会してからの晃はとにかく甘い。先日、想いを伝え合ってからはなおさらだ。

「図書館、見えてきたね」

三が日は図書館も休館日で、辺りには二人以外に人影も見当たらない。だが今は、その静けさが心地良かった。中までは入れないけれど、こうして思い出の場所に来ると、やはり懐かしさが込み上げる。

「――懐かしいな」

ふと漏（も）れた呟（つぶや）きに、晃の方を向いてはっとした。その横顔に制服姿のかつての晃が重なる。

「卒業してから初めて来た。……全然、変わってないんだな」

おそらくその時、二人は同じ気持ちだった。この建物を前にすると複雑な気持ちになる。

懐かしさと、少し痛みを伴うこの気持ちは、喫茶店を久しぶりに訪れた時のものに似ていた。

「……晃は、どうして私のことが好きなの？」

思い出の場所を前にして感傷的な気分になる。だからだろうか、口からそんな問いが零れた。

「なんだよ、いきなり」

知ってるだろ、と流されそうになったけれど、恵里菜は晃の袖をくいっと引いて再度尋ねる。

「ねえ、どうして？」

佐保のように素直さもなければ可愛くもない自分を、なぜ。

なぜだろう。なんだか今は無性に甘えたい気分だった。

「――全部だよ」

直球の答えに恵里菜の足はぴたりと止まる。

（……嬉しい、けど）

見た目や性格の一部を言われるのだろうと予想していただけに、答えに困る。

自分から聞いておきながら、嬉しさと照れくささの入り混じった感情のせいで、この場に相応しい対応が思い付かない。

晃がそんな恵里菜の様子を見逃すはずがなかった。彼は広場の一角にある椅子に腰かけると、立ったままの恵里菜と正面で向かい合う。そして恵里菜の両手をすくい上げると、そっと握った。

「エリのまっすぐだけど不器用なところ、優しすぎるところ。自分のことをよく分かっているようでまるで分かってないところ、極端に自己評価の低いところ」

握られた手のひらが熱い。自分を見つめる視線はとても優しくて、不覚にも胸がときめいた。

「――全部ひっくるめて、エリが好きだ」

「あき、ら」

「他にも細かいところを挙げればきりがないけど。全部聞きたい？」

「もういいよっ」

これ以上はこちらの心臓が持たない。「本当にもういいから！」と顔を振って全力で逃げようとすると、晃はそんな恵里菜の両手を左手で握り、空いた右手で、その手のひらをすうっとなぞった。

「っ……！」

それだけの動作なのに、告白に似たセリフも相まって過敏に反応してしまう。しかし晃は懲りた様子もなく、「やっとこっちを向いた」と薄く笑った。

「とにかく、エリは色んな意味で優しすぎる」

「……大げさだと思うけど。職場では冷たい先輩って思われていたくらいなんだから」

三好を思い出す。ここ最近でようやく距離が縮まってきた気もするが、それでもまだまだだ。

「それは表面的な部分だろ？　俺が言ってるのは内面についてだ。俺にもう一度チャンスをくれただけで、エリは信じられないくらい優しい」

「……八年前のことは、許した訳じゃないよ」

「分かってる。許さないけど、それ以上に好きなんだろ？　……それでも十分すぎるくらいだ」

すれ違い故の嘘だったとはいえ、一度は恵里菜を否定した晃が、今はその全てを肯定してくれる。

それはとても心地良い感覚だった。恵里菜は晃に一番自分を認められたかったのかもしれない。だからこそかつてあれだけ傷つき、そして今はこんなにも嬉しい。

「あと一つ、エリを好きな理由がある。佐保の悪口を言わないところ」

「……何言ってるの？　佐保の悪口なんて今までさんざん言ってきたよ」

「佐保が苦手、佐保にはこんなことができるけど私は無理、自分にないものをたくさん持ってる……そういうのは確かにたくさん聞いた。でもそれって、佐保を褒めているのと同じ意味だろ？　佐保のこういうところが嫌いだ、佐保の性格が悪い、どこが気にくわない、腹が立つ、いなくなってしまえばいい――エリがそんな風に言ってるのを、俺は一度だって聞いたことがない。エリはいつも『自分と比べて』とか、『私にはできない』って比較して、自分を卑下してた。俺からすれば全然、そんなことはなかったのにな」

「え……？」

「――案外、佐保も同じなんじゃないか？」

そこに慰めの色はなく、本心からの言葉であることが伝わってきた。

手を放した晃は恵里菜の後方を見ている。恵里菜もまたそちらを振り返り、驚いた。

視線のずっと先には、宮野に連れられてこちらに来る佐保の姿があったのだ。

「佐保から全部聞いた。知らなかったとはいえ、無責任なことばかり言って本当に申し訳なかった。こんなんじゃ、教師失格だな。恵里菜も藤原も……本当に、すまなかった」

宮野は傍らに伴った佐保ともども深々と頭を下げた。大の大人二人に頭を下げられるのは、とても居心地が悪い。しかし恵里菜が何かを言うまで、彼らは決して頭を上げようとはしないだろう。

「……いいですから。先生も佐保も、頭を上げて下さい」

宮野の隣で頭を上げた佐保の顔を見て、恵里菜は息を呑んだ。

真っ赤に腫れた目元、疲れきったような表情。彼女がどれほど泣いたのか、その顔を見れば一目瞭然だった。恵里菜の妬んだ、明るく優しい姉の姿はどこにもない。

じっと見つめ続ける恵里菜に対し、佐保は気まずそうに視線を地面へと下げたままだ。視線から逃れようとうつむく姿は、恵里菜の瞳には酷く自信がなさそうに映った。そう思って、はっとする。

――自分に似ている。

佐保から視線をそらし、言葉を聞かないふりをする。佐保は恵里菜のそんな姿をずっと見てきた。この時、目の前にいるのは佐保でありながら自分でもあるのだと、恵里菜は知った。

「先生。佐保と二人にしてくれますか？」

その申し出に、一瞬佐保の肩が震えた。

「佐保、いい？」

次いで本人に問う。佐保は躊躇いながらも小さく頷いた。

「晃も、ごめん。悪いけど佐保と二人で話したいの」

当事者の一人である晃も、佐保に言いたいことはたくさんあるだろう。本当は恵里菜だって、晃に側にいてほしい。先ほどのように手を握って支えてほしい。でも今を逃したら、佐保と向き合う機会は二度と訪れない、そんな気がした。

「――分かった。俺も先生とサシで話したい。少ししたら迎えに来る」

どうしてもダメそうなら呼べ。すぐに飛んでくるから。

晃は恵里菜にだけ聞こえる声量でそう言い残し、宮野を伴ってその場を離れた。

（ありがとう、晃）

遠ざかる背中に心の中でお礼を言う。勇気づけられた恵里菜は佐保と向き合った。

「とりあえず、座ろう？」

「……うん」

ベンチに腰かけた恵里菜はちらりと佐保を見るけれど、彼女はじっとうつむいたままだ。それだけに会話の糸口が掴めず、ついため息が漏れた。それに佐保は、はっと顔を上げる。その表情に明らかな怯えの色を見て、恵里菜はたまらず立ち上がった。

「……エリちゃん？」

「ちょっと待ってて」

寒空の下でじっとしているのはやはり辛い。恵里菜は戸惑う佐保を残して近くの自販機に向かうと、自分にはブラックの缶コーヒー、佐保にはホットココアを購入した。

佐保の好きなものも苦手なものも、ほとんど頭に入っている。

「はい。あったまるよ」

そう言って佐保に差し出したけれど、彼女は目を大きく見開いたままなかなか受け取ろうとしない。

「……違うの買ってこようか？」

「え？ あ、ううん、これでいい！」

佐保は慌てて缶を受け取った。ふたを開けようとしているけれど、手がかじかんで上手くいかないらしい。見かねた恵里菜が代わりに開けてやると、佐保は「ごめんね」と小さく息を吐く。

「ありがと、エリちゃん。だめだね私、どんくさくて」

「……そんなことないでしょ。いいから飲みなよ、冷めちゃうよ」

「うん」

佐保は両手で缶を握りしめると、そっと一口飲み、ほっとしたように表情を和らげる。ようやく恵里菜の知る姉の顔が現れた。それに安堵している自分がいることに気付く。

笑っていない佐保は佐保じゃない――そういう思いが、心の根底にあったのかもしれない。

恵里菜もまた隣に座ってコーヒーを飲む。冷えた体に温かさが広がる一方、心には苦さが染みた。

「さっきは大声で怒鳴って、ごめん。……でも、あの時言ったことは全部本当だから」

佐保という姉の存在が、ずっと妬ましかった。そんな自分が嫌で、双子で生まれて良かったなんて思えたことは一度もない――。言葉を重ねれば重ねるほど、佐保の顔は苦しそうに歪んでいく。

優しくて涙もろい姉は、嬉しくて感動した時も、辛くて痛い時もよく泣いた。

でも、恵里菜は違う。姉は可愛いから、泣いても周りが優しくしてくれるけれど、自分は可愛くないから、泣いたら迷惑がられるだけだと考えていた。

実際はそう言われたことなんて一度もないのに、意固地なまでの劣等感は恵里菜から涙を奪った。

恵里菜が佐保の前で涙の形跡を見せたのは一度だけ。晃と別れて家に帰った、あの日だけだ。

佐保の前で恵里菜は泣けない。そんな妹の代わりに姉が泣く。ほろほろと涙を流す姿はとても儚げで、それを見ていると恵里菜は自分がいっそう悪者になったような気がしていた。

「……知ってたよ。エリちゃんに嫌われてるのも、避けられてるのも、昔から気付いてた」

どれだけ必死に隠しても、負の感情は相手に伝わるものだ。恵里菜自身、姉に勘付かれていると思っていたけれど、常に妹に優しい佐保の姿に確信は持てないでいた。

でも今、はっきり佐保は言ったのだ。全てを知っていた、と。

「知ってて、どうして私に優しくできたの？　少なくとも私は、嫌いな相手に佐保みたいな態度は取れないよ」

「……だって、私にはそれしかできなかったから」

自らを皮肉るように佐保は自嘲する。

「ねえエリちゃん、知ってる？　私だってエリちゃんのことが羨ましかったんだよ。しっかり自分を持ってて、人の目を気にしないで、頭が良くて」

周りが遊び回っている休み時間、静かに読書をしている姿が大人びて見えた。常に誰かと一緒にいないと不安でたまらない自分と違って、一人でいても平然としている姿に憧れた。試験結果が貼り出されるたび、真っ先に目に付く名前に嫉妬した。

「私はバカで、見た目を気にすることしかできないから、だからっ！」

宮野が恵里菜を好きになるのも無理はないと思った。でも自分は宮野が好きで――本当に大好きで。誰かに取られると思ったら、なりふりなんて構っていられなかった。

普段はどれだけ雰囲気の違う格好をしていても、自分たちは一卵性双生児。妹の真似をするくらい造作もない。佐保はその日だけヘアスプレーで髪の毛を黒く染めた。

そっくりな眼鏡を買って、妹と同じように髪の毛をひっつめた。

妹になりきった佐保は放課後の数学準備室に乗り込んで、言ったのだ。

『先生が、好き。先生がエリちゃんを好きなら、私もエリちゃんみたいになる。髪だって染めるし、勉強だって頑張る。だから、私を選んでよ。好きなの、先生。エリちゃんじゃない、私を選んで……』

必死だった。恵里菜への嫉妬、宮野への想い。色々な感情が込み上げて、他のことなんて何も考えられなかった。だから、気付かなかったのだ。

それを晃に見られていたなんて、その結果二人が別れることになるなんて、夢にも思わなかった。

「私、なんて謝ったらいいのかっ……ごめん、ごめんね、エリちゃん」

佐保の瞳から涙が零れ落ちる。「ごめん、ごめん」と壊れたオルゴールのように繰り返す姉の姿を見て、自業自得だと感じる一方、先ほどのように激しい怒りも感じなかった。

――安心、したのだろうか。

二十六年間、互いに心に抱き続けた本音をぶつけて。

知らなかった佐保の気持ちを知って、自分の気持ちを伝えて。

とてもすっきりしたような、それでいて空っぽになってしまったような不思議な感覚だった。

「……もう、謝らなくていいよ。……佐保の気持ちは分かったから。だからもう、謝らないで」

佐保が恵里菜に謝るなら、恵里菜だって彼女に謝罪しなければならないことがたくさんある。

「──私も、ごめん」

「エリちゃん……？」

「佐保を勝手に理想化して、卑屈になって、嫌な態度を取って」

佐保はそれに気付きながらも、一度だって恵里菜を責めたことはなかった。

その優しさがいっそう恵里菜をみじめにさせたけれど、だからと言ってそれを正当化していい訳(わけ)ではないのだと、今なら分かる。

「……ごめんね、佐保。私も悪かったから、だから……もう泣かないで」

「っ……エリ、ちゃっ……！」

佐保は感極まったように言葉を呑み込み、恵里菜の腰に抱きついた。

「……佐保？」

尻餅をつきそうになるのをなんとか堪える。ちょっと、と軽く身をよじるけれど佐保はぎゅっとしがみついて離れない。恵里菜は自分に抱きつく姉の背中に、宙に浮いた両手を恐る恐る回す。

そのまま慣れない手つきで背中を撫でた。初めはひっくひっくと嗚咽を漏らしていた佐保だけれど、繰り返されるそれに次第に落ち着いてきたのか、やがて泣き声は止んだ。

「佐保」

そっと名前を呼ぶと視線が合った。顔を上げた姉の顔を見て、恵里菜は思わず噴き出す。

「エリちゃん……？」

鼻先を赤くして鼻水をすする姿は、まるで彼女の双子の子供たちのようで。

きょとんと目を瞬かせる佐保に、今度こそ恵里菜は声を上げて笑った。

それは、恵里菜が佐保の前で初めて心から笑った瞬間だった。

「佐保」

「……颯太さん」

晃との話を終えて戻ってきた宮野は妻の肩をそっと抱き寄せると、改めて恵里菜に向かい合う。晃はその様子をじっと見守っていた。目を見合わせた二人が今一度頭を下げようとするのを、恵里菜は静かに制した。

「そういうのは、もういいです」

困惑する二人に、恵里菜は「本当に、もういいんです」と再度告げる。

きっと、宮野と佐保はこれから何度も恵里菜に謝るのだろう。それを笑って流せるようになるには長い時間がかかるかもしれない。しかし今の恵里菜の中に、この八年間胸にくすぶっていた暗くて重い感情は、もはやない。

「どうしても先生と佐保の気が済まないのなら……いつか、私と晃に奢って下さい」

呆気に取られたように宮野は目を瞬かせる。気の抜けたその顔はとても年上には見えなくて、恵里菜はわざときつく結んでいた唇を、ふっと緩めた。

「少し高いけど、いいお店を知ってるんです。料理が美味しくてお酒の種類も豊富だって有名な店。そこで好きなだけ食べて、飲みたいです。私と晃と、先生と佐保。いつか、四人で飲みましょう」

そんな日がいつ来るかはまだ分からないけれど。でも、そうなればいいと思う。

「――ありがとう、恵里菜」

恵里菜は静かに微笑んだ。

「エリ」

先に家路につく佐保と宮野の背中を見送っていた恵里菜は、隣に並んだ気配にぐっと拳を握る。

（……やめて）

唇をきっと引き結んで、視線を合わせないように正面を見据える。そんな横顔に、再度「エリ」と声がかかった。お願い、今だけは話しかけないで。そうしないと――

「頑張ったな」

「っ……！」

「もう、我慢しなくていい」

その全てを包み込んでくれるような優しい声の響きに、ぽん、と頭に置かれた大きな手のひらに。

たまらず、涙が溢れた。

――今まで思っていたことを全部佐保に話したの。嫌いだった、あんな子、本当に大嫌いだった。でも佐保は、全部分かった上で私に優しくしてくれてた。佐保も私のことが羨ましかったんだって、言ってた――

嗚咽を漏らしながら懸命に伝える。晃はその一言一言を、「うん」「そうか」と受け止めてくれた。

抱きしめられ、胸から伝わる鼓動にいっそう涙は溢れた。

恵里菜を腕に、晃もまたゆっくりと自身を語る。

「俺も宮野と腹割って話したよ。妬んでたことも、羨ましかったことも全部。そしたら、驚いた。先生も同じだったんだって。佐保と同い年の俺が妬ましくて、羨ましかったって言われた」

晃から語られる宮野の本音に恵里菜はゆっくりと顔を上げる。彼は泣いていなかった。

「……ほんと、何してたんだろうな、俺たち」

そう苦笑する晃は、拍子抜けするくらいすっきりとした表情をしていた。

感情の全てを吐き出して、晴れやかな晃を見て。

恵里菜は涙と鼻水でくしゃくしゃの顔で、「ほんとにね」と口元を綻ばせる。

勘違いをして空回って、大きなすれ違いをして。たくさんのものを無駄にして、時間が流れた。

しかし今、晃同様に恵里菜の心は不思議と晴れやかだ。

そして二人は誰もいない公園で、しっかりと抱きしめ合ったのだった。

16

『今日はゆっくり休め。眠れなかったら電話していい。すぐに飛んでいくから』

そう言って晃はサヤと一緒に帰って行った。

「こんな風に二人で飲むの、初めてだね」

そして今、静まり返ったリビングで恵里菜は佐保と二人杯（さかずき）を傾ける。

「私ね、姉妹二人で飲むのがずっと夢だったんだよ」

佐保はグラスを片手にくすりと笑った。舌っ足らずな甘い声は、もう十分酔っている。缶酎ハイを半分も飲まないうちに佐保の顔は真っ赤になっていた。

元々酒に弱い佐保は結婚してすぐに双子を授かったこともあり、もう何年も飲んでいなかったのだという。授乳期間が終わってしばらく経つけれど、自分から飲みたいと思うこともないらしい。

「それでも、もし飲むならエリちゃんとがいいなって思ってた」

佐保と二人、向かい合って話すのはやはり慣れない。しかし鏡に映したように自分とそっくりな姉を見て、もう不安な気持ちになることも、逃げ出したいという思いに駆られることもなかった。

通り過ぎてしまった時間を取り戻すように、佐保はとりとめのない話をする。その大半は紗里と彩里のことで、「母」の顔をする佐保の表情はとても柔らかい。

それからすぐ、彼女はすうすうと寝息を立て始めた。

ソファに横になる姉に仕方ないな、とタオルケットをかけてやる。そうして立ち上がった時。

「エリちゃん」

振り返ると、薄らと瞼を開けた姉と視線が重なった。

「本当に……私なんかが言えたことじゃないんだけど、でも……頑張って、ね？」

佐保は、ふわりと笑った。

――会いたい。

ただ、それだけを思った。

タクシーに行き先を告げた瞬間、いっそうその気持ちが募った。そして今、恵里菜は一人望んだ場所に立っている。閑静な住宅街を抜けた先にある、のどかな田園風景に囲まれた母校。

昼間は一定の車の往来があるこの辺りも、夜になれば途端に静寂に包まれる。等間隔に置かれた外灯以外に明かりはなく、今の時間帯に佇むのは、もちろん恵里菜一人。しかし、恵里菜は不思議と怖いとは感じなかった。

里宮高校。――恵里菜と晃の始まりの場所だ。

「エリ！」

静けさの満ちた夜に声が響く。その声と、車の扉を閉じる音に振り返れば、こちらに向かって走ってくる晃が見えた。

『会いたい。学校の前で待ってる』

たった一言で恵里菜は電話を切った。それだけで晃が必ずここに来てくれると信じていたからだ。

事実、彼は恵里菜が着いた直後にやってきた。よほど慌てていたのだろう。彼は恵里菜のもとに駆け寄るなり両手を掴んだ。

「こんな遅くに一人で何考えてんだよ、呼べばいつでも行くって言っただろ？」

「すぐに会いたかったから」

素直に告げると彼は一瞬面食らったあと、「そうか」と頬を緩ませた。晃は両手を恵里菜の肩から頬へと移す。そして冷えた恵里菜の両頬を大きな手のひらで包み込むと、

「心配した」と静かに言った。そのたった一言で、恵里菜の心にじんわりと火が灯る。

自身も当事者でありながら恵里菜の意思を尊重して、佐保と二人きりにしてくれた晃。待っている間、彼はいったいどんな気持ちでいたのだろう。それを思うと、申し訳なさと同時に愛しさが込み上げる。恵里菜は頬を包む晃の両手にそっと、自分の両手を重ねた。

「あの時の答えを言いに来たの」

「答え？」

「『私とやり直したい』って言った、あの時の答え」

重ねた手のひらが一瞬動く。視線の先では晃の瞳が揺れていた。

——佐保と話して、全部すっきりさせて……それからどうするかを考えたい。今後、二人の関係をどうするのか、その決定権は恵里菜にある。全てを話して、聞いて、その結果どんな道を選ぼうとも、晃は受け入れなければならない。今がまさにその時だった。

過去は消えない。整理がついて落ち着いたと思っても、何かの拍子にあの時の感情が蘇るかもしれず、責めてしまうこともあるかもしれない。

だが晃は、それでいいのだと言った。許さなくていい、忘れなくていい。自分を戒めるためにもそうしてくれた方がいいと。そして何よりも——

（「私」を好きだって、晃は言った）

ならば今の恵里菜が選ぶ答えは一つしかなかった。

「私、先生と約束したよ。いつか四人で飲みに行こうって。佐保は私がここに向かう時、『頑張って』って言ってくれた」

「エリ、それって……」

未来を予感させる言葉に晃は目を見開く。

「晃は気付いてる？　私たち、再会してから昔の話しかしてない」

昔を後悔して、懐かしんで。それは確かに必要だった。二人の過去には解消しなければならない問題が多すぎたからだ。

「でももう、それだけじゃだめだって思ったの」

伝えたいことがあるのに、上手く表現できないのがもどかしい。晃はそんな恵里菜をじっと見つめるだけだ。先を促すでもなく、ただ待つその姿勢は、恵里菜に安心感を与えてくれる。

だから恵里菜は、ようやく最後まで言うことができた。

「ここは……この学校は、私と晃が始まって、終わった場所だから。だから、ここに来て言いたかった——私は、ここでもう一度晃と一から始めたい」

ただの幼馴染でも、元恋人同士でもない。二十六歳の大人の男女として再スタートしたい。

晃は恵里菜の告白に息を呑む。恵里菜はそんな彼をひたすら見つめ続けた。

八年の歳月を経て、晃は昔よりずっと男らしくなった。

初めはただ怖い存在だった。派手でヤンチャで、真面目を絵に描いたような自分とはまるで正反対の幼馴染。それがいつの間にか、気になる存在になっていた。気が付いたらその姿を視線で追っていて、名前を呼ばれれば胸が高鳴った。

不器用で、でも本当は優しくて。恵里菜を愛するが故に傷つけ、それを後悔し続けた。

今改めて、恵里菜は思う。

——どうしようもなくこの男が欲しいのだ、と。


「私は、晃が好き」


八年越しの想いを、改めてはっきりと伝える。

「約束して」

握りしめる手に力を込める。

「二度と私を裏切らないで。よそ見をしないで」

声が震えそうになるのをぐっと堪(こら)えて恵里菜は言った。

「この先ずっと、佐保でも他の誰でもない。私だけを見るって、約束して」

一から始めようと言ったその口で、これから先の未来まで望む。

重いだろうか、傲慢(ごうまん)だろうか。だが恵里菜は望まずにはいられない。

好きな相手を——晃をもう一度失うなんて、きっと恵里菜には耐えられない。

全てを言い終えた瞬間、緊張の糸がほどけた。瞳から一筋の涙が頬を伝い、晃の手の甲に落ちる。

一度決壊した感情は、もう留めておけなかった。次から次へと溢れる涙で化粧は剥がれ落ち、恵里菜の顔がぐちゃぐちゃになる。ひっく、ひっくと嗚咽を堪えて泣きじゃくる恵里菜を晃は胸に閉じ込めた。厚い胸板に頬が当たる。体がきしむくらいに強く、強く抱きしめられる。

「約束する」

耳元に声が降ってくる。

「エリ」

大好きな呼び方、大好きな声。

「愛してる」

厳かに落とされた誓いの言葉に、恵里菜は今度こそ泣き崩れた。嬉しくて、信じられなくて——何よりとても幸せだった。恵里菜は泣いた。それは再会してから初めて流す、喜びの涙だった。

17

多くの言葉は必要なかった。恵里菜のアパートに着いてすぐ、晃は無言で彼女の手を引いた。

しっかりと繋がれた手を恵里菜もまた握り返し、二人で一緒に部屋の中へと入る。

靴を脱いだ直後、恵里菜は背中から抱きしめられた。

「エリ」

耳元をくすぐる甘い吐息に胸がトクン、と高鳴った。腰に回された腕にそっと手を這わせるといっそう力が強くなる。再会した時も同じように抱きしめられ、拒否をした。

でも、今は違う。

ずっと、これが欲しかった。恵里菜がこの温もりを拒むことは、きっともうないだろう。

「……いい？」

何が、なんて聞き返さない。こくんと頷くと、晃は恵里菜の体を軽々と抱き上げる。

寝室へ足を踏み入れた晃は、恵里菜をそっとベッドの上へと下ろした。

そして二人の視線が重なった瞬間——それは来た。

「んっ！」

噛みつかんばかりの口づけに、呼吸が一瞬止まる。反射的に口を閉ざしかけるが、わずかな隙間から舌が入り込んできた。晃は舌先で恵里菜の舌裏をなぞるように舐めると、酸素を求めて開いた上唇を何度も甘噛みする。貪りつくすほど激しい口づけに恵里菜はただただ翻弄された。

「あ、きらっ、待って！」

同じことを望んでいる恵里菜だけれど、あまりの性急さに、咄嗟に晃の両肩を押しとどめた。

「嫌だ」

「やだ、って」

「——少し、黙って」

言って、晃は嵐のようなキスを再開した。

「ふ、ぁっ……」

晃がどれほど恵里菜を欲しているのか、痛いくらいに伝わってくる。求められているのだと感じれば感じるほど胸が熱くなって、触れた箇所が甘く痺れて——そして恵里菜もまた、晃を欲した。

最初は恥ずかしくて逃げていたけれど、執拗に続く激しい口づけに恵里菜は覚悟を決めた。

口内の内側を愛撫するような舌を、ちゅうっと吸うことで受け止める。それに驚いたのか、一瞬晃の動きが止まった。その動揺が愛らしくて、くすりと笑みが零れる。

「——余裕だな、エリ?」

「そんなことっ」

唇の端を上げてにやりと笑う晃に慌てて反論しようとしたが、彼は言葉ごと恵里菜の唇を塞いだ。

何度も、何度もキスを重ねる。唾液が絡み合い、くちゅくちゅと淫靡な音が静けさの中に響く。

「……っは、ぁ……」

数えきれないくらいの口づけの応酬の後、二人はゆっくりと唇を離した。つぅ……と透明な糸が晃と恵里菜の間を結ぶ。恵里菜はベッドに仰向けになったまま、自分に覆い被さる晃を見つめた。

本当に綺麗な人だ。ライトに照らされて煌く黒髪も、涼やかな目元も、すっと通った鼻筋も、形のいい唇も。晃の瞳に自分が映っていることが、こんなにも嬉しい。

「エリ?」

恵里菜は自分の両手をそっと、絹のような晃の黒髪へと伸ばす。

「……私、晃の髪が好き。さらさらしてて気持ちいいから」

その言葉に晃は一瞬目を見張ったが、何度も髪を撫(な)でられるうち、心地良さそうに目を細めた。

激しいキスをしたかと思えば、こんな風に無防備な姿を見せる。

もっと見せて欲しい。恵里菜だけしか知らない、その素顔を。

「不思議だな」

「え……？」

「エリに好きって言ってもらえるだけで、自分の髪がすごく特別なものに思えるんだから」

晃は恵里菜の手をそっと包み込む。そのまま自らの口元に持って行くと、彼女の指先に口づけた。

「――ずっと、こうしたかった」

万感(ばんかん)の想いを込めた言葉を捧げられ、恵里菜は改めて、晃が自分と同じ気持ちでいたことを知った。

「私も、だよ」

それがいつからか、恵里菜自身にも分からない。しかし晃に触れたいと望む気持ちは、静かに降り積もる雪のように、確かに恵里菜の中に芽生えていった。

吸い込まれそうなほど澄んだ瞳に、ぼんやりと恵里菜が映る。

今の自分はどんな風に見えているのだろう。

それがどんなものでも構わない。晃が自分を求めてくれるのならば、それだけで。

「……本当に、いいのか？」

あんなに激しいキスをしておきながら、慎重に確認する晃にたまらず笑う。

「晃は私とするの、嫌？」

からかうように言うと、晃は「ありえない」と即座に答えた。はっきりとした否定が嬉しい。晃がためらっているのは恵里菜を大切に想うから。でも今だけは、その優しさがもどかしい。

大丈夫だから。私が欲しいのは、あなただけだから。

囁くようにそっと告げて、恵里菜は微笑んだ。

その瞬間、暗がりでも分かるほど即座に晃の表情が変わる。

「――エリ」

鋭い視線が全身に絡みつく。

「お前が、欲しい」

――喰われる。

そう思うのと同時に、恵里菜の体は柔らかなベッドへと沈んだ。

「やぁっ……あ、あっ！」

胸の頂をちゅっと吸われると、それだけで甘い痺れが体を走る。反射的に体をよじるけれど、それを許さないとばかりに、晃の手のひらは胸をなぞった。

欲情しているのだと顔にはっきりと書いてあるのに、その動作はとてもゆっくりだ。じらすように優しく触れるそれが、もどかしくてたまらない。

「感じやすいのは変わらないんだな」

「わ、るいっ……？」

「まさか」

余裕のある態度が恨めしくて、息も絶え絶えにそう聞けば、彼は「最高」と恵里菜の頬にキスを落とした。

(なんで、私ばっかりっ……)

今の恵里菜は何一つ身に着けていない。ベッドに押し倒されるなり、すぐに取り払われた衣類全ては床に散乱している。一方の晃は、上着を脱いだ以外は外にいた時となんら変わらない。

「んっ……！」

晃の体が動くたびにシャツのボタンがちくりと恵里菜の肌に触れる。こすれているだけなのに、今の敏感な体には、それが十分すぎるほどの刺激となった。

「あ、きら……」

胸から顔を離した晃は、大きな手のひらでそっと恵里菜の頬に触れる。その手がゆっくりと下りてきた。頬から喉元、首を通って胸元へ。触れられるだけじゃ足りないのに、胸の頂をかすめた手のひらは恵里菜の引き締まった腹部を撫でるだけだ。

触れている間ずっと、晃の視線は恵里菜の体へと注がれていた。

「な、んで……?」

晃は欲しい物を与えてくれない。くれるのは体の内側まで見透かされるような熱い視線だけだ。

「――綺麗なんて言葉じゃぜんぜん足りないな」

呟かれた囁きは思いもよらないものだった。

「意味が、分からない」

冗談と笑い飛ばすには、あまりに真摯な声色だった。恵里菜の体を、まるで宝物を愛でるような視線。それを見てしまっては、本心なのだと思わずにはいられない。

顔、首筋、乳房、腹部から太もも。瞳の動き一つで、どこを見られているのかが分かる。

（や……体、熱い）

触れられて感じる快楽とは違う。視線一つで、こんなにも心許ない感覚になるのは初めてだった。

とっさに胸を両手で覆うけれど、途端に「隠すな」と甘い声が上から降ってくる。

「……そんなに見ないでよ」

「どうして？」

「誉めてもらえるような体じゃないもの」

賛辞を素直に受け取ることができずに顔をそむけると、くすりと笑う声が聞こえた。

振り返る間もなく耳元で囁かれた言葉に、それ以上何も言えなくなる。

――俺にとっては、エリ以上の女なんていないから。

甘くとろけるような声に、恵里菜は陥落した。

「エリ」

翻弄される。

「声、聞かせて」

羽のように柔らかな手つきは、緩急をつけて恵里菜の体を隅々まで撫で回す。

その間何度も繰り返される嵐のような口づけに、恵里菜はついていくだけで精いっぱいだった。

晃は両手にも余る恵里菜の乳房を、時に強く、時に激しくこねくり回す。ツンと上を向く頂を食めば、嬌声はいっそう大きく響いた。

「やっん、あぁ……」

晃は体中に触れながら、目元に、頬に、そして唇に数えきれないほどのキスを落とす。その一つ一つに応えるように、無意識に恵里菜の体は跳ねた。

晃がどんな表情をしているのか確認する余裕なんてない。だが触れてキスをするたびに落とされる甘い言葉は、羞恥心を感じる以上に耳に心地良く、気がついた時にはもうされるがままだった。

胸をもてあそんでいた晃の手と唇が、下へとゆっくり移っていく。

次々と押し寄せる快楽にぐったりしていた恵里菜は、潤んだ瞳でそれを見ていた。しかし指先が恵里菜の中心に——秘部に到達したその時、力の入らない両手でそれをそっと止める。

「やっ……」

自分も待ち望んでいたことだから、「やめて」とは言えない。しかし、やはり戸惑いと恥ずかしさが顔を出した。

既にそこはじんと熱を帯びている。内側からとろりと流れたものが、太ももの付け根を濡らしている今、直接触れられたら、自分はどうなってしまうのか分からない。

「あきら、そこは……」

晃は恵里菜の弱々しい抵抗に進める手を止めることなく、薄い茂みに触れた。それだけなのに、ぴくん、と腰が動く。晃はやわやわとその茂みを撫でたあと、秘部の入り口にそっと指先を侵入させる。八年ぶりに直接触れられた瞬間、気持ちよさよりも先にちくん、とした痛みが走った。

「や、あきら、こわ、い……」

反射的に「怖い」と呟くと、晃は涙を滲ませる恵里菜の目元に優しく口づける。

「力抜いて、俺に任せて」

そんなことを言われても、強張った太ももにはいっそう力が入るばかりだ。恵里菜がふるふると首を横に振って抵抗すると、晃は「大丈夫だから」と再度そこに触れた。

「やっ……！」

芽の部分をやんわりとつままれた瞬間、体の芯に強烈な甘い痺れが走った。恵里菜の脚から力が抜ける。晃はすかさず太ももを大きく開くと、露わになったそこに体を滑り込ませた。

「やっ……晃、やだ、見ないで！」

「どうして？」

「恥ずかしいよっ」

ライトに照らされる中、ぱっくりと開いたその全てを晃に見られている。

あまりの羞恥に頭にかあっと血が上り、じんわりと蜜が漏れた。

「……可愛い、エリ。感じてる」

「やっ、変なこと、言わないで！　もう見ないでよっ……」

恵里菜の弱々しい抵抗を無視して、晃は再び茂みを撫でる。そのまま秘部からとろりと溢れ出た蜜を指先につけると、晃の指はつぷん、と中へ侵入を始めた。

「んっ……や、ん……」

「……痛いか？」

放して、という懇願は聞き入れてくれないくせに、そう尋ねる晃の声は本当に優しくて、快感に身を震わせながら恵里菜は首を横に振る。指先が入る瞬間は確かに痛みを感じたけれど、今あるのは痛みではなく、くすぐったいような、もどかしいような、そんな感覚だった。

「やっ、ん……」

指先はゆっくりと膣内を進んでいく。指を動かすたびに聞こえる粘着質な音がいっそう恵里菜の羞恥を煽った。指の根元まで埋め込んだ晃は、それをゆっくりと上下し始める。

恵里菜を気遣っているのか、その動きは慎重だった。

膣の内側の形を確かめるように壁をこすり、緩やかに上下させて挿入を繰り返して——

「あ、きらっ……おねが、もうっ」

優しすぎるそれはまるでじらされているようで、断続的に続く刺激に体の芯が痺れていく。

もうやめて、という気持ちと、もっと、と本能的に望んでしまう気持ちと。

相反する二つの感情に揺れる恵里菜が再度晃の名前を呼んだ時、それは訪れた。

「——っんっ……！　そこっ、やぁ……！」

晃の指先がある一点に触れた時、恵里菜の体がびくん、と大きく跳ねた。

一瞬自分の身に何が起こったのか分からず放心してしまう。だが一息つく間もなく、恵里菜の最も敏感なポイントを探し当てた晃は、更に一本指を増やして執拗なまでにそこを追い立てた。

「あきら、あきらっ……もっ、やっ……ふっぅ……」

もはや痛みはどこにもなかった。晃の触れるそこから甘い快感が体全体に広がって、恵里菜は涙目で、「いやいや」と子供のように首を横に振る。自由な右手で晃の肩を押そうとするけれど、唇に落とされたキスでそれは阻まれた。

苦しいのに、気持ちいい。気持ちいいのにもどかしくて、苦しくて。

晃の唇が、恵里菜の胸の先端を、ちゅっとついばむ。二本の指を激しく律動させながら親指で小さな芽をやんわりと押す。涙でぼやける視界の先には、乱れる恵里菜を一時も見逃さない熱い視線があった。視線に、舌先に、指先に、重なる体に——全てに熱を感じる。

「あっ……」

膣内の中指をくいっと折って最奥（さいおう）を攻められたその瞬間。

「ん、や、あぁ——っ」

大きすぎる快感に襲われて、意識は弾けた。

——好きだ。

——もっと声を聞かせて。

朦朧（もうろう）とする意識の中で、晃と視線が合う。意識を手放していたのは、ほんの一瞬だったらしい。晃はぐったりと力の抜けた恵里菜の額（ひたい）にちゅっと口づけると、「大丈夫か？」と薄く笑んだ。

端整な笑顔はこの上なく素敵なのに、今はその余裕っぷりが恨めしい。

「ずるいっ……！」

自分はこんなにも必死なのに。恵里菜以外の女性に触れたことがないという言葉を信じているけれど、お互いのあまりの違いに、ゆっくりと体を起こした恵里菜はたまらず言った。

「私ばかりこんなのは、ずるい」

驚く晃を無視して体を起こす。あちこち触られたせいで、一糸纏わぬ体は隅々まで火照っていた。動いた瞬間、体の奥がじんわりと滲んだのがばれないよう、太ももを閉じたまま晃を無理矢理押し倒す。驚く晃に構うことなく、恵里菜は晃のシャツのボタンに手をかけた。

「エリ？」

「……晃も脱いで」

我ながら色気の欠片もない。だがそれだけ必死なのだ。たかだか数個のボタンを外すだけなのに震えてしまう手が情けない。恵里菜がボタンと格闘している間、晃は好きにさせてくれた。

ようやく全てのボタンを外し終え、シャツから現れた肌に恵里菜は息を呑んだ。

引き締まった胸板はもちろんのこと、腹筋も六つに割れている。薄く盛り上がる太い二の腕、その先に繋がる、きゅっと引き締まった手首。数えきれないくらい与えられた言葉を今こそ返したい。

（綺麗なのは晃の方じゃないっ……！）

こんなにも均整の取れた体を恵里菜は他に知らない。高校生の頃も十分に引き締まっていた晃の体は、八年の歳月を経て、さらに厚みとしなやかさを増していた。

「次は何をすればいい？」

晃はからかうように笑う。あまりに凝視していたため、見とれていたのは丸わかりだろう。

その余裕っぷりがうらめしくて、恵里菜は晃の首に両腕を回して噛みつくようなキスをする。

「っ……！」

与えられた物と同じ。否、それ以上に激しく舌を絡ませる。そして晃が応える寸前で舌を抜いて唇を軽く吸った。唇同士をつなぐ透明な唾液が糸となって二人の間に落ちる。

「エリ、お前——」

「黙って」

何か言いかけた晃の口をもう一度軽く塞(ふさ)ぐ。軽く胸を押せば予想外だったのか、晃の体は簡単にベッドへと沈んだ。腰の上からまたがって動けないようにすると、素晴らしい体が一望できる。右手で頬に触れ、目尻の皺(しわ)に触れるだけのキスをした。

——本当は、今にも心臓が飛び出しそうなほど緊張している。

しかしそれを悟らせないように、頬、喉仏、指先。一つ一つに優しく触れていく。

「――もう、いい」

熱い吐息で制止したところで無駄だ。

「……黙って、って言ったでしょ？」

厚い胸板の先端を口に含むと晃の体が大きく揺れる。晃が恵里菜にした以上のものを返すのは難しいけれど、少しでもこの余裕な仮面をはがしたい。

恵里菜は指先で右の先端を、口には左の先端を含む。舌で何度も転がし、甘噛みするたびに耐えるような声が聞こえた。上半身をゆっくり堪能したあとは、まだズボンをはいたままのそこにそっと手を伸ばす。脱がさずとも分かるその証に服の上から触れようとしたその時、視界が反転した。

「――煽りすぎだ」

抵抗する間もなく、片腕で両手を押さえつけられた。

「な、まだっ……んっ！」

まだ終わっていない、と言いかけた言葉は唇で封じられる。

「あき――ふっ……！」

名前を呼ぶ寸前で唇を塞がれる。恵里菜からのキスがじゃれ合いに思えるほどの激しい口づけだった。唇を食んで、舌の裏をしっとりと舐め上げたかと思えば、貪るように口腔を蹂躙する。

「いい眺めだな」

キスを終えた晃はそう言って恵里菜の全身をじっと見渡した。

「押し倒されるのもいいけど、やっぱりこっちの方がいい」

その言葉に恵里菜の頬に朱が走る。余裕のあるように見せて晃を押し倒したのはいいものの、恵里菜の緊張なんて彼はお見通しだったのだ。

腰の上にしっかりと乗られてしまったため、恵里菜は全く身動きが取れない。

晃の手が次にどこに向かうか分かって、脚を閉じようとするが、遅かった。

「あぁっ！」

濡れた茂みを分け入って指先が中心へと触れた途端、今日一番の甘い疼きが背筋を走った。硬い指先がゆっくりと上下するたびに、寒さにも似た感覚が走る。

「やっあ、っ……ま、って……」

一本だった指はいつの間にか二本に増え、中心のしこりを何度も何度も優しくこすりつけてくる。

熱くて、つらくて、気持ちいい。腰が動くのを止められない。

もっと、とねだる恵里菜の動きに呼応するように指の動きは激しさを増し、やがてより深いところへと滑り込む。襞の内側を探るようにこすられるたび、目の前が白くなる感覚に陥った。

「ん――っ」

　指を動かしながらも、晃の唇は休まない。乳首を何度も舐められ、甘噛みされ、同時に体の内側を暴かれてゆく。

「やっあ、っあ、やぁっ……！」

　やがて指先は、もっとも深いところへと進入してきた。増やされた指が最奥に触れた瞬間、動きが止まる。

「な、んで……？」

　生理的に浮かぶ涙を止められない。もう少し。あと少しだったのに、なぜ。

　晃は答えない。代わりに一度は最奥まで入れた指を一気に引き抜いた。

「んっ……！」

　内側をすり抜ける感触に思わず体をよじると、目尻に溜まった涙が零れた。

　舌で涙を舐められる。晃はそのまま恵里菜の肩に顔を埋めた。

「どうしてほしい？」

　次いで囁かれた言葉に、頭の中が一瞬真っ白になる。聞かずとも分かっているだろうに、何を言い出すのか。からかうなと言いかけた言葉はしかし、晃の表情を前に喉の奥に消えてしまう。

「俺は、エリが欲しい」

聞き間違いでもなければ、からかってもいなかった。

——なんて顔をするの。

許しを請うような、懇願するような表情に、欲望とは違う熱い感情が湧き上がる。

「……欲しい」

一度言葉に表すと、その感情はいっそう強くなった。

(好き)

どうしようもなく、晃が好きだ。両手で晃の頬をそっと包んで口づけする。望むならいくらでも言ってあげる。今この時ばかりは、恵里菜のこと以外何も考えられなくなってしまえばいい。

恵里菜の望みは一つだけ。そしてそれを与えてくれるのは目の前の男以外、誰もいない。

「晃が、欲しい」

晃は笑う。「ありがとう」と小さく言ったその顔は、今日見たどの笑顔よりも素敵に思えた。

恵里菜の額にそっと唇を落とした晃は、望みを存分に叶えてくれた。

手早く避妊具をつけた自身に手を添えて、先端をゆっくりと中心に押し付ける。

「……っぁ！」

濡れた襞（ひだ）の中に熱い塊が押し入ってくる。苦しい。あまりの圧迫感に、内臓を内側から揺らされているような感覚に陥る。同時に、体の芯から伝わる熱さに思考がぶれる。

「き、つっ……！」

一瞬苦しそうに歪んだ晃の表情に子宮の奥がきゅんとする。

「っエリ……！」

やがて全て中に収まると、落ち着くまもなく引き抜かれ――一気に貫かれた。

「やっ……あぁっ……！」

たまらず腰を浮かせるけれど、両手で腰をがっちりと掴（つか）まれて身動きが取れない。

体の内部を上下に貫く激しい動きに耐えきれなくて、晃の首に両手を回して抱きついた。

厚い胸板に自分の胸が押しつぶされる。

ベッドの上で対面に座った。密着すればするほど、それは奥へ奥へと深く入り込み、さらなる熱が体を覆（おお）う。

「っ――」

「やぁっあ、あっ」

下から激しく突き上げられる。何度も何度も突き動かされるそれに恵里菜は声が抑えられない。

耳を塞ぎたくなるほど大きな嬌声の中、晃もまた声を殺すよう喉を鳴らす。

耐えられない、やめて、気持ちいい、やめないで。自分でももう何を言っているのか分からなかった。

言葉にならない声を上げ、耐えられない気持ちを吐き出す。これ以上何も考えられない。

時に浅く、時に深く、緩急をつけて繰り返される動きに意識の全てが奪われる。

「……呼んでっ……」

「な、にっ……あぁっ」

激しく揺さぶられながら耳元で懇願される。

「名前、呼んでっ――」

もう少し、もう少しで何かが弾ける。激しさが増す。思考が止まる。ここではないどこかへ意識が飛びそうな最中、恵里菜は必死でそれに応えた。

「あ、きら……晃っ……あ、ゃぁっ――！」

恵里菜の内側が、熱くて硬いそれをきつく締め付ける。晃の息を呑む声、薄い膜越しに放たれた晃の欲望。それを感じた瞬間、目の前が真っ白になるほどの強烈な何かが恵里菜の体中を駆け巡り、そして弾けた。無意識に恵里菜が伸ばした両手をつかみ取り、晃は恵里菜を体ごと抱きしめる。

「……愛してる、エリ」

遠のいていく意識の中、甘い囁きが恵里菜を包み込んだ。

好きな人と触れ合える。それが決して当たり前ではないことを、恵里菜は八年という長い年月で知った。心の奥底では共にいたいと望んでいるのにそれができないことの辛さと痛みも、十分すぎるくらいに味わってきた。だからこそ好きな人に名前を呼ばれる――自分を欲する熱を込めて「エリ」と名前を呼ばれるだけで、心の中はじんわりと温まるのだ。

「――エリ」

幸せな響きに、恵里菜はゆっくりと瞼を開ける。目が覚めてすぐそこに晃がいる。自分を呼んでくれる。それだけで自分の名前がとても特別なもののように感じられた。

うとうとしつつも微笑み返すと、端整な顔が近づいてくる。おはよう、という甘い囁きと共に、額に唇が触れた。くすぐったさに小さく笑いながら身をよじると、両手でそっと抱き寄せられる。

「体、大丈夫か？」

無理させたから。痛いところはないか。心配そうに顔を覗き込んでくる晃に、恵里菜は「大丈夫だよ」と微笑みかける。本当は久しぶりの交わりに体の節々が違和感を訴えていたけれど、ようやく結ばれた今は、その痛みさえも愛おしかった。

眠っている間もずっと、晃は腕枕をしてくれていたようだ。

恵里菜は体を横向きにして、晃の胸にそっと顔を寄せる。逞しい背中に両手を回して体をすり寄せるようにくっつけると、トクン、トクンと心地良い鼓動が聞こえてきた。

ここに晃がいる。ぎゅっと抱きしめれば、力強く抱きしめ返してくれる。

――私の幸せが、ここにある。

そう、恵里菜は実感した。

「晃」

溢れる想いを微笑みに乗せて、恵里菜は愛しい人の名を呼んだ。

「好き」

言葉にすればいっそう想いは募った。この人が大切だ。一度は記憶から存在自体を消し去りたいと思った。しかし今は、こうして隣でぬくもりを分かち合えることが心から嬉しい。

「晃のことが、大好き」

あなたと一緒にいられる。それだけで、今の自分はこんなにも心が満たされる、笑うことができる。

胸元から顔を上げた恵里菜は、晃に向かって最大限の笑顔を捧げた。

固く閉ざしていた蕾が綻(ほころ)ぶようなその笑みに、晃は息を吞む。目元に薄(うっす)らと涙を滲(にじ)ませながらもまっすぐに気持ちを伝えた恵里菜を、晃は我慢できないとばかりにかき抱いた。

「……幸せすぎて、おかしくなりそうだ」

素肌に触れる髪の毛がくすぐったい。「大げさだよ」とくすくす笑いながら返すと、抱きしめる両手にいっそう力がこもった。

「愛してる」

眠りにつく前に遠くで聞こえた甘い声が、今度ははっきりと恵里菜に届いた。

「エリ。お前が好きだ。何度言っても足りないくらい、愛してる」

俺ばかりこんなに幸せでいいのか。お前を喜ばせたい、幸せにしたい。望んでいることと、してほしいこと。どんな些細(ささい)なことでもいいから、教えてほしい――

目覚める前も、その後も、晃はどんな時も恵里菜を甘い言葉と確かなぬくもりで包み込む。

「どんなことでもいいの？」

悪戯(いたずら)っぽく顔を覗(のぞ)き込むと、晃もまた口元を綻(ほころ)ばせて「もちろん」と頷(うなず)いた。

「なら、こうしていて」

晃の頬にそっとキスをして、恵里菜は言った。

「一緒にいて、抱きしめて。――それが、私にとっての幸せだから」

愛した人に愛される。共にいたい人が側にいる。

その奇跡を噛みしめながら、二人は強く抱きしめ合った。

エピローグ

かじかむような冬の寒さがようやく和(やわ)らぎ始めた三月下旬。

淹(い)れたてのホットコーヒーをマグカップに注いだ恵里菜は、それを片手にリビングのソファに座った。体中に広がる倦怠感(けんたいかん)にぐったりしながら一口飲んで瞼(まぶた)を閉じると、無意識のうちに大きなため息が漏(も)れる。落ち着いた途端に、ここ一ヶ月の疲れが一気に押し寄せた気がした。

取り壊しが決まっていたアパートの契約終了日は三月三十一日。

新居探しにその下見、引っ越し準備と新しい家具の買い出し、更には住所変更等もろもろの手続き。計画的に進めればさほど大変ではなかっただろうそれを、ずるずると引き延ばした結果が今である。おかげでこの一ヶ月間の休日は全て引っ越し関係に費やされてしまった。

仕事柄、窓口の終了時間には寛容なつもりでいたけれど、いざ自分が逆の立場になると金融機関や公的機関が休日休みであることにたいそう困った。

今までは「窓口が閉まる時間が早すぎる！」と苦情を受けても笑顔と謝罪で乗り切っていたけれど、今度からはもう少し真面目に受け止めようと心に決める。

（あとは洋服をもう一度整理して、細かいものをしまって……）

マグカップの中身が空になったところで恵里菜は「よし」と立ち上がる。

荷物は昨日の午前中、引っ越し業者に全て運び入れてもらった。

ライフラインも昨日のうちに開通した。昨日一日と今日の午前中をフルに使ったおかげで段ボールの数は大分減ったし、部屋の中も粗方片付いた。

築十年の２ＬＤＫのマンション。十二畳(じょう)のリビングルームに、八畳と六畳の洋室が一つずつ。もちろんお風呂とトイレは別々だ。これからは仕事で疲れた体を、湯船でゆっくりと休めることができる。それだけでも十分嬉しいけれど、恵里菜が一番喜んだのはカウンターキッチンだ。

飲み終えたマグカップをシンクに置いた恵里菜は、ぴかぴかのキッチンを前に頬を緩(ゆる)ませる。

何事もまずは形から。料理が苦手な自覚がある分、今度こそ頑張ってみるつもりだ。

なぜなら料理に関して一つ目標ができたから。恵里菜は自分の物より一回り大きなマグカップにコーヒーを注ぐ。それを手に廊下を進み、洋室の扉を開けた。

八畳の洋室にはダブルベッドと少し大きめのチェスト、そして——

「晃」

フローリングに胡坐（あぐら）をかいて何かを見ている後ろ姿に声をかける。はい、とマグカップを渡すと晃は笑顔で受け取った。恵里菜が料理を頑張ろうと思った理由。

——それは、一緒に食べる人ができたから。

八年の歳月を経て再び恋人になった恵里菜と晃。あれから二人の関係も少しずつではあるけれど、確かに前へと進んでいた。しかし、毎日一緒にいられた昔と違って、今はお互い社会人。

晃の忙しさは相変わらずで、平日も遅くまで学校に残り、帰宅しても仕事をしている。休日出勤もあり、二人きりで会えるのはせいぜい月に二回。

彼の夢だった仕事が忙しいことに対して文句があるはずもなく、何より本人が好きでやっているのだから、存分に働けばいいと思う。それでも正直なところ、少しだけ寂しかった。

初めは一緒にいられること自体信じられないと思っていたのに、一度気持ちが通じ合うと、もっと、もっとと貪欲（どんよく）になる。しかしそんなことを言うのは大人げない気がして口にできなかった。

そんな時、引っ越すことを告げた恵里菜に晃は言ったのだ。

――一緒に住まないか、と。

正直なところ、驚いた。自分でも不思議なくらい、その考えは頭になかったからだ。

とはいえ、提案された時真っ先に喜びを感じ、すぐに恵里菜は頷いた。もっとも、その直後に引っ越し準備をまるでしていないことを知られて盛大に呆れられたのだけれど。

それからの一ヶ月はまさに怒涛の連続だった。

晃も限られた休日を全て引っ越し作業にあて、ようやく落ち着いた、今。

「何を見てたの？」

恵里菜は寝室で私物を片付けていた晃の手元を覗き込む。

「……アルバム？」

「久しぶりに見たら懐かしくて、つい」

アルバムの表紙には母校の名前があった。

「私、これ見るの初めて」

「卒業式の日にもらっただろ？」

「うん。でもあの時はとても見る気がしなくて、ずっと実家に置きっぱなし」

式から帰るなり本棚の奥に突っ込んでそのままだ。恵里菜としては事実を言っただけなのだけれど、晃の表情を見て自分の言葉が責めているように聞こえたと気付き、はっとする。

ごめん、と言いかける晃の口を恵里菜は片手で塞いだ。

「ねえ、私にも見せて？」

恵里菜はベッドに腰かけて、受け取ったアルバムをぱらぱらと開く。真っ先に確認したのは自分の個人写真。しかし見てすぐにげんなりした。分かってはいたけれど、地味すぎる。少し視線をずらせば近くに今よりも幼い晃がいた。

「……晃、よく私と付き合ってたよね」

晃は昔からかっこ良かったけれど、昔の自分は思わずため息が出るくらいに野暮ったい。

「なんで？　可愛いだろ、十分」

「どこが？」

「全部」

自虐でも謙遜でもなく思ったままを口にしたのに、晃は真顔で否定した。再会してからの晃の甘さには徐々に慣れつつあるものの、こうも断言されては返事に困る。礼を言うのもおかしい気がして、恵里菜は視線をアルバムへと戻す。目的もなくぱらぱらとめくっていると一枚の写真が目に飛び込んできた。

「……こんな写真があったんだ」

図書室の机で向かい合う恵里菜と晃。二人は一つの教科書を覗き込みながら何かを話していて、カメラの存在には全く気が付いていない。そういえば、アルバム委員の生徒が日常の高校生活を撮るんだ！　と張りきっていたのを、朧気ながら思い出した。体育祭や修学旅行の写真にもたまに写っていたけれど、あの時の二人のリアルを写すその写真は、不思議と恵里菜の目を惹き付けた。

「どれ？」

晃はそう言ってベッドの上で胡坐をかくと、恵里菜の体を後ろから抱き寄せる。両手を恵里菜の腰に回して首元に顔を近づけると、恵里菜越しに写真を確認するなり、「あぁ」と小さく笑った。

「良く写ってるよな、それ」

普通に話しているだけなのに、耳元で囁かれているようでくすぐったい。晃が呼吸をするたびに吐息が耳に触れ、髪先が恵里菜の首をくすぐった。こんな時は素直に甘えてその胸に背を預けるくらいがきっと可愛い。でも恵里菜にとって、それはハードルが高すぎた。

「ねえ、お腹空かない？　私何か作ってくるから、晃はまだ——わっ」

まだ休んでていいよ。その言葉を最後まで聞かずに、晃は腰に回した腕にぐっと力を込めた。

「まだ腹減ってない。後で俺が作るから、エリこそ少し休めよ。動きっぱなしで疲れただろ?」

「うん。疲れたけど……」

お願いだから普通に会話をしてほしい。休日の夜ならともかく、今はまだ太陽も真上に上がっている正午。部屋の窓からは柔らかい光が射し込み、昼寝をするのに最高の条件がそろっている。

しかしこの雰囲気はそんなものには思えなくて。

身動きが取れない以上、恵里菜は声だけでもと平静を装った。

「じゃあ、夜は私が作るよ。基本的に食事は私が作るようにする。少しでも料理覚えたいし」

「別に俺が毎日作ったっていいけど。さすがに一日も休まずは無理だけど、やれる日はやる。料理するのは好きだし、家事全般にしたって嫌いな訳じゃない」

まるで恵里菜の料理を食べたくないと言わんばかりの言葉にさすがにむっとして、体ごと振り返る。

「……それで?」

そんなにデキるアピールをしたいのか。それとも遠回しに恵里菜を馬鹿にしているのだろうか。晃の家事能力が自分よりはるかに高いのなんて、十分すぎるほど知っている。

眉を少し吊り上げて怒り気味の恋人を、晃は優しく見下ろした。

「特別稼ぎがいいって訳じゃないけど、エリ一人くらいなら十分養える」

その言葉に、不意に胸がざわめいた。

「……晃？」

「この先エリ以外の誰かを好きになることはありえないし、異性関係も安心してもらっていい」

「あの、晃」

「開けてみて」

そう言ってベッドの中から差し出されたものは、布製の小箱だった。

「……時計？」

誕生日でもないし、時計は一つあれば十分なのに。そう言おうとした恵里菜だったが、手のひらに載せられた小箱のふたを開けた瞬間、息を呑んだ。

「エリ」

まっすぐな瞳に視線を奪われる。

「俺と、結婚してほしい」

眩(まばゆ)い光を放つダイヤモンドリングと共に、その言葉は捧げられた。

――まだ幼い恋をしていたあの頃。いつかそうなればいいなと、漠然と思っていた。

ずっと一緒にいたいと思っていた。高校を卒業して大学生になっても、社会人になっても、自分の隣には晃がいて、彼の隣に立つのは自分でいたかった。そう考えた時、結婚の二文字が胸に宿った。一度は完全に断たれたと思われたその夢を、八年の時を経て再び抱くことになる。

でもやはり、言葉にすることはできなくて。

付き合うだけで十分だった。その後一緒に暮らすことが決まって、いっそう喜びは増した。

この上その先を望むのは贅沢すぎる、そう思っていたから。

晃の告白に。左手の薬指に輝く煌(きらめ)きに。――涙が、零(こぼ)れた。

「もちろん今すぐにとは言わない。エリがその気になった時でいいよ。でも、俺が結婚したいと思う相手は、エリだけだ」

晃の指先が恵里菜の目元に触れる。その優しすぎる触れ方に、幾筋もの涙が指先を濡らした。

「これから先もずっと、エリと同じ時間を共有したいんだ」

その瞬間、恵里菜の涙腺は決壊した。涙が次から次へと溢(あふ)れ、頬を、晃の手を流れていく。瞬きすらせず涙を流し続ける恵里菜に、晃は微笑みかけた。

「俺と結婚するのは、嫌か？」

答えなんか分かっているくせに。そんな風に聞くのは、反則だ。

「嫌な訳、ないっ……！」

もう、限界だった。恵里菜は両手を晃の首に回して、ぎゅっと抱きつく。声を上げて泣き続ける恵里菜を、晃もまた強く抱きしめた。

「――ありがとう」

この瞬間、二人の想いは重なった。

離れていたからこそ、共にいる喜びが増す。

一度は憎しみ合ったからこそ、この存在を何よりも愛しく思う。

「大切にする。今度こそ、絶対に」

今改めて、二人は互いに誓う。

――いつまでもこの手を、放さない。

書き下ろし番外編

晃 VS 佐々原

六月初旬。仕事を終えた晃が校舎を後にした時、不意にスマホが鳴った。

「——もしもし、エリ？」

自分でも驚くくらい柔らかな声で出る。

『お疲れ様、晃。今、電話しても大丈夫？』

「これから帰るところだから大丈夫だ。どうした？」

『朝、伝え忘れたことがあったのを思い出したの。夕飯用に作ったシチューが冷蔵庫に入ってるから、今夜はそれを食べてね』

「分かった、ありがとう」

今日が職場の飲み会であることは少し前に聞いていた。恵里菜の先輩である佐々原がこの六月で異動となり、今夜はその送別会だという。夕飯は適当に外食で済ませようと思っていたため、予想外に手料理が食べられるのは嬉しい。

「でも、わざわざ電話してくるなんて珍しいな」

仕事終わりに話せるのは嬉しいけれど、普段ならメールで済ませる内容なだけに驚く。

『それは、その……声が、聞きたかったの』

電話越しの囁(ささや)きに晃の足がピタリと止まる。恵里菜はどちらかと言えば感情をストレートに表現するタイプではないが、晃としてはそんなところもひっくるめて可愛くて仕方ない。彼女は基本的に照れ屋だ。そんな恵里菜が不意に漏(も)らした本音に思わず頬が緩(ゆる)む。同僚の教師いわく、晃はクールで通っているらしい。生徒にもこんなにやついた顔を見られたら後で何を言われるか分からない。しかし、嬉しいのだから仕方ない。

『……なんで無言になるのよ』

晃の無言をどうとらえたのか、恵里菜の声は少しだけむっとしていた。その声さえも可愛いと思ってしまう自分はかなり重症なのだろう。

「エリ、今日飲み会に行くのやめないか？」

『え、やめないよ。どうしたの、急に』

「お前が可愛いこと言うから今すぐ会いたくなった」

素直に気持ちを吐露すると、何やら大きな物音が聞こえた。どうやらスマホを落としたらしい。

『へ、変なこと言わないで！　びっくりしたじゃない』

「悪い、つい。――行くなっていうのは冗談だけど、酒はほどほどにしておけよ」

『気をつけます。二十二時くらいには終わると思うよ』

「なら適当にその頃迎えにいく」

恵里菜が飲み会の時は、できる限り晃が迎えにいくようにしている。酒に強い恵里菜は前後不覚になるような飲み方をすることはまずない。しかし酔った彼女は本当に色っぽいのだ。過剰な束縛はしたくないが、これだけは譲れなかった。

『分かった、また連絡するね』

「エリ」

電話を切る間際、晃は言った。

「愛してるよ」

最後にもう一度慌てる様子が伝わってきて、晃はつい堪(こら)えきれず噴き出したのだった。

夕食を食べ終えた晃は、迎えにいくまでの時間で仕事を済ませることにした。

帰宅してからも教師の仕事は終わらない。授業の下準備や自身の勉強……とやることは山積みだ。極力自宅には持ち帰りたくないものの、これればかりは仕方ない。せめて恵里菜が帰宅してからはのんびり過ごせるように、できることは片付けてしまいたかった。

それから取り組むことしばらく、なんとか予定していた分は終わらせることができた。

しかし、集中したせいか小腹が空いた。晃は少し悩んだ後、残っていたシチューを温めなおす。恵里菜の作ったそれは、具の大きさがマチマチだったり人参が少しだけ硬かったりもしたけれど、味自体は十分美味しかった。

(エリも料理が上手くなったよなあ)

同棲し始めた頃を思えば格段の上達ぶりだ。

恵里菜はあまり料理が得意ではない。家事レベルで言えば多分、晃の方が上だと思う。何しろ彼女のアパートで八年ぶりに再会した時——正確には晃が押し掛けたともいう——その散らかり具合に驚くより呆れたくらいだ。しかし一緒に暮らし始めてから、彼女は積極的に料理や掃除をするようになった。晃は元々そういったことが嫌いではなかったし、無理をしなくていいと言うと、彼女は言った。

『一緒に暮らすんだからこういうことは分担しないと。そうだ晃、私に料理を教えてよ。一緒に作ったらきっと楽しいよ』

実際、恵里菜と一緒にキッチンに立つのはとても面白かった。

酒飲みと下戸。互いに食べたい料理が違うこともあり、週末の食卓は豪勢になることが多い。恵里菜と共に囲む食卓は、どんな料理よりも最高に晃を幸せにしてくれる。

今は、毎日が信じられないほどに幸せだ。

帰宅してシャワーを浴びたら夕飯を食べる……十八歳で実家を出てから今日まで何千回と繰り返してきた日常。しかしこの数ヶ月でそんな当たり前の毎日に色が付いた。

同じ空間に恵里菜がいる。一度は手放してしまったかけがえのない存在が隣にいて、微笑んでくれる。それだけで無味乾燥な日々が特別なものに感じるようになった。

今も、朝起きて隣に恵里菜が寝ていると、一瞬「これは夢じゃないか」と錯覚する時がある。そんな時はたいてい眠りが浅かったり疲れていたりする時で、晃は不安を打ち払うように静かに眠る恵里菜をそっと抱き寄せるのだ。自分の腕の中でまどろむ恵里菜は何より大切で、愛おしかった。

（──っと、そろそろ行くか」

時刻は二十一時半。晃は食器を片付けると早々に家を出たのだった。

（連絡は……まだ来てないか）

二十二時より少し前に店の駐車場に着いた晃は、駐車場で待っている旨をメールで送る。それから車内で待つことしばらく、二十二時になっても恵里菜からの返信は来なかった。

（珍しいな）

予定時刻を過ぎることは問題ない。せっかくの飲み会だ。普段多忙な分、こんな時くらいは時間を気にせず楽しんでほしい。しかし、今までも予定より遅くなることは何度かあったが、そのいずれも何かしらメールが来ていた。

こんな風に時間が過ぎてもなんの連絡もないのは初めてだ。

連絡を忘れるくらい、盛り上がっているのだろうか。

(……ありえない話じゃ、ないよな)

なぜなら今日の送別会の主役は、『彼』なのだから。

佐々原拓馬。

恵里菜の職場の先輩で元指導係。そして、恵里菜に好意を寄せていた男。

晃は、初めて佐々原と会った時のことを思い出す。

講話の打ち合わせのために学校に来た彼は、見るからに『デキる男』だった。

爽やかな笑顔に穏やかな口調。仕事に対しての真摯な姿勢。話術にも長けていて、
佐々原との一度目の打ち合わせは実にテンポよく進んだ。実際、晃も素直に好意を抱いた。しかし彼に対する印象は、上坂支店での二度目の打ち合わせの時にガラリと変わった。

——晃は、嫉妬したのだ。

恵里菜の隣にごく自然に立つ姿に。

晃には硬い表情しか見せない恵里菜が佐々原にはごく自然に接していたことに。

『エリー』と親しげに呼ぶ声色に。

自分が欲しくてたまらないものを持っている男の存在に、酷く嫉妬した。

そして、佐々原にとっての恵里菜がただの同僚ではないことも瞬時に理解した。

(俺も同じだから、すぐに分かった)

彼もまた恵里菜を好きなのだ、と。

結果、晃は仕事相手にも拘わらず、嫉妬から子供じみた牽制をしてしまった。一方、佐々原が笑顔を崩さなかったのが癇に障ったのも覚えている。

(余裕なさすぎだろ、俺)

改めて思い返すと恥ずかしくさえある。しかし、あの時は全てが必死だったのだ。

恵里菜に謝りたくて、誤解を解きたくて、話を聞いてほしくて。

それを思えば恵里菜と共に暮らし、こうして当たり前のように彼女の帰りを待っている現実が奇跡にすら思える。今も昔も晃にとっての女は恵里菜だけだ。他の女性なんて興味すらなかった。でも恵里菜は違う。離れていた八年間、彼女には晃以外にいくつもの選択肢があったはずだ。

――例えば、佐々原拓馬とか。

(……想像しただけで腹が立ってきた)

恵里菜は晃を選んでくれた。それでもなお、佐々原に対して複雑な感情を捨てきれない。理由は単純、佐々原が恵里菜に告白した過去を持つからだ。

そんな男が同じ職場にいるのは、本音を言えばあまり面白くない。しかしそれを恵里菜に言うことだけは絶対にしないと心に決めている。恵里菜にとっての佐々原は、恋とは違った形で大切な存在であることも確かなのだから。

（飲み物買ってくるか）

スマホを見ても未だ連絡がないところを見ると、まだしばらくかかるのだろう。自販機に行くか、と顔を上げようとした時、不意に運転席の窓が二度叩かれた。不意打ちの出来事に弾かれたように顔を上げた晃は、言葉を失う。

「……は？」

目の前には、恵里菜ではなく今の今まで頭に浮かんでいた男。

──佐々原拓馬が、そこにいた。

「こんばんは、藤原先生」

佐々原は笑顔でペコリと会釈する。まさか無視するわけにもいかず、晃は急いで車を降りた。

「……どうも」

「突然すみません。見たことある人がいるなと思ったら、藤原先生だったので」

佐々原と顔を合わせるのは講話の日以来。酔っているはずなのに、目の前の男は相変わらず嫌味なくらい爽やかだ。

「お久しぶりですね。エリーの迎えですか？」

「そうです」

エリー。

恋人の名前を親しげに呼ばれて内心面白くないが、表情に出すのはさすがに我慢した。

「呼んできましょうか？　飲み会ももうすぐ終わると思いますけど」

「いえ、待っているので大丈夫です」

さて、どう応対したものか。教師としてではなくプライベートで佐々原と会話をするのはこれが初めてで困惑する。佐々原にとっても恵里菜の恋人である晃は、決して気持ちいい相手ではないはずだ。

「なら、ちょっと話しませんか？」

しかし佐々原はそんな様子はおくびにも出さず、まるで友人を誘うように話しかける。

「少し飲み過ぎてしまって、外の風に当たりに来たんです。酔いが醒めるまで付き合ってもらえると嬉しいな」

「今日はあなたの送別会だと聞いています。主役がいなくていいんですか？」

「大丈夫です。みんなもう大分でき上がってますから、少しくらいいなくても気付きません」

そこまで言われては断れない。晃が頷くと佐々原は頬を緩ませ、「ちょっと待ってて下さいね」と店の入り口の方へと向かう。戻ってきた彼の両手には缶コーヒーが握られていた。

「良かったらどうぞ。コーヒー、お好きでしたよね」

好きな飲み物なんて私的な会話をしただろうか。驚く晃に佐々原は薄く笑む。

「学校で打ち合わせをした時、先生がコーヒーを淹れてくれたでしょう。職場にコーヒーメーカーを置くくらいだから、相当お好きなのかなと思って」

なんでもないことのように笑う佐々原に舌を巻く。上坂支店では渉外係だったらしいが、これは客にも相当気に入られるだろう。

「ありがとうございます。いただきます」

晃が缶に口をつけた、その時。

「そうだ。婚約したってエリーに聞きました。おめでとうございます」

不意打ちの言葉にたまらずむせそうになる。まさか、このタイミングで言われるとは。

（他意はなさそう……だな）

妙に勘ぐるのはさすがに失礼だと、晃は動揺を悟られないように呼吸を整える。

「ありがとうございます。佐々原さんも本部にご栄転だそうですね」

恵里菜いわく、佐々原の異動はこれまでの実績を買われてのことらしい。「おめでとうございます」と重ねて伝えると、彼はなんでもないことのように「どうも」と肩をすくめた。

「でも、俺が異動になって良かったですね。藤原先生」

不意に佐々原は言った。表面上は変わらず笑みを浮かべているのに、目だけが笑っていない。

「……どういう意味でしょう」

何か試すようなその視線に晃も表情をすっと消す。

「そのままの意味です。エリーの前から余計な虫が消えて安心したんじゃないですか？」

前言撤回。

他意がないなんてとんでもない。ここまで言われれば嫌でも分かる。佐々原は、初めからこの話をするつもりで晃に声をかけたのだ。おそらく迎えに来ることも恵里菜から聞いていたのだろう。ならば、酔いを醒ましにきたというのも口実ではないか。

自然、晃は表情を強張らせた。

「そう怖い顔をしないで下さい。せっかくのイケメンが台無しですよ」

「あなたに言われてもね。……佐々原さん。あなた、酔ってませんよね」

「ばれましたか」

指摘すると佐々原はあっさりと嘘を認めた。やはり、と晃は眉を寄せる。一方、警戒する晃に対して佐々原は柔和な笑みを浮かべたままだ。

晃にとっての佐々原は難しい存在だ。恋敵である一方、恵里菜の先輩でもある。故に失礼のないように気をつけていた。しかし今はその必要もないだろう。

「先ほどの質問の答えですが、『その通り』ですよ。俺は、あなたが異動になってほっとしています」

佐々原の意図が図りかねる。振られた女の恋人なんて、一般的には目も合わせたくない存在のはず。しかし佐々原はまるで旧友のように晃に接したかと思えば、嫌味を言ってみたりする。だから、言った。

「佐々原さん。腹の探り合いはやめましょう。エリのことで俺に言いたいことがあるならはっきり言ってくれませんか。あなたにはその権利がある」

佐々原は目を見張った後、ふっと息を吐いた。

「正直に言っていいんですか?」

「どうぞ」

「なら、遠慮なく。――八年間も放っておいて今更よく顔が出せたな。この四年間、エリーの側にいたのはあなたじゃない、俺だ。俺はエリーの成長を見守ってきた。一緒に仕事をするうちに気がつけば好きになって……振られてしまったのは仕方ない、でもいきなり現れたあなたと『結婚します』ってなんだそれ上手くいきすぎだろうふざけるな」

佐々原は一度も息継ぎすることなく言い切った。

確かに、正直に言っていいとは言った。でもまさかここまではっきり言われるとは。何より、晃の知る佐々原の言葉とは信じられない荒々しい口調に、驚く以上に呆気に取られる。一方の佐々原は、固まる晃をしばらく無言で見据えた後——ぷっと噴き出した。

「ああ、すっきりした」

「……佐々原さん？」

怒っていたのかと思えば今度は笑う。佐々原の感情の振り幅についていけない。

（本当は酔ってるんじゃないのか、この人）

眉間に皺を寄せる晃とは対照的に、佐々原は元の穏やかな調子を取り戻したようだった。

「失礼しました。本当はもっとねちねち攻めようかと思ったんですが、無理ですね。性に合わないことをするもんじゃないな」

確かに佐々原らしからぬ態度だった。しかし言われたことは全て彼の本心なのだろう。

『何を今更』

再び恋人になる前、恵里菜にも何度も言われた。今更何を言っているのだ、と。

その通りだった。今更であることも遅すぎることも十分理解していた。それでもどうしても恵里菜のことが諦められなかったのだ。だからといってここで佐々原に謝るのは、違う気がする。晃の困惑を感じ取ったのか、佐々原は肩をすくめた。

「酔ったと嘘をついたのは謝ります。でも純粋に話したいと思ったのも本当ですよ。俺は、あなたにどうしても聞きたいことがある」

「聞きたいこと？」

「藤原先生。あなたは、エリーを幸せにすることができますか」

――どうして、佐々原にそんなことを言われなくてはいけないのか。

一瞬よぎった苛立ちは、佐々原の表情を見てすぐに消えた。晃を見据える瞳にからかいの色は微塵もなかったのだ。

「俺は、あなたの知らないエリーを知っています。仕事が上手くいかなくて悔しがる姿も、目標に向けて頑張る姿も側で見てきました。何かあれば一緒に飲んで愚痴って、馬鹿を言い合って……そうして一緒に過ごすうちに、エリーを好きな自分に気付きました。強がりで簡単に弱みを見せないのに、どこか危ういあいつのことを」

佐々原は、まるで恵里菜と過ごした四年間を思い返すように、ゆっくりと続ける。

「先輩として、エリーも俺のことを慕ってくれていたと思います。あいつを一番理解している男は自分だとも思っていた。……でも、あなたのことを話すエリーを見て、自分が自惚れていたことに気付きました。俺は、エリーのあんな表情は初めて見た」

「俺を話す時の顔……？」

「辛くて切なくて、何かを必死に堪えている。恋する女の顔です」

傷つけて、泣かせて、追いつめてしまったことをずっと後悔していた。しかし今、改めて第三者から知らされた恵里菜の姿に、言葉を失う。

「エリーにあんな顔をさせられるのはあなただけだ。あいつの心には初めからあなたしかいない。でも俺は、もうエリーがあんな風に辛そうな顔をするのを見たくないんです」

だから、と佐々原は言った。

「藤原先生に直接聞きたかった。あなたはエリーを幸せにできますか。二度と泣かせないと誓えますか」

余計なお世話なんて、もう思えない。

佐々原からは悪意なんて微塵も感じなかった。真剣なその姿は、彼が本当に恵里菜を想っていた証でもある。恵里菜に聞くところによると、佐々原は恵里菜に振られた後、まるで告白が夢だったかのように、これまで通り接しているらしい。

あくまで自然体で接してくれる佐々原に恵里菜は本当に感謝していた。

――本当は、まだこんなにも恵里菜を気にかけているのに。

笑顔の裏にその気持ちを隠して、恵里菜に気を使わせないように努めている。

『幸せにできるか、泣かせないと約束できるか』

適当に答えるのは簡単だ。でも佐々原にそれをしてはいけない。この人にだけは誠実に答えなければならない。だから晃は正直に言った。

「俺の全てをかけて幸せにします。でも、絶対に泣かせないとは言えません」

佐々原は眉を寄せる。当然だ。この答えはきっと彼が望んでいるものではない。でもこれは晃の正直な答えだった。

「これから先何十年も一緒にいれば、喧嘩することもあるでしょう。でも俺はエリの笑顔が好きです。だからあいつには笑っていてほしいし、誰よりも幸せになってほしいと思います。エリは、俺にとっての『唯一』だから」

「どういう意味です？」

「昔も今も、俺にとっての女はエリだけってことですよ」

「……俺の思い違いならすみません、先に謝ります。それはつまり――エリー以外に恋人がいたことはない、と？」

まさか。信じられない。言葉にはしないものの、佐々原の表情からはそんな気持ちがありありと伝わってくる。

「エリーと別れてから八年間、ずっと？」

「その通りです。そんなに驚きますか？」

「いや、だって藤原先生、相当モテますよね？　いくらでも選び放題だったとか、昔は派手に遊んでたって言われた方がまだ驚きませんよ」

晃は苦笑する。

「確かに好意を寄せてくれる女性はそれなりにいましたよ。でも嬉しいと思ったことはなかった。気持ちに応えられないことを申し訳なく思うことはあったけど、それだけです。俺は、エリ以外の女に興味がないので」

「だから、『唯一』?」

「はい」

「……信じられない」

佐々原は心底驚いたように目を丸くする。晃にとっては見慣れた反応だけれど、こればかりは本当なのだから仕方ない。

大切にしたい、キスをしたい、抱き合いたい。

晃がそう切望するのは、この世でただ一人、恵里菜だけなのだから。

「……敵(かな)わないな」

佐々原は大きくため息をつく。彼はどこか呆れたような感心したような表情をしていた。

「正直、堂々と『幸せにします!』『絶対泣かせません!』なんて言われたらどうしようかと思いました。八年も放っておいて自信満々な男なんて信用できませんからね」

「自信なんてありませんよ。エリーに関してなら、なおさら」

「正直な人ですね。それにまっすぐで、不器用だ。……どこかエリーに似ています。だからあいつはあなたを選んだんだろうな。まあ、俺が女性なら迷わずあなたじゃなく自分を選びますけどね！」

佐々原はからかうように笑う。嫌味なんて微塵も感じられない、同性の晃の目にも魅力的に映る笑みだった。

佐々原拓馬。穏和で仕事ができて、一緒にいるとつい余計なことまで話してしまいそうになる。冷たいと思われがちな晃とは全てが正反対の人間だ。晃が女でも、自分ではなく佐々原を選ぶだろう。

「俺も、そう思います」

素直に答えると、佐々原はわざとらしく眉を寄せた。

「先生。それ、あなたが言うとなかなかの嫌味ですよ」

「本当にそう思ったんだから仕方ない」

佐々原は面食らった後、苦笑した。彼はどこか晴れやかな表情で晃と向かい合う。

「最後にあなたと話せて良かった。先生、俺の可愛い後輩をよろしくお願いしますね」

よろしく。その一言に確かな重みを感じた晃は、しっかりと頷いた。

「はい」

「さて、これで綺麗さっぱりエリーのことを諦められます。入り込む隙間があればあわよくばと思ったけど、全然なかった。まあ、最近のエリーの幸せそうな顔を見ていれば、初めから分かっていたことですけどね。俺はしばらく仕事に精進しますよ。目指せ未来の頭取、ってね」

「また大きく出ましたね。でも、あなたならできそうな気がします」

「俺もそう思います。——と、時間切れだ」

その時、店の方から恵里菜がこちらに向かって走ってくるのが見えた。彼女は晃と佐々原が一緒にいることに驚いた様子で目を見開く。恵里菜は晃の隣に立つと、二人を交互に見た。

「晃と、佐々原さん？」

急いできたのか、その息は少しだけ上がっている。

「エリー、良かったな。旦那が迎えに来たよ」

恵里菜が何かを言うよりも早く佐々原がからかう。

「ま、まだ旦那じゃありません」

「照れるなって。顔、真っ赤だけど」

「酔ってるだけです！」

目の前で繰り広げられるやりとりは、まるでじゃれ合っているようで——その時、佐々原がちらりと視線だけを晃に向けた。わざと見せつけるような彼の唇は、悪戯っぽく片方だけ上がっている。最後の最後にあえてからかう佐々原に、晃は苦笑した。

「佐々原さん、急にいなくなるから。皆さんが探してましたよ」

「はいはい。じゃあ俺は戻るよ。エリーはこのまま帰っていい。みんなには適当に話しておくから」

「そういう訳には……」

「いいから。どうせみんな酔っぱらってる、一人くらい抜けても分からないよ。藤原先生も、酔っぱらいに付き合ってくれてありがとうございました」

すれ違いざま、晃にだけ聞こえる声で佐々原は言った。

「さっきの話は男同士の秘密ですよ、藤原先生。——どうか、お幸せに」

立つ鳥跡を濁さず。それを体現するように、佐々原は笑顔と共に去っていったのだった。

「晃、メールを確認するのが遅くなってごめん。結構待ったよね」

恵里菜は申し訳なさそうに眉を下げる。酒のせいか頬はうっすらと上気し、触れあう肩からはほのかに熱を感じる。この温かさが愛おしいと晃は心から思った。

「佐々原さんが話し相手になってくれたから、気にするな」

帰ろう、と晃は助手席の扉を開ける。次いで運転席に乗り込むと、恵里菜が何かもの言いたげな視線を向けているのに気付いた。

「佐々原さんと何を話していたの？」

当然聞かれると思っていた。恵里菜からすれば気になるのも当然だ。しかし、全てをありのまま伝える訳にはいかない。晃は質問に答える代わりに、恵里菜の手に触れた。

「エリ」

「何？」

「好きだよ」

不意打ちの告白に恵里菜は一瞬固まった後、いっそう顔を赤くした。

「そ、そうやってごまかすのはなし！」

「別にごまかしてなんかない」

「なら……酔ってるの？」

「それはお前だろ。俺は下戸だ」

「じゃあ、急にどうしたの」

「言いたくなったから、言っただけ」

晃は重ねた手のひらをそっと包み込む。

「エリ。俺を選んでくれてありがとう」

晃の真剣な瞳に何かを感じ取ったのかもしれない。恵里菜は言いかけた言葉を呑み込み、そっと晃を見つめ返す。

「幸せにするから。お前が毎日笑顔で過ごせるように努力する。だからこの先もずっと、俺についてきてほしい」

プロポーズは既(すで)にした。数ヶ月後には籍を入れ、夫婦になることも決まっている。

しかし晃は今一度恵里菜に誓った。

恵里菜はそんな晃を潤(うる)んだ瞳で見つめる。沈黙が車内に満ちた。

「晃。私こそ、ありがとう」

それを破ったのは、くすり、という恵里菜の笑みだった。

「一緒に幸せになろうね」

どちらか一方ではなく、共に頑張ろうと恵里菜は言った。

「夫婦になるって、そういうことでしょ？」

恵里菜は笑う。花のように可憐で美しい、晃の大好きな笑顔で。

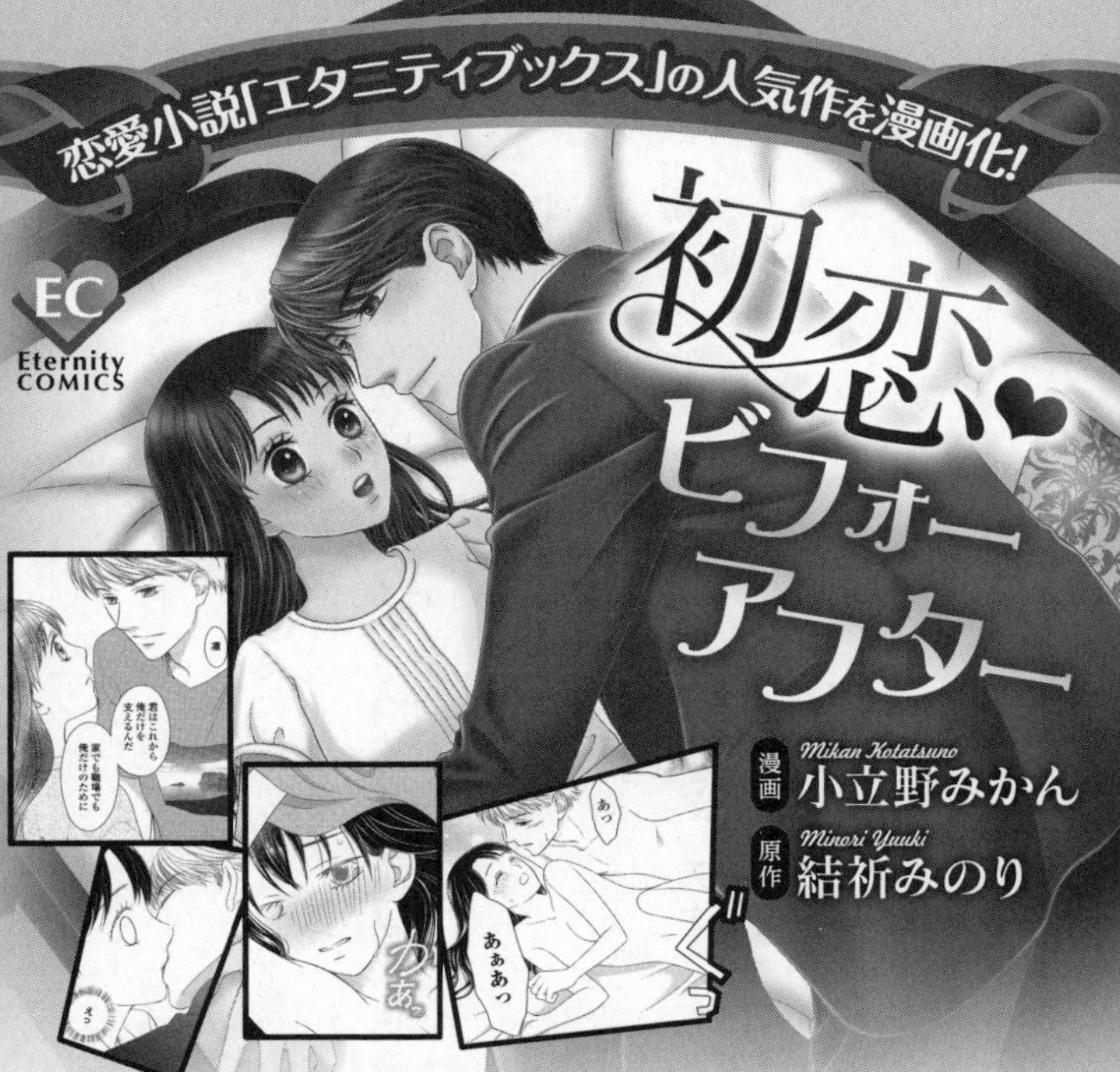

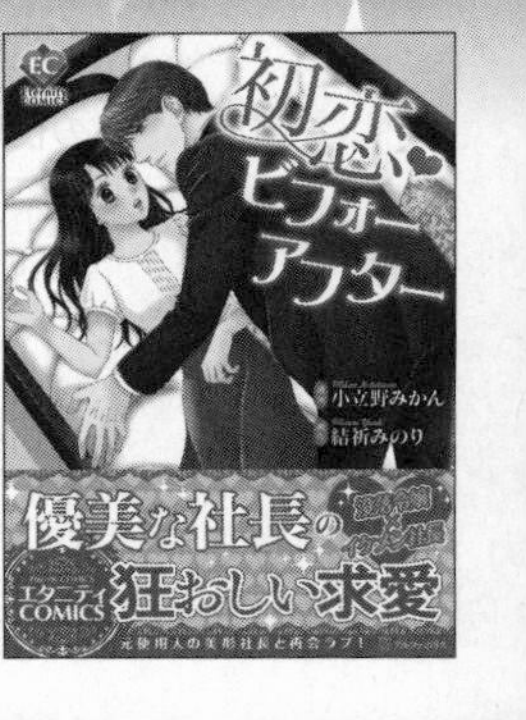

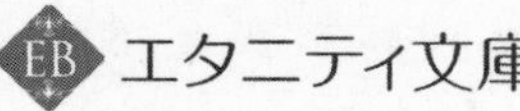

完璧紳士も夜はオオカミ！

エタニティ文庫・赤

敏腕代議士は　甘いのがお好き

嘉月 葵（かづき あおい）　　装丁イラスト／園見亜季

文庫本／定価：本体 640 円＋税

千鶴は、ナンパ男から助けてもらったことをきっかけに、有名代議士の赤坂正也と出会う。さらに、ひょんなことから彼のお屋敷に住むことになり……なぜか過保護に世話を焼かれるハメに!?　千鶴はそんな素の正也を知るうちに、住む世界が違うとわかりつつも惹かれていき——

※エタニティブックスは大人の女性のための恋愛小説レーベルです。ロゴマークの色で性描写の有無を判断することができます（赤・一定以上の性描写あり、ロゼ・性描写あり、白・性描写なし）。

詳しくは公式サイトにてご確認ください。
https://eternity.alphapolis.co.jp/

携帯サイトはこちらから！

恋愛小説「エタニティブックス」の人気作を漫画化!
EC
Eternity COMICS
私と彼のお見合い事情
原作 幸村真桜 Mao Yukimura
漫画 秋月綾 Ryo Akiduki
あなたはもう僕のものだと
来たくなかったからです！
本当に碧はベッドの中じゃないと素直になってくれない
やっ そんなことっ…
化粧品会社で働く二十七歳の碧。ある日彼女は、双子の妹の身代わりとして面倒なお見合いに駆り出される。渋々お見合い場所のホテルへ赴いた碧だったけど…そこに待っていたのは、超絶イケメンながらも、一目でクセ者とわかる身勝手&ヘンタイ男!?　しかも思わず素でキレたら、なぜか気に入られてしまったみたいで…!?
B6判　定価：本体640円+税　ISBN 978-4-434-26847-2
私と彼のお見合い事情
漫画 秋月綾
原作 幸村真桜
身代わりのハズが溺愛プロポーズ!?
エタニティCOMICS
お見合い相手は…イケメンだけどクセ者!

本書は、2017年2月当社より単行本として刊行されたものに、書き下ろしを加えて文庫化したものです。


この作品に対する皆様のご意見・ご感想をお待ちしております。

おハガキ・お手紙は以下の宛先にお送りください。

【宛先】

〒150-6008 東京都渋谷区恵比寿4-20-3 恵比寿ガーデンプレイスタワー8F
（株）アルファポリス　書籍感想係

メールフォームでのご意見・ご感想は右のＱＲコードから、
あるいは以下のワードで検索をかけてください。

アルファポリス　書籍の感想　検索

ご感想はこちらから

エタニティ文庫

これが最後の恋だから

結祈みのり

2020年4月15日初版発行

文庫編集－熊澤菜々子・塙綾子
発行者－梶本雄介
発行所－株式会社アルファポリス
〒150-6008 東京都渋谷区恵比寿4-20-3 恵比寿ガーデンプレイスタワー8F
TEL 03-6277-1601（営業）　03-6277-1602（編集）
URL https://www.alphapolis.co.jp/
発売元－株式会社星雲社（共同出版社・流通責任出版社）
〒112-0005 東京都文京区水道1-3-30
TEL 03-3868-3275
装丁イラスト－朱月とまと
装丁デザイン－ansyyqdesign
印刷－中央精版印刷株式会社

価格はカバーに表示されてあります。

落丁乱丁の場合はアルファポリスまでご連絡ください。

送料は小社負担でお取り替えします。


ISBN978-4-434-27304-9 C0193